Ulrike Dietmann

Jamaica

- ONE LOVE -
WIE ICH DIE LIEBE FAND

spiritbooks

© 2020 Ulrike Dietmann, www.ulrikedietmann.de
Verlag: spiritbooks · www.spiritbooks.de · 70771 Leinfelden-Echterdingen
Lektorat: Gabi Schmid · www.buechermacherei.de
Satz & Layout: Gabi Schmid · www.buechermacherei.de
Covergestaltung: OOOGRAFIK · www.ooografik.de
Illustrationen/Grafiken: #66008149, #66918353, #66917702, #66918348, #73408255, #2698066 | AdobeStock

Druck und Vertrieb: tredition GmbH, Halenreie 40-44, 22359 Hamburg · www.tredition.de

978-3-946435-56-3 (Paperback)

Inhaltsverzeichnis

Strahle für mich, Jamaica,

Lächle für mich, du Wunderbare, du Sanfte, du Reine.

Du bist das Land der Quellen, die nie aufhören zu fließen.

Sie kamen, sie stahlen ihr Gold, sie töteten ihre Kinder.

Sie landeten mit ihren Schiffen, sie benutzten sie, sie strahlte weiter.

Sie wollte fliehen, aber sie war eine Insel im Ozean.

Sie kamen, sie benutzten sie, sie strahlte weiter.

Sie schenkte ihnen ihr Herz, ihre Seele, ihren Körper.

Strahle weiter, meine Schöne, meine Pure, meine Reine.

Du bist das Land der Quellen, die nie aufhören zu fließen.

Wie der Regen nie aufhört, wie die Sonne aufgeht jeden Tag.

Sie kommen, sie beschmutzen deine Quellen, der Regen wäscht sie rein.

Sie morden, sie stehlen, deine Sonne geht wieder auf.

Strahle für mich, Jamaica,

Lächle für mich, du Wunderbare, du Sanfte, du Reine.

Sie kommen, du bleibst frei,

die Insel im endlosen Meer.

Ocho Rios, Jamaica, 7. Januar 2018

Jeder hat eine Wunde. Stimmt das? Haben wir eine Seele, die eine Wunde mit auf die Welt bringt? Manche sagen das. Meine Antwort ist meine Geschichte.

Ich bin Viola. Eine dieser Frauen, die alles richtig machen. Ich kümmere mich um andere, ich putze meine Zähne. Ich lächle grundsätzlich, wenn man mich anspricht.

Alles war gut, bis ... die Wunde sichtbar wurde. Ich glaube, sie schafft es immer, irgendwann ... und in diesem Moment werden wir zu dem Menschen, der wir sind.

Wenn deine Wunde noch nicht sichtbar wurde, lebst du vielleicht in diesem Kokon. Wie ich, früher einmal. Manchmal wünsche ich mir, ich könnte zurückkehren. Aber so läuft das nicht.

Ich bin Viola, ich sitze an meinem Laptop. Mein energetisches System verarbeitet gerade die sechs Stunden Zeitverschiebung seit gestern, wo ich aus der CET (Central European Time) in die EST (Eastern Standard Time) gewechselt bin.

Ich bin in Ocho Rios, Jamaica, und hier riecht alles feucht. Gerüche können sich hier nicht verstecken. Die Luftfeuchtigkeit bringt sie zum Vorschein. Sogar das Holz riecht wie aufgerissene Erde. Nichts Verstecktes. Das ist gut, es gibt mir ein Gefühl von Sicherheit.

Ich bin gestern Abend eingezogen in dieses Cottage am Meer, wo mich nachts die Insekten mit Musik unterhalten. Ich habe das Cottage vor einem halben Jahr im Internet gefunden. Du kennst das, manchmal sagt das Leben: Jetzt! Ja! Und dann tust du es.

Ich bin hier im Haus einer Künstlerin. Sie lebt nicht mehr, physisch zumindest. Ihre Tochter betreut das Haus. Aber der Spirit von Annabelle ist zu spüren. Vollkommen lebendig. Die Grenzen zwischen den Welten sind durchlässig. Jeder Gegenstand in diesem Haus atmet Schönheit, auch der Schirmständer. Auf dem Tisch neben mir stehen Blumen, und auch sie riechen – sie riechen nach Purpur.

Weißt du, wie das ist, in der Gegenwart eines anderen Wesens zu sein, das einen berührt, unsichtbar? Davon erzählt meine Geschichte: Wie man hinter der Welt des Sichtbaren eine Welt des Unsichtbaren entdeckt.

Ich bin auf der Suche nach der Liebe. Wer ist das nicht? Nach einer Liebe, in der das Unsichtbare das Sagen hat. Es macht Angst, dem Unsichtbaren zu begegnen, aber es bringt auch Wunder hervor. Und auch Wunder haben einen Geruch. Ich kenne den Geruch von Wundern. Kennst du ihn? Hier in Jamaica kann man ihn riechen. Er ist feucht und getränkt von Sonne.

Annabelle, die frühere Bewohnerin, hat eine Kunstgalerie betrieben, ganz hier in der Nähe. Harmony Hall, mit Liebe ausgewählte Bilder von jamaicanischen Künstlern. Auch die Wände des Cottage sind voll davon. Eines der Bilder zeigt kleine Szenen aus dem Alltag und da sind auch Pferde drauf. Da muss ich sehr lachen, denn es waren Pferde, die das Unsichtbare in mein Leben gebracht haben.

Ich bin selbst eine Künstlerin, ein Mensch, der in Träumen lebt und ich könnte mich nirgendwo mehr zu Hause fühlen als im Haus von Annabelle. Weit weg von meinem Leben in Europa, wo die Gerüche nicht so nackt sind.

Ich bin auf der Suche nach einem Zuhause. Seit ein paar Jahren schon. Nachdem ich mein Zuhause verloren habe, meine Familie, meine Kinder, mein Pferd. Das ist meine Geschichte. Die Geschichte einer Reise, getrieben von Sehnsucht, und von einer Frage: Kann man die Liebe wiederfinden, wenn man sie einmal verloren hat? Oder gewinnt die Angst?

Ich habe das Zuhause verloren, die Sicherheit, alles, was bekannt und vertraut war. Seither ist die Angst meine Begleiterin.

Ich hadere nicht mit der Angst, sie ist mächtig und sie bestimmt meine Geschichte, aber sie bringt auch Wunder hervor. Sie hat mich nach Jamaica gebracht. In das Cottage von Annabelle in Ocho Rios.

Die Angst ist das Tor zur Wahrheit. Jeder von uns steht irgendwann vor dem Tor. Zur Wahrheit und dann zeigt sich unser größtes Geheimnis, unsere Wunde.

Meine Wunde ist das Alleinsein. Ich bin wie ein Pferd, das man von der Herde getrennt hat und das in Panik nach seinen Artgenossen sucht. Für manche Pferde ist das Alleinsein nicht so schwierig, andere gehen daran ein. Ich wäre fast daran eingegangen.

Ich werde die Liebe finden, die Liebe. One Love – One

Heart, sagen die Jamaicaner, One Love – One Heart, singt Bob Marley. Es gibt nur eine Liebe. One Love. Ich will sie finden.

KAPITEL 1 – WER BIST DU, WENN ALLES ZU ENDE GEHT?

„Warum hat sich Hemingway eigentlich umgebracht? Ich meine, er schreibt unsterbliche Literatur, könnte stolz auf sich sein."

„Bitte hör auf, solche Fragen zu stellen, das deprimiert mich."

„Nein, das ist gut, das hilft mir, dem Ganzen ein Ende zu setzen. Stell dir vor, du bist in guter Gesellschaft ... Hemingway, mein Gott."

„Wie hat er es gemacht?"

„Erschossen mit einer Flinte. Er nannte sie „meine glatte braune Geliebte".

„Wieso weißt du so was?"

„Anregungen. Ich hol mir Anregungen."

Das sind die Dialoge, die in dieser Nacht geführt wurden. Es war scheißkalt, es regnete, das Wasser lief einem das Gesicht hinunter. Aber wir waren da.

Frankfurt, auf dem Dach eines Hochhauses. Ein Wunder hatte dafür gesorgt. Ein Wunder, ja. Das war vor drei Jahren. Ein Wunder in Gestalt von Michi. Er war Hausmeister in diesem Banken- und Versicherungsturm und er hatte den Schlüssel zur Stahltür. Anders kommt man nicht auf diese Dächer.

Und! Nächstes Wunder: Michi war entschlossen wie wir. Sonst hätte es nicht geklappt.

Ich dachte nur: Noch nie in meinem Leben hat mir das Schicksal so in die Hände gespielt.

Alles war zu Ende gegangen. Ich kann dir leider nicht sagen, wie. Ich komme da nicht hin. Ich kann es nicht aufschreiben, auch heute nicht, drei Jahre später. Es ist zu ... Ich kann es nicht. Später vielleicht. Nur das eine: Sie waren weg. Der Vater und seine beiden Kinder. Meine Kinder, mein Mann. Verstorben. Ein Unfall. Ich hatte nur den einen Gedanken: Ich will dahin, wo ihr seid, meine Familie. Aber das war nicht so einfach. Ich hatte keine Kraft. Ich hatte nicht genügend Kraft, um den Gang über die Regenbogenbrücke anzutreten. Ich hatte keine Kraft mehr zu leben und zu sterben erst recht nicht. Das war vor drei Jahren. Ich konnte nur beten, dass eine höhere Macht mir helfen würde.

Und dann ... du kennst das. Plötzlich ist es da. Du weißt: Jetzt! Ja! Ein Wunder: Diese Facebook-Gruppe mit dem Namen „Wenn alles zu Ende geht" auf meinem Bildschirm – einfach so aufgetaucht. Keine Ahnung durch welche Hobbys oder Cookies oder Apps sie mich gefunden haben. Keine Ahnung, in welcher Verfassung ich war, als ich auf „Beitreten" klickte.

Das ging dann so: Michi war der Moderator. Erst mal abchecken, wer ich bin, wollte er. Per Facebook-Nachricht.

„Hey, Viola, wir sind auf dem Weg ins Paradies. Und du?"

Ich: „Na klar, ich auch."

Michi: „Wir sind überzeugt, dass es jenseits der bekannten Wirklichkeit liegt."

Ich (denke): *Sekte? Drogen? Oder irgendeine sexuelle Obsession* ... Ich sage Michi ganz ehrlich, dass ich zu fertig bin für solche Dinge. Und da stellt sich heraus, dass es sich bei „Wer bist du, wenn alles zu Ende geht?" um eine Gruppe von Lebensmüden handelt. Genau wie ich. Ich werde freigeschaltet.

Und dann das zweite Wunder: Sie haben einen konkreten Plan. Michi, der Moderator der Gruppe, hat den Schlüssel für ein Hochhausdach in der Frankfurter City und da gibt es eine Stelle, wo man hinunterfallen kann und auf einem Rasen landet, ein abgezäuntes Stück, wo man auch keinem auf den Kopf fällt. Ist das nicht genial?

Es tut mir leid, wenn ich hier solche Szenarien vor dir ausbreite. Ich will, dass du mich verstehst, wo ich herkomme, welchen Weg ich gegangen bin. Ich muss das alles einfach einmal aufschreiben, ich glaube, das ist der einzige Weg, um da rauszukommen.

Denn jetzt sitze ich hier im wunderschönen Jamaica. Und so viele haben schon meinen Text von gestern gelesen und so berührende und aufrichtige Kommentare und liebe Sätze geschrieben auf Facebook und vielleicht ist das Leben doch irgendwie machbar. Auch wenn es irgendwie ...

Also in der Facebook-Gruppe von Michi habe ich erfahren, dass es gar nicht so einfach ist, in die andere Wirklichkeit überzuwechseln, sprich über die Regenbogenbrücke zu gehen wie Hemingway mit seiner glatten, braunen Geliebten.

Wer bist du, wenn alles zu Ende geht? Das war die Frage zur Begrüßung in der Facebook-Gruppe. „Ich bin Viola, ich bin Künstlerin und diese Reise ins Paradies läuft mir voll rein. Ich bin fertig mit allem hier und ihr habt einen stilvollen Abschied geplant. Ich sage: Ja."

Es war scheißkalt, es regnete, wir waren zu fünft. Die Facebook-Gruppe „Wenn alles zu Ende geht" hatte neunundfünfzig Mitglieder. Aber jetzt auf dem Dach waren es fünf. Michi, Alex, Hannah, Severin und ich.

Mein Herz schlug mir bis zum Hals. Wie viele würden wir sein, wenn wir auf der anderen Seite ankamen? Meine größte Angst ist ja das Alleinsein und dabei ist die größte Angst das Allein-Sterben. Und würde ich auf der anderen Seite allein sein? Oder würde ich sie wirklich wiedersehen? Oliver und die Kinder?

Nein, ich würde nicht allein sterben. Das war das zweite Wunder: Ich würde nicht allein sterben. Die Wahrscheinlichkeit sprach dagegen. Wir waren fünf. Ich würde nicht allein die Himmelsleiter hochklettern.

Die Erinnerung an diese Nacht bringt jedes Mal mein System zum Einsturz. Ich weiß nicht, ob ich dir das wirklich zumuten kann, aber auch das ist eine Ausrede. Ich weiß nicht, ob ich das wirklich schreiben kann.

In Jamaica wird es um halb sechs dunkel und es geht schnell. Man weiß, dass es gleich so weit ist, wenn man das erste Insekt singen hört. Eben habe ich es gehört. Die Dunkelheit macht mir Angst. Nicht die Dunkelheit von Jamaica, die ist okay. Es ist die Dunkelheit der Erinnerung. Ich war das erste Mal hier in JA (Abkürzung für Jamaica, benutzt hier jeder) 2016, vor zwei Jahren. Das war kurz nachdem ich die Reise ins Paradies angetreten hatte, damals auf dem Hochhausturm. Aber erst jetzt habe ich angefangen, darüber zu schreiben. Ich muss mir einen Tee machen und meinen Verstand zurückrufen. Dieser Tee heißt Detox. Riecht nach frisch geerntetem Gras. Ich habe ihn gestern gekauft im? Progressive Foods, dem Supermarkt in Downtown Ocho Rios.

Progressive Foods, der Supermarkt, hat einen sehr gedämpften Geruch wegen der Klimaanlage. Die bringt hauptsächlich den Geruch der Putzmittel hervor. Trotzdem ist Progressive ein Paradiesgarten für jemanden wie mich. Warum? Weil dort niemand, fast niemand, dieselbe Hautfarbe hat wie ich. Das hat eine unglaublich beruhigende Wirkung auf mich. Die Menschen hier machen mir keine Angst. Sie haben nicht die Hautfarbe jener, unter denen mein Herz zermalmt wurde. Detox-Tee ist gut, er kommt aus dem Paradies.

Gestern nachdem ich den Anfang des Buches geschrieben hatte, hatte ich den Einfall, einen Blog einzurichten und die Leser mitlesen zu lassen. Wow und jetzt alle diese Kommentare auf Facebook und auf der Seite des Blogs. Ich weine innerlich, weil ich mit meiner Geschichte nicht allein bin.

Mir fällt jetzt ein, dass ich tatsächlich in der Nacht bevor ich zum Flughafen fuhr, um nach Jamaica zu fliegen, von einer der Personen geträumt habe, die jetzt auf Facebook etwas geschrieben hat. In diesem Traum planten wir ein Theaterstück mit Pferden. Ich sage mir, diese Geschichte in meinem Traum ist eine Art Theaterstück mit Pferden. Ich bin Schriftstellerin und normalerweise schreibe ich über Pferde. Nur diesmal schreibe ich über mich. Aber ich ... ohne die Pferde geht es nicht.

Was ist passiert in jener Nacht in Frankfurt auf dem Hochhausturm? Fünf Menschen waren dabei, den Weg über die Regenbogenbrücke zu gehen.

Severin, Anwalt, kurz vor der Scheidung, drei Kinder, wohlhabende Familie, gebrochenes Herz. Der Wind weht so stark, dass er in die Knie geht und sich an der hüfthohen Balustrade festhält.

„Wenn wir nicht aufpassen, werden wir weggeblasen, bevor wir uns selbst wegblasen." Das ist Severins Humor. Wer bist du, wenn alles zu Ende geht?

„Ich wollte nur eines auf der Erde", hatte Severin auf FB gepostet, „meinen Lieblingsmenschen finden. Ich habe ihn gefunden, wir haben drei Kinder, aber jetzt ist sie weggegangen. Und ich werde nie wissen, warum."

Zu diesem Post gab es keine Kommentare. Was soll man da auch schreiben? Das heißt nicht, dass der Post irgendeinen kalt gelassen hätte. Kein Kommentar eben.

Hannah, Karriereabsturz, hasst ihren Job (ein Job für den man zehn Minuten braucht, um ihn zu erklären, das spare ich mir jetzt), Burn-out, fünf Jahre Gesprächstherapie, tägliches Meditieren, wöchentlich zwei Cranio-Sakral-Behandlungen, ohne Wirkung. Wer bin ich, wenn alles zu Ende geht?

„Irgendwo wartet etwas Besseres auf mich", hatte Hannah gepostet, „ich bin mir nur nicht mehr sicher, ob das hier auf der Erde ist. Ich bin mir ziemlich sicher, dass es *nicht* hier auf der Erde ist."

„Ziemlich sicher reicht nicht" hatte jemand kommentiert, der heute aber nicht mit auf dem Dach steht. Hannah dagegen schon. Sie ist vorsichtig mit ihren Versprechungen.

„Ich passe nicht in eine Welt, in der die Leute andauernd Versprechungen machen, die sie nicht halten", hatte sie mir einmal privat geschrieben. „Ich habe meinen Job verloren, weil es mir um die Sache ging. Den anderen ging es zuerst um Macht."

Hannah wog sicher an die einhundertfünfzig Kilo. Als ich sie zum ersten Mal sah, an diesem Abend auf dem Turm, dachte ich: Ja, Menschen mit Standpunkten haben es schwer in dieser Welt. Auch wenn Hannah vom Wind auf dem Dach nicht so leicht weggefegt wurde. Sie hatte schwarze Haare und eine schneeweiße Haut. In einem Märchen und mit 100 Kilo weniger wäre sie ein perfektes Schneewittchen gewesen. Eine Prinzessin. Es ist wirklich schade, dass die Menschen hier auf der Erde so wenig träumen. Sie hätte sicher einen Prinzen gefunden in einer Welt, in der mehr Platz für Träume war.

Dann bin da ich, mit meiner Angst vor dem Alleinsein, Schriftstellerin. Ich kann nicht mehr schreiben, seit meine Familie verschwunden ist, gestorben, verunglückt, genau genommen, seit jemand das wunderschöne Bild unserer Familie mit einem fetten kackbraunen Pinsel übermalt hat. Seither ist die Welt kein Märchen mehr, seit diesem Augenblick, kein Traum mehr. Und ohne Traum ist sie hässlich, kalt, böse und grausam. Jetzt nachdem ich aufgewacht bin aus dem Traum des Lebens, wird mir bewusst, wie viele Menschen immer in dieser kalten, hässlichen, grausamen Welt leben und nicht wie ich, in einen Traum schlüpfen können, als Schriftstellerin, als ich noch träumen konnte. Als ich noch schrieb. Nach dem Unfall konnte ich nicht mehr schreiben. Der Traum war weg. Ich muss den Traum wiederfinden.

Der Wind schmerzte, er trieb die Kälte in meine Poren, die Tränen in meine Augen. Er wühlte wie ein Messer in meinem Leib. Lange würde ich es nicht aushalten in dieser Scheißkälte, auf diesem Scheißturm. Ich würde gehen, in die eine oder die andere Richtung. Aber sicher nicht zurück in das kalte, hässliche, grausame Leben.

Dann war da noch Alex, Mitte zwanzig, schön wie eine Renaissance-Madonna. Sie hatte sich unsterblich verliebt in eine Frau, die zwanzig Jahre älter war und verheiratet. Wer bin ich, wenn alles zu Ende geht? Die Geliebte hatte Alex gesagt, dass sie sich nicht würde scheiden lassen. Keine gemeinsame Zukunft. Grausam und hässlich, das Leben. Wer bin ich, wenn alles zu Ende geht?

„Es ist ein Wunder, dass mir ein Mensch begegnet ist, den ich so lieben kann", postete Alex. „Das ist mehr, als ich vom Leben je erwartet hätte. Ich weiß genau, dass das nie wieder passieren wird. Der Rest meines Lebens wäre eine Enttäuschung."

Keine Kommentare!

Es ist nicht so, dass die Teilnehmer der Facebook-

Gruppe nicht schreiblustig gewesen wären. Es wurde viel gepostet, wenn es um letzte Kochrezepte, letzte Kirchenchorauftritte und den letzten Kinobesuch ging. Aber wenn die Wahrheit zu Wort kam, wenn es um die Frage ging: Wer bist du, wenn alles zu Ende geht? Dann wusste jeder, dass hier jedes Wort vergeblich war.

Das ist wohl der Unterschied zwischen einem Menschen, der zögert und einem, der entschlossen ist. Für den, der entschlossen ist, lässt sich die Wahrheit in einem Satz zusammenfassen und sie macht stumm. So lange einer noch redete, würde er am Leben bleiben. So lange einer redete und Kochrezepte postete, war die Welt nicht hässlich, kalt und grausam.

Alex war selbst im hässlichen, scheißkalten Sturm eine Erscheinung. Sie leuchtete von innen. Sie hielt sich an den einhundertfünfzig Kilo von Hannah fest. Das Bild werde ich nie vergessen. Es sah aus, als hätte die Hannah ihren persönlichen Engel dabei, der im Sturm plötzlich einen Körper bekommen hatte.

Und dann war da noch Michi, Anfang sechzig, Glatze, Schnurrbart, und Augen wie der Anführer eines Wolfsrudels. Michi ist ein so guter Mensch, dass man an der Menschheit verzweifeln muss, die dafür gesorgt hatte, dass er nicht mehr hierbleiben wollte. Es ist immer ein schlechtes Zeichen, wenn die Besten gehen. Das verstand ich erst richtig, als ich ihn in dieser Nacht zum ersten Mal persönlich sah. Man musste nur in seine Augen schauen und man konnte dort in eine Seele blicken, die zu schön war, zu rein, zu zerbrechlich für diese hässliche, grausame Welt. Wenn ich noch hätte träumen können, hätte ich ihn zu einer Romanfigur gemacht. Vielleicht wäre es mir gelungen, ihn in den Traum zurückzuholen, den man hier auf der Erde finden kann. Für Michi hätte ich es getan. Michi hielt dem Wind stand. Er war ein Fels. Nur seine Seele war zerbrochen. Wer bist du, wenn alles zu Ende geht?

„Ich wollte den Menschen immer nur dienen. Aber Diener werden mit Füßen getreten. Sie werden benutzt und ausgelacht. Jeder ist heute ein Herr. Diener gibt es nicht mehr. Dies ist mein letzter Dienst."

Das hatte Michi gepostet. Keine Kommentare.

Wer bist du, wenn alles zu Ende geht? Das frage ich dich. Ja, dich. Was ist deine Wahrheit, zu der es nichts zu kommentieren gibt? Und wie stehst du im Sturm auf dem Hochhausdach? Woran zerbricht deine Seele? Vielleicht hast du jetzt und heute keine Antwort, aber irgendwann wirst du eine haben. Es wird ein guter Moment sein, denn dann wirst du wissen, dass alles zu Ende geht. Und dann wird etwas Neues anfangen. Was auch immer das ist. So war es zumindest für mich.

Was mit Severin, Hannah, Alex und Michi passiert ist, weiß ich bis heute nicht. Denn an diesem Abend verließ ich die kalte, hässliche, grausame Welt. Es geschah ein Wunder, mit dem ich niemals gerechnet hätte. Das ich mir in meinen kühnsten Träumen nicht hätte erträumen können. Davon erzähle ich dann im nächsten Kapitel. Jetzt brauche ich aber erst noch einen Detox-Tee.

Nur das eine noch: Ich habe das Gefühl, dass ich Michi, Alex, Severin und Hannah wiedersehen werde, meine Gefährten im Sturm. Wenn der richtige Zeitpunkt da ist.

ONE LOVE - ONE HEART

Ich bin verwirrt und überrascht. Eben habe ich auf den Blog geschaut und dort ein paar sehr berührende Kommentare gefunden und auf Facebook noch einmal eine Menge Kommentare.

Marietta Tango schreibt: „Ich weiß nicht, was Viola passiert ist, dass sie alle(s) Liebe verloren hat. Mir ist es jedenfalls auch so ergangen ... Der ganze Schmerz. Ich fühle ihn bis heute. Immer wieder wirft er mich zurück auf mich selbst."

Oder Nirupa: „Und da jede Wunde uns verschließt, zeigen sie sich nun, Schicht um Schicht, um gesehen und gefühlt zu werden ... Das Leben sagt: Komm heim, komm endlich heim ..."

Ich staune, wie sehr die Leser schon nach den ersten Seiten des Romans das ganze Thema sehen und fühlen. Ich schreibe schon mein Leben lang, viele Bücher, und immer war das Schreiben etwas sehr Einsames. Ich und die Geschichte. Der Leser weit weg. Und jetzt plötzlich ... Es ist ein merkwürdiges Gefühl. Ich bin nicht mehr allein mit meiner Geschichte. Ich habe die Leser eingeladen und jetzt sind sie da. Danke, liebe Leser. Mehr kann ich dazu nicht sagen. Ich staune.

Ich komme gerade zurück von einem Spaziergang über das Gelände von Te Moana. Ich und mein kleines Notizbuch, immer dabei, falls mich der Blitz der Eingebung trifft. Und was habe ich gemacht? Ich habe die Formen der Blätter aufgezeichnet. Vielleicht hast du ja einen Gummibaum zu Hause. Du musst es dir so vorstellen: Hier gibt es den Gummibaum in unvorstellbaren Varianten. Es gibt hier Blätter so groß wie Handtücher, gefaltet wie ein Faltenrock. Und Büsche, an denen unzählige solcher grüner Faltenröcke empor sprießen.

Daneben steht dann eine Palme mit einem Stamm wie ein Streichholz, hoch wie Giraffenhals und oben drauf sitzt ein Büschel von Fächern, die in alle Richtungen explodieren wie ein Silvesterfeuerwerk. Und hinter ihr eine Palme mit einem rotbraunen Stamm und Blättern, jedes Blatt so groß, dass man darauf Boot fahren könnte.

Nirupa schrieb, „Komm heim, komm endlich heim". Ja, dieses „Komm heim", das habe ich gefühlt auf dem Spaziergang durch den Garten von Te Moana, nachdem ich all diese wunderschönen Formen aufgezeichnet habe. Am Ende aber war es ein Blatt, nur so groß wie ein Daumen. Ein kleines, längliches Blatt, das auf dem Boden lag, neben anderen heruntergefallenen Blättern.

Es ragt heraus durch seine neongrüne Farbe. Diese Farbe, das Leuchten in dieser Farbe hatte eine seltsame Wirkung auf mich. Als hätte jemand einen Farbtopf in meinem Inneren ausgeschüttet. Etwas wird berührt: Das bin ich.

Ich erinnere mich, dass ich als Kind dieselben Gefühle hatte für die Tapete in meinem Kinderzimmer, eine Frau mit einem Regenschirm, Mary Poppins, in unzählige Male über die ganze Wand verteilt. Die Farbe war Pink.

Ihr Regenschirm war pink. Wenn ich diese Farben sehe, öffnet sich eine Tür für mich.

Als würde ich aus der Haut der einen Welt heraustreten und in die Haut einer anderen eintreten. Und dann habe ich das Gefühl von Heimat. Die Heimat ist ein verborgenes Reich hinter der Oberfläche, und man kann sie betreten durch ein neongrünes Blatt im Garten von Te Moana. Dort gibt es keinen Schmerz mehr und ich muss auch nicht sterben, um dorthin zu gelangen.

Mein Leben lang suche ich nach diesem Tor. Wenn ich es finde, ist alles gut.

In Jamaica gibt es viele Tore. Hier gibt es viel Schönheit. Hier verschwinde ich als Mensch, der Wunden hat und in einer hässlichen, grausamen Welt lebt. Die Schönheit hier in diesem Paradiesgarten, sie umarmt mich, sie ist so großzügig. Und sie tröstet mich.

Vor drei Jahren in jener Nacht auf dem Hochhausturm in Frankfurt bin ich durch ein solches Tor gegangen. Jetzt, wo ich hier bin, kehrt die Erinnerung zurück. Ich werde noch einmal hindurchgehen, diesmal mit Worten. Die Worte werden mich beschützen. Ich bin durch dieses Tor hindurch gegangen und ich habe eine unbekannte, neue Welt kennengelernt. Sie hat mich verwirrt und verzaubert und ich konnte nicht mehr zurück.

Die Menschen sagen, wenn der Schmerz zu groß wird, kommt Hilfe, die man nicht erwartet.

Ich stehe am Rand des Daches. Ich bin bereit. Der Wind bläst so stark hier oben, dass ich genau weiß, wenn ein Stoß kommt, nimmt er mich mit. Ich gebe mein Leben in die Hände des Windes. Jetzt in diesem Augenblick. Es liegt nicht mehr in meiner Hand. Ich fühle ihn jetzt wieder, diesen Augenblick. Er ist ganz da. Die Kälte, das Wasser, das über mein Gesicht läuft. Ich brauche ein Taschentuch, meine Nase läuft. Hat jemand ein Taschentuch? Ich sehe die anderen nicht mehr. Michi, Severin, Hannah, Alex. Wo sind sie? Ich kann mich jetzt nicht darum kümmern. Jeden Moment kann ich diese Welt verlassen. Ich weiß jetzt, wie es ist. Ich habe losgelassen. Es ist Freiheit. Es ist dasselbe Gefühl wie ... der Anruf.

Ein Arzt, der Englisch sprach mit einem starken Akzent. Ich fühlte, dass er überarbeitet war, sehr müde und er musste mir etwas sagen, das man nicht gern anderen sagt. Es kostet viel Kraft, Menschen solche Nachrichten zu überbringen. Ich erkannte es an der Müdigkeit seiner Stimme. Ich fühlte, dass er einsam war, dass da niemand war in seinem Leben, der ihn tröstete, wenn er solche Nachrichten überbringen musste. Nachrichten, die andere Menschen einsam machen, so einsam, dass sie nicht überleben können. Ich weiß nicht mehr genau, was er sagte. Ich wusste sofort, dass es keine Hoffnung gab. Dass es endgültig war. Dass sie nicht zurückkehren würden auf die Erde.

Und jetzt auf dem Dach, im Wind, in der Scheißkälte, war es dasselbe: Ich konnte nichts tun. Der Wind hatte jetzt das Sagen. Ich stand mit den Knien gegen die Balustrade gedrückt, mein Oberkörper war wie ein Grashalm im Wind. Ich fühlte diese Freiheit. Ich war eins mit dem Wind. Der Wind bestimmte jetzt über mich. Ich wurde immer weicher. Ich wartete auf den Augenblick, wo ich allen Halt verlieren und fallen würde. Fallen, fallen ...

Der Wind ließ nach. Warum? Warum jetzt? Verdammt. Ich war doch bereit gewesen. Warum nahm er mich nicht mit? Warum musste ich mich wieder um alles selbst kümmern? Warum konnte ich nicht einmal eine so simple Sache wie Schwups-über-eine-Balustrade auf einem verdammten Hochhausdach hinkriegen?

„Wir können etwas für dich tun", hörte ich eine Stimme in meinem Rücken. Michi? Severin? Eine männliche Stimme „Aber du musst uns deine Zustimmung geben", fuhr die Stimme fort.

„Ich bin mit allem einverstanden", erwiderte ich angepisst. „Ich bin wirklich so was von fertig mit allem hier! Ich will weg." Ich glaube so angepisst hatte ich noch nie mit jemandem geredet.

„Wie ich das hasse", hörte ich die Stimme. „Es dauert Jahre, die ganze Scheiße wieder aufzuräumen. Das Loch, das das hier reißt. Oh, Mann. Warum haben sie wieder mich hierher geschickt?"

Ich war verwirrt. Wer redete so mit mir? „Nein, ich werde mich jetzt nicht auf irgendein Psycho-Spiel einlassen. Ich will runter hier!"

Der Wind, der Verdammte, er zog sich zurück. Ich konnte sogar ein Stück wolkenlosen Himmel sehen, direkt über mir. Und ich schwöre: Dort war jemand. Irgendein verschwommenes Wesen, das ... Es konnte sprechen und ich hörte es sagen: „Bring sie verdammt noch mal dazu, den Vertrag zu unterschreiben, du Verlierer."

„Mir reicht es", sage ich. „Ich werde ganz sicher keinen Vertrag unterschreiben, bevor ich tot bin."

Ich weiß, der Typ, der da mit mir redet, steht immer noch hinter mir, aber ich werde mich nicht umdrehen.

„Wie ich das hasse", höre ich ihn jetzt wieder und habe das Gefühl, dass er mir gleich auf die Schulter tippt. „Unterschreib", sagt er. Aber er ist wirklich ein Verlierer. Das höre ich an seiner Stimme. Niemand würde wegen ihm einen Vertrag unterschreiben.

Dann passiert etwas sehr Merkwürdiges. Ich verstehe, wenn du dich fragst, ob du mir hier noch folgen kannst, bei dem, was jetzt kommt.

Das Dach, das Hochhaus, die Kälte, der Wind, die Dunkelheit, sie sind verschwunden. Ich bin irgendwo. Wo, weiß ich auch nicht so genau. Wie ich hierhergekommen bin, weiß ich auch nicht. Es ist hell. Es ist warm und es ist lautlos. Auch wenn es Geräusche gibt, so sind sie doch lautlos. Irgendwo zwischen Himmel und Erde, so fühlt es sich an.

Ich unterschreibe einen Vertrag. Ich weiß, was drin steht, ohne dass ich ihn gelesen habe. Das ist hier so: Man weiß einfach. Es steht drin, dass ich ab sofort mein Leben in die Hände der Engel übergebe. Ich schaue mich um: Sie sind wunderschön: Engel. Sie sind weiß, sie sind Licht und sie haben Flügel. Sie haben keine fest umrissene Form, keinen Körper wie wir Menschen. Ich kann sie zwar als fest umrissene Form wahrnehmen, aber ich weiß auch, dass das nur die Brille ist, mit der ich auf sie schaue. Sie sind Licht. Ich unterschreibe.

Ich bin so froh, dass ich hier sein kann. Hier bin ich nicht allein. Ich habe sogar das Gefühl, dass ich nie wieder allein sein werde. Jetzt wo ich sie getroffen habe. Es ist ein unglaublich schöner Augenblick und ich möchte immer dortbleiben. Ich bin so neugierig.

Ich sehe jetzt den Engel, der bei mir auf dem Hochhausdach war. Ich erkenne ihn an seinem traurigen Gesicht, auch wenn ich das Gesicht nicht gesehen habe. Es ist das Gesicht, das zur Stimme passt. Er ist es, der mir den Vertrag überreicht hat.

„Wer ist für sie zuständig", höre ich jemanden fragen. Um mich herum steht eine ganze Versammlung. Sie wirken wie eine Versammlung von medizinischen Spezialisten, die herausfinden wollen, was mein Problem ist.

„Sie kommt aus einer alten Linie", höre ich einen sagen. „Sie ist wirklich völlig fertig."

Ich habe das Gefühl, dass ich von denen, also von den Engeln um mich herum, gescannt werde. Und es ist als würde ich den Engel vom Dach seufzen hören, obwohl das natürlich ganz lautlos abläuft. Als würde er sich denken: Okay, schwieriger Fall.

„Verdammt", höre ich mehrere rufen und sie drehen sich weg als hätten sie etwas sehr Abscheuliches gesehen.

„Sie ist vollkommen verseucht."

„Bis in die letzte Pore."

„Gibt's nicht oft."

„Kommt nicht oft vor."

„Er hat sie dran gekriegt."

„Und wie!"

„Schauderhaft“

So geht es in einer Tour. Du musst verstehen, dass die Engel nicht so reden, also nicht wie mit einer menschlichen Stimme und menschlichen Worten. Es kommt nur so bei mir an. Sie meinen es aber schon so. Es übersetzt sich nur so in meinem Kopf. Auf alle Fälle sehen sie etwas in mir, das sie schockiert, als hätten sie einen bösartigen Krebs festgestellt. Irgendwie beruhigt es mich, denn ich habe Vertrauen zu ihnen. Und vielleicht finden sie ja die Lösung. Ich bin einfach nur glücklich, hier zu sein. Es ist nicht mehr kalt und der Schmerz ist verschwunden.

„Was ist passiert“, höre ich sie reden.

„Sieh ihn dir an. Er hat sie bekommen.“

Ich weiß nicht, wovon sie reden. Wer ist *Er?* Und wie hat er mich bekommen?

Plötzlich herrscht eine große Aufregung. Sie scheinen etwas wahrzunehmen, was ich nicht sehen kann. Ich habe aber das Gefühl, dass es mit mir zu tun hat.

Ich höre sie wirklich „Oh, mein Gott!“ rufen sie, obwohl sie das natürlich nicht so ausdrücken würden. Oder vielleicht doch? Sie arbeiten schließlich für ihn, dachte ich zumindest immer.

„Sie ist ein Festessen für ihn. Eine wie sie zu kriegen.“

Also ich weiß nicht. Ich soll ein Festessen sein? Und für wen?

„Sie ist vollkommen verseucht. Wir sind dem nicht gewachsen.“

Es wird immer mysteriöser, finde ich. Der Engel vom Dach ist erleichtert. Er ist nicht der Einzige, der hier ein

Problem hat. Aber warum bin ich so ein Problem? Selbst für die Engel?

Sie geben eine Akte herum. Energetisch, du weißt schon: energetisches Akte-Herumreichen. Und sie machen einen Stempel drauf, der so etwas wie *höchste Schwierigkeitsstufe* bedeutet. Auch wenn ich das nicht lesen kann, ich weiß es, so wie man hier alles irgendwie weiß. Jetzt ist es amtlich. Alle schütteln den Kopf.

Ich sehe, wie die Akte auf dem Schreibtisch von Erzengel Michael landet. Woher ich weiß, dass er es ist? Man weiß es eben, wenn man ihn sieht. Ich habe ihn sofort erkannt, obwohl ich ihn noch nie gesehen habe und auch nur vage von seiner Existenz wusste.

Er scannt die Akte. Erzengel Michael! Ich habe Ehrfurcht vor ihm. Er ist unglaublich schön. Sein Licht ist schön, strahlend, ungefähr als würde man die schönsten Farben der Welt, purpur, türkis, tiefviolett und das Grün der Palmblätter nehmen und dann von diesen Farben nur die Essenz verwenden, das Licht. Dann käme man an das heran, was Michael ist. Am eindrucksvollsten sind seine Flügel. Sie sind wie die Flügel einer Million Schwäne, beschienen vom Licht der Morgensonne. Die anderen Engel stehen ehrfürchtig um ihn herum, wie ich ja auch.

„Ich werde euch etwas lehren mit diesem Fall", sagt er zu ihnen. „Sie ist wertvoll für uns. Sie braucht eine besondere Fürsorge. Versteht ihr das?"

Sie nicken.

Diese beiden Sätze bleiben bei mir hängen: „Sie ist wertvoll für uns. Sie braucht eine besondere Fürsorge."

Und dann höre ich ein grässliches Brüllen. Es kommt aus der Tiefe. Das Licht zieht sich zurück und auch die Engel sehen plötzlich aus als würden sie frieren. Dann sehe ich *Ihn*. Zuerst nur wie eine Zusammenballung von dunkler Energie, dann blitzt für einen winzigen Augenblick eine Fratze auf. Ich kann es nicht wirklich beschreiben, denn in diesem Augenblick fühle ich nichts. Er ist hässlich, mehr kann ich nicht sagen, an ihm ist nichts Liebenswürdiges. Ich höre *Ihn* lachen.

Am nächsten Morgen wache ich auf. Ich liege zu Hause in meinem Bett. In der Wohnung, in der ich mit meiner Familie gewohnt habe und die jetzt leer ist. Nur die Möbel, die Kleider, die Laptops, die Gegenstände, die zu ihrem Leben gehört haben, sind noch da. Ich habe sie in die Regale gelegt. Ich weiß nicht, wie ich hierhergekommen bin. Ob mich jemand hierhergebracht hat, Menschen oder Engel. Meine nassen Kleider liegen auf dem Boden.

Etwas ist anders. Ich bin anders. Ich bin nicht mehr allein. Ich habe jetzt Engel in meinem Leben. Ich habe den Erzengel Michael, der sich meiner angenommen hat. Für den ich wertvoll bin. Und ich habe einen Vertrag mit ihnen unterschrieben, in dem steht, dass ich ab sofort ihren Anweisungen zu folgen habe. Das ist der Deal. Sie beschützen mich und ich folge ihren Anweisungen.

Ich frage mich, ob das verständlich ist für andere Menschen, für dich, Leser*in. Hast du Engel in deinem Leben? Haben sie dir einen Vertrag angeboten? Hast du unterschrieben?

Warst du schon mal an so einem Ort, wo du wusstest,

was los ist, auch wenn du es eigentlich nicht wissen konntest? Dann verstehst du mich vielleicht.

Vielleicht verstehst du es auch nicht. Wie sollst du auch, wenn du es noch nicht erlebt hast? Es ist nicht wichtig.

An all dem ist nur eines wichtig: Ich bin nicht mehr allein.

Kapitel 3 – Wie ich nach Jamaica kam

Die Seele kennt ihren Weg, wie das Wasser. Und wir folgen ihr.

Ich habe einen Vertrag mit Engeln unterschrieben, aber genau genommen bin ich wahrscheinlich nur dem Ruf meiner Seele gefolgt. Es ist nicht leicht, die Seele zu erfühlen und zu erkennen, was sie will. Manchmal braucht es ein Hochhaus und die Absicht zu sterben. Sie will etwas anderes als unser Verstand. Das macht es schwierig. Wäre es nach meinem Verstand gegangen, wäre ich jetzt tot. Aber ich lebe. Ich lebe, weil ich eine Erscheinung hatte. Mir sind Engel erschienen, die mich als schweren Fall abgestempelt haben.

Heute bekam ich eine E-Mail von einer Freundin, die meinen Blog gelesen hat, die Geschichte mit den Engeln. Sie schrieb, dass sie nicht damit einverstanden wäre. Ich sei kein schwerer Fall, nur das, was mir widerfahren ist, sei schwierig. Vielleicht ist das Leben auf der Erde generell ein schwerer Fall. Ich glaube aus der Sicht der Engel ist das so. Ich tue alles, um sie zu fühlen, die Seele, um ihre Stimme zu hören. Denn ohne sie gehe ich ein. Die Seele ist meine Nahrung, ohne die es nicht geht.

Ich finde sie in Jamaica. Die Seele. Warum? Warum hier? Ich weiß es nicht. Gestern schrieb mir ein Freund in einer E-Mail: „Ich habe gelernt, Träume nicht zu interpretieren, sondern sie zu fühlen."

Ich war vorhin schwimmen. Mein kleines Haus steht nur zwanzig Meter vom Meer entfernt. Dort ist eine Klippe aus Vulkangestein. Eine kleine gewundene Treppe führt hinunter zu einer Plattform aus Holzplanken. Von dort kann ich ins Meer gleiten. Im Meer gibt es Stellen, da kann ich stehen auf Fels oder auf Sand und ich kann schwimmen.

Das Wasser ist warm, egal wie lange ich drin bleibe, mir wird nicht kalt. Es sind dort keine Menschen, nur ab und zu fährt ein Boot in der Ferne vorbei, ein schlankes Boot mit einem Motor und dunkelhäutigen Männern. Meist sind es zwei, einer sitzt und einer steht oder beide sitzen oder beide stehen, es ist immer ein anrührendes Bild. Und wenn das Boot blau ist, bin ich glücklich.

Vorhin im Wasser habe ich über diesen Satz nachgedacht: „Ich habe gelernt, Träume nicht zu interpretieren, sondern sie zu fühlen."

Er hat recht, mein Freund. Mein Verstand prallt an der Klippe ab wie das Wasser, wenn ich versuche, zu interpretieren, was mir passiert ist.

Was ist mir passiert? Mein Mann, Oliver, und meine beiden Kinder, Saskia und Leo kamen bei einem Autounfall in Marokko ums Leben, wo sie eine Rundreise in einem Mietwagen machten. Niemand weiß, wie es passiert ist. Das Auto stürzte einen Abhang im Atlas-Gebirge hinunter. Vermutlich waren sie auf der Stelle tot. Mehr kann ich dazu wirklich nicht sagen. Ich möchte mich nicht erinnern. Ich möchte diese Gefühle nicht mehr fühlen.

Ich bin lieber hier in Jamaica, wo alles schön ist. Wo ich begonnen habe, meine Geschichte aufzuschreiben und die Idee hatte, die Leser*innen einzuladen, um meine Geschichte mit ihnen zu teilen.

Ich bin dann nicht allein. Es gibt Leser. Menschen, die ich kenne, Freunde und Menschen, die ich nicht kenne. Sie sind Tausende von Kilometern entfernt, aber sie antworten mir. Sie fühlen, dass es überlebenswichtig für mich ist, dass sie da sind.

Ich bin in diesem Zwiespalt: Schreiben, das bedeutet, der Wahrheit ins Gesicht zu schauen. Die Sprache, das weiß ich, ist schonungslos. Es gibt kein schärferes Instrument der Wahrheit als das Wort. Die Sprache ist der Bote einer noch unbekannten Wahrheit und die Sprache bringt sie ans Licht. Das macht mir Angst. Aber ich weiß auch, dass ich dieser Angst begegnen muss, wenn sich je etwas ändern soll. Ich habe große Angst, so große Angst, dass ich andauernd überlege, wie ich da wieder herauskomme. Nur habe ich es ja öffentlich gemacht, jetzt. Wie verrückt muss ich sein, mich so sichtbar zu machen? Die Menschen werden mich vielleicht wieder verletzen. Sie werden meinen Schutzschild durchschlagen und dann werde ich keinen Ort auf der Welt mehr haben, an den ich fliehen kann.

Bisher aber sind die Leser*innen voller Anteilnahme, sie sind ehrlich und sie geben mir das Gefühl, da zu sein und gesehen zu werden. Sie geben mir das Gefühl, geliebt zu werden. Das ist die Medizin für mich. Dafür bin ich unendlich dankbar.

Ich verstehe jetzt, warum Erzengel Michael sagte: „Sie braucht besondere Fürsorge."

Ich lebe nun schon drei Jahre mit dieser Einsamkeit, mit dieser Angst, jeden Moment könnte wieder so ein Anruf kommen wie damals aus Marokko. Es braucht so unendlich viel Fürsorge, so unendlich viel Anteilnahme, um ein gebrochenes Herz zu heilen. Und dann frage ich mich, ob wir nicht alle diese unendliche Anteilnahme und Liebe und Fürsorge brauchen, ob unser aller Herz nicht gebrochen ist. Egal, was unsere Geschichte ist. Meine Antwort ist: Ja.

Ich glaube, die Menschen fühlen das, deswegen antworten sie mir. Deswegen schreibe ich weiter.

Wenn ich ein Pferd aus einer Herde herausnehme, wird es deprimiert und krank und irgendwann so schwach, dass es keine Kraft mehr hat, den Zaun zu durchbrechen, um wieder eine Herde zu finden. Mit Menschen ist es nicht anders. Und ich glaube, wir haben alle unsere Herde verloren.

Alles, was wir tun, sind verzweifelte Versuche, sie wiederzufinden. Danke, Corinna, dass du mich daran erinnert hast in deinem Kommentar. Ein Blog-Kommentar, ein Facebook-Kommentar, eine E-Mail im richtigen Augenblick, das sind die Dinge, die unser Leben verändern. Kleine Dinge, die wir mit Größe tun. Mit Liebe.

Was ist passiert, nachdem ich den Vertrag mit den Engeln abgeschlossen habe? Wie ging es weiter? Das haben einige Leser gefragt.

Die Antwort war damals (vor zwei Jahren) und heute dieselbe: Jamaica. Der Weg der Seele. Jetzt im Rückblick kann ich klar erkennen, dass es kein Zufall ist, dass es mich hierher verschlagen hat. Auch wenn mein Verstand es nicht begreift, so weiß ich doch, dass es für mich der Weg des Überlebens auf der Erde war. Ich werde dir die Geschichte erzählen. Du wirst sie vielleicht nicht verstehen, aber du wirst sie fühlen können.

Nach jener Nacht auf dem Hochhausturm war ich eine andere geworden, etwas war mit mir passiert. Und das Leben zeigte es mir.

Meine Arbeit als Coach wurde plötzlich sehr erfolgreich. Dafür haben die Engel gesorgt. Seit mehreren Jahren halte ich außerdem Seminare ab, in denen ich Menschen zeige, wie sie wahre Verbindung zu Pferden finden. Das ist eine sehr schöne Arbeit, denn sie berührt die Essenz. Die Seele. Aber jetzt verstehe? ich das viel tiefer. Ich werde dir drei kleine Geschichten erzählen, darüber, was die Engel in mein Leben gebracht haben.

Die erste Geschichte ist die Geschichte von Manuela.

Manuela kam zu mir als Coaching-Klientin. Manuela war mit einem Mann verheiratet, der sie seit Jahren offen betrog und der ihre Naivität so sehr ausgenutzt hatte, dass sie bei einer Scheidung ihr Elternhaus, in dem sie lebte, und das Sorgerecht für ihre beiden halbwüchsigen Kinder sehr wahrscheinlich verloren hätte. Details erspare ich mir, solche Situationen gibt es auch in einem Rechtsstaat wie Deutschland. Manuela hatte außerdem drei Pferde, arabische Vollblüter, die sie sehr liebte. Genau wie ich. Das verband uns.

Manuela sagte mir zu Beginn des Coachings, dass sie

das Coaching nur dann würde bezahlen können, wenn ein Wunder geschah und das Gericht ihr das Haus zusprach. Dann jedoch würde sie mir das doppelte Honorar bezahlen als Dank dafür, dass ich ihr helfen konnte. Ich sagte Ja. In der Nacht darauf hatte ich einen Traum, in dem ein arabisches Vollblut eine belebte Straße entlang lief, ohne jede Angst. Das besondere Detail: Manuela saß auf seinem Rücken ohne Sattel und Zaumzeug. Das Pferd vertraute ihr vollkommen.

Drei Monate später fand die Gerichtsverhandlung statt und das Haus kehrte zurück in den Besitz von Manuela. In den nächsten vier Wochen wurde ihr das alleinige Sorgerecht für ihre Kinder zugesprochen. Zwei Monate später war sie geschieden und konnte ein neues Leben beginnen. Ich führte viele Coaching-Telefonate mit Manuela und mir wurde klar, dass der ganze Druck, der Schmerz, die Angst, die Demütigung, es ihr erlaubten, Dinge zu lernen, die ihr sonst nicht möglich gewesen wären. Der Erfolg aber kam, weil ich die Gewissheit hatte, dass es gut ausgehen würde. Die Menschen denken, dass die Hilfe der Engel darin besteht, mit einem Zauberstab positive Ereignisse herbeizuzaubern. Aber das ist nicht so.

Die Engel geben dir den Glauben. Das ist alles.

In jedem einzelnen Satz, den ich mit Manuela austauschte, wenn sie weinte, ihr Schicksal beklagte, ihren Mann zur Hölle wünschte, hatte ich immer das eine Gefühl: Sie wird auf dem Pferd durch die Stadt reiten und alles wird gut sein. Die Engel hatten mir den Glauben daran gegeben.

Die zweite Geschichte: Sabrina hatte ihren Job satt. Sie träumte seit Jahren davon, sich selbstständig zu machen. Sie hatte einen wasserdichten Businessplan, alles was noch fehlte, waren 50.000,00 Euro Startkapital. Aber die bekam sie einfach nicht zusammen mit ihrem Friseurinnen-Gehalt, egal wie viele Haare sie schnitt. Da bot ihr ein langjähriger Kunde an, ihr das Geld gegen eine 5 %ige Gewinn-Beteiligung nach fünf Jahren zu leihen, und so, lange bis sie den Betrag zurückbezahlt hatte.

Ihre Geschäftsidee fand ich brillant: Sie bot eine Online-Beratung an, wie man seine Traumfrisur finden konnte, indem man ihr ein Foto schickte und ein paar Angaben zu den Haaren. Sie erstellte dann sogar genaue Anweisungen für den Friseur der jeweiligen Person, sodass ihr Angebot bundesweit genutzt werden konnte.

Aber jetzt, wo das Geld in greifbarer Nähe war, knickte Sabrina ein. Der Geldgeber hatte ihr eine Woche Zeit gegeben, eine Entscheidung zu treffen. Wenn sie Nein sagte, würde er das Geld woanders investieren. Sabrina hatte eine Reitbeteiligung in dem Stall, wo auch mein Pferd stand. So bekam ich die ganze Geschichte mit. Sie fragte mich nach einem Rat.

Ich sagte zu ihr: „Weißt du, ich werde normalerweise bezahlt für solche Ratschläge. Und wenn der Rat einen Wert haben soll, dann lass uns einen Termin vereinbaren."

Ich glaube, sie hielt mich für geldgierig und unfreundlich, schließlich liebten wir beide Pferde und wenn man mit Pferden zu tun hat, ist es nicht angebracht, kleinlich zu sein.

Sie verstand aber wohl auch, dass ein kostenloser Rat nichts anderes ist als eine Beleidigung des eigenen Urteilsvermögens. Ich nannte ihr eine Uhrzeit und einen Tag. Sie rief an. Sie schilderte in allen Details das Risiko ihres geplanten Business. Sie war im tiefsten Innern überzeugt, dass sie, wenn sie ihren Job kündigte, mit Schulden und obdachlos auf der Straße enden würde. Nach einer halben Stunde machte sie zum ersten Mal eine Pause, um Luft zu holen. Ich nutzte diesen Augenblick, um sie zu fragen, ob draußen vor ihrem Fenster ein Eichhörnchen zu sehen sei.

„Seit ein paar Tagen taucht dort ein Eichhörnchen auf, das ich noch nie zuvor dort gesehen habe", antwortete sie.

„Und jetzt", fragte ich.

„Eben ist es den Stamm hochgeklettert."

Da wusste ich, es würde gut gehen. Ich sagte: „Dein Plan wird erfolgreich sein. Wenn nicht, übernehme ich die Schulden."

Heute ist Sabrina ein ganz anderer Mensch. Die 50.000,00 Euro hatte sie nach drei Jahren erwirtschaftet. Mit dem Geldgeber ist sie glücklich verheiratet.

Das alles geht zurück auf den einen Augenblick, in dem ihr Zweifel sich in Glauben verwandelte.

Glauben, das ist die Kraft der Engel.

Und das war es, was sie mir schenkten. Sie schenkten mir den Glauben, um ihn an die Menschen weiterzugeben.

Die dritte Geschichte:

Das ging nun so eine ganze Weile. Egal, wem ich begegnete in meinen Seminaren, in meinen Coachings, ich fand die Lösungen, ich bekam die Eingebungen und alles ging gut. Das machte mich glücklich. Es ist schön, wenn man Menschen helfen kann. Es ist ein Akt der Liebe. Ich schenkte Liebe und ich bekam Liebe geschenkt.

Wenn ich aber abends nach Hause kam, war da niemand. Es war immer das gleiche Gefühl. Ich betrat die Wohnung, in der wir gemeinsam gelebt hatten und meine Kraft verschwand, als hätte der Luftballon ein Loch. Die Leere, dort, wo wir zuvor so viel Glück und Freude und Liebe geteilt hatten, sie war wie der Tod mitten im Leben.

Meine Freunde sagten: Such dir eine neue Wohnung. Du musst aufräumen, nur wenige Erinnerungsstücke behalten. Du musst dir eine neue Umgebung schaffen, ein neues Leben anfangen. Das Problem war nur, dass mich allein der Gedanke daran vollkommen lähmte. Ich hatte nicht die geringste Kraft. Nichts würde sich jemals ändern, davon war ich überzeugt.

Denn mir fehlte das Eine: Zwanzig Jahre lang hatte ich mit Oliver ein Bett geteilt. Bis auf wenige Nächte hatten wir jede Nacht nebeneinandergelegen, meist eng umschlungen. Allein in einem Bett zu schlafen, das war, als hätte man mir eine Hälfte herausgerissen. Ich hörte meinen Körper den ganzen Tag schreien: „Wann kommst du zurück? Wann kann ich dich wieder berühren?" Die ganze Nacht. Säuglinge sterben, wenn sie nicht berührt werden. Erwachsene auch, nur langsamer.

Eines Tages führte ich deshalb ein ernstes Gespräch mit Erzengel Michael.

„Ich verstehe jetzt, dass ich wertvoll für euch bin", sagte ich zu ihm. „Ich bringe eure Botschaften unter die Leute. Aber was springt für mich dabei heraus?"

Schweigen.

„Hast du nicht gesagt", fuhr ich fort, „dass ich besondere Fürsorge brauche? Wo ist die besondere Fürsorge?"

Ich glaube, er verstand, dass es mir ernst war. Er sagte so etwas wie: „Ich dachte schon, du fragst nie." Er redet natürlich nicht so profan wie ich, aber sinngemäß ...

Es dauerte eine Weile, bis ich dahinterkam, was er mir damit sagen wollte. Meinte er, dass ich darum bitten sollte? Dann würde er meine Bitte erfüllen können? Meinte er, dass es mein gutes Recht war, auch etwas vom Kuchen der Liebe und des Erfolgs abzubekommen, nachdem ich anderen so viele schöne Stücke auf den Teller gehäuft hatte?

Oder meinte er, dass es möglich war, dass ein anderer Mann in mein Leben kommen konnte und mir das geben, was Oliver mir nicht mehr geben konnte: Wärme und Berührung? Diesen Gedanken hatte ich manchmal gehabt. Aber das war für mich unvorstellbar.

Jetzt musste ich lachen. All diesen Menschen hatte ich mithilfe der Engel nichts anderes gegeben als den Glauben, dass ihr Traum wahr werden konnte. Und ich selbst? Ich hatte nicht den geringsten Glauben, dass sich meine Situation verbessern konnte.

Im Himmel war es still. Diese Stille im Himmel, die lernte ich mit der Zeit kennen. Sie war wie das erste fast lautlose Rauschen eines Sturms, der sich langsam und unaufhaltsam seine Bahn brach.

Nein, die Engel halten ihre Versprechen. Nur manchmal sieht die Erfüllung deiner Träume anders aus, als du es dir je hättest vorstellen können.

Im Herbst desselben Jahres, also des Jahres, in dem ich auf dem Hochhausturm gestanden hatte und einen Vertrag mit den Engeln unterschrieben hatte, wurde ich eingeladen, einen Workshop abzuhalten in Österreich, auf einem wunderschönen Pferdehof im Wienerwald. Danach war ich auf dem Weg nach Hause. Die Gastgeberin hatte mich am Flughafen in Wien abgesetzt. Ich hatte die Sicherheitskontrolle durchlaufen. Ich hatte noch etwas Zeit und setzte mich an eine Kaffeebar, trank einen Espresso und aß ein Croissant. Ein Mann setzte sich auf den Barhocker neben mich. Ich weiß nicht, wie wir ins Gespräch kamen. Er wirkte müde, wie ein gefallener König. Seine Haut war dunkel, fast schwarz. Er trug einen teuren Anzug und ein weißes Hemd. Er sprach ein gepflegtes Britisches Englisch. Er fragte mich, wo ich herkomme. Ich sagte: „Aus Deutschland".

Ich fragte ihn, wo er herkomme. Er sagte: „Jamaica."

Die Art, wie er es aussprach. Das zweite *A* in dem Wort mehr wie ein *E* ausgesprochen.

Ich hatte nur den einen Gedanken: Dies ist die Antwort. Von Michael.

Ich war nicht allein.

ONE LOVE – ONE HEART

Kapitel 4 – Jamaica – One Love

Ein neuer Morgen in Te Moana, in meinem Cottage. Es ist das erste Mal seit Langem, dass ich tief und ruhig geschlafen habe. Ich wache auf mit einem Gefühl tiefer innerer Ruhe. Ich kann mich selbst fühlen jenseits der Angst. Ich habe geträumt von einem Engel. Er stand neben mir, größer als ich. Ich versuchte ein technisches Problem zu lösen. Es gab Menschen, die darauf warteten, dass ich die Lösung fand. Hier bin ich, in Ocho Rios, Jamaica, und lebe das Leben eines digitalen Nomaden.

Vor zwei Jahren fiel mir das Buch von Tim Ferriss in die Hände: *Die-Vier-Stunden-Woche*. Dabei bin ich zum ersten Mal diesem Wort begegnet: *Digitaler Nomade*. Das ist jemand, der überall auf der Welt leben kann mit einem Laptop und einem Handy. Jemand wie ich, der im Traum technische Probleme löst, mit der Hilfe von Engeln.

Jetzt gerade kommt die Sonne hinter den Wolken hervor und sagt mir „Guten Tag."

Die Schüler von Erzengel Michael haben wieder Unterricht im Projekt *Viola*.

Träume, das habe ich inzwischen gelernt, sind der Postweg zwischen den Engeln und mir. Mir wird schwindelig, wenn ich an all die Wege denke, auf denen mich Nachrichten erreichen und ich welche versende: E-Mail, Facebook, Brief-Post, WhatsApp, Handy, Festnetz-Telefon und dann die Träume, die Post der Engel.

Hier in Jamaica bin ich zwar weit weg von allen, aber ohne all die Kommunikationswege könnte ich nicht existieren. Sie besänftigen meine Angst vor dem Alleinsein. Sie sind die Berührungen, die ich früher mit Oliver ausgetauscht habe und die ich so sehr vermisse. Sie sind Berührungen, auch wenn sie nicht körperlich sind und die Probleme, die sie mitbringen, technische Probleme sind.

Ich habe dir ja erzählt, dass meine Träume seit meinem Vertrag mit den Engeln sehr präzise geworden sind. Dass meine Träume Abbilder einer Wahrheit sind, auf die ich vertrauen kann. Dort, wo der Verstand und die Wissenschaft keine Antworten mehr haben. Wo das Herz sprechen muss.

Der Engel letzte Nacht in meinem Traum konnte das technische Problem nicht lösen. Aber auch das hatte etwas Beruhigendes. Das Beruhigende lag darin, dass er mir nichts vormachte. Dass er nichts versprach, was er nachher nicht halten konnte. Das Beruhigende lag darin, dass ich selbst aufgefordert war, das Problem zu lösen. Ich war nicht abhängig von irgendjemandem, nicht einmal von einem Engel.

Das ist großartig.

Das wünsche ich jedem Menschen.

Dass du deine Probleme selbst lösen musst.

Das ist Freiheit.

Dass ich meine Probleme selbst löse.

Nicht, dass ich darin besonders gut wäre. Ja, ich kann als digitaler Nomade in Jamaica am Meer leben und ein Coaching-Business in drei Sprachen leiten. Ich kann unterwegs sein in vielen Ländern und Menschen und Pferde unterrichten und noch ein paar andere Sachen. Aber das heißt, nicht, dass ich meine Tage in Frieden und innerem Gleichgewicht verbringen kann, allein in einem Cottage am Meer. Und vielleicht würde es mir auch heute nicht gelingen.

Rennil, der Gärtner, kommt vorbei mit seiner Schubkarre, heute hat er ein schwarz-weiß gestreiftes Hemd an und dunkelgrüne Gummistiefel.

„Guten Morgen", sage ich. „Wie geht es Ihnen?".

„Gut", antwortet er, seine Stimme hat dieselbe wunderbare Weichheit wie sein Gang.

„Was für ein wunderschöner Tag", fahre ich fort.

„Heute Nachmittag soll es regnen", sagt er.

Da ist es. Regen für heute Nachmittag. Auch im Paradies gibt es Regen.

Plötzlich taucht Marge auf, in einem zitronengelben Kleid. Marge ist für die Zimmer zuständig. Sie war vorgestern hier und hat mein Bett gemacht, neue Handtücher gebracht und mir frische Blumen auf den Tisch gestellt. Marge ist die Art Mama, die man sich als kleines Mädchen wünscht, so weich und füllig, dass man sich hineinlegen möchte wie in einen Schokoladenkuchen. So in sich ruhend, dass man in ihrer Gegenwart nicht von Wölfen gefressen werden kann.

Marge entdeckt mich auf der Terrasse und winkt mir zu, sie schwenkt ihren Arm von links nach rechts über ihrem Kopf wie ein Uhrzeiger, so wie man jemandem zuwinkt, der aus dem Fenster eines Zuges winkt, der die

Stadt verlässt. Ich winke genauso groß zurück. Es ist wunderschön. Allein dieser Augenblick kann mich für den Rest des Tages glücklich machen.

Vom Nachbargrundstück dringt der Lärm eines Rasenmähers. Der Rasen in Te Moana wird erst morgen gemäht. Sie haben mich gefragt, wann es mir lieber wäre, heute oder Morgen. Ich sagte: Morgen, weil ich morgen nicht da bin. Also mäht Rennil morgen.

Das ist Liebe.

Liebe ist, mich zu fragen, wann der Rasen gemäht werden soll, sodass es mich nicht stört.

Liebe ist, mir zuwinken über die Ferne. In einem zitronengelben Kleid. Obwohl wir uns nur einmal gesehen haben, Marge und ich, als sie mir frische Blumen brachte.

Ich bin nicht allein. Die Menschen sehen mich. Sie fühlen, dass ich ihre Liebe brauche wie die Luft zum Atmen. Und sie schenken mir ihre Liebe.

Ich konnte Sharon, meinen letzten Posten der Zivilisation, bevor die Prärie anfängt, gestern nicht erreichen. Technische Probleme. Sharon ist nicht nur die letzte Bastion, bevor mein Verstand untergeht, Sharon ist auch die Mama, die auf mein Herz aufpasst, seit vielen Jahren.

Am Anfang als Oliver und die Kinder noch da waren, war sie meine Lehrerin. Ich habe viel von ihr gelernt über die Weisheit der Pferde, der Tiere und der Bäume und darüber, wie man Energie lesen kann. Seit dem Unfall ist sie die Wächterin meines Herzens. Sie ist wie die Engel, nur dass sie hier auf der Erde lebt und ich mit ihr telefonieren kann. Sie lebt auf einer Ranch in Colorado, USA.

Skype und Zoom scheiterten wegen eines Plug-Ins und ein Anruf von meinem Handy in die USA kostet sieben Dollar die Minute. Sharon sagte, dass sie einen internationalen Tarif für ihr Telefon besorgen werde. Wir haben das Telefonat auf Sonntag verlegt, heute in zwei Tagen. Das technische Problem ist gelöst. Das menschliche nicht.

Ich bin allein. Ich zwei Tage. Ich muss mein Problem selbst lösen.

Das Problem ist, dass ich mit diesem Roman angefangen habe. Dass ich die Wahrheit eingeladen habe. Und ich habe außerdem Leser*innen eingeladen, die so ehrlich sind und so ehrlich auf mich antworten, die sich selbst so verletzbar zeigen, dass ich jetzt nicht einfach irgendeine Geschichte aus dem Hut holen kann, nur um für ein wenig Unterhaltung zu sorgen. Was mir nicht schwerfallen würde, ich bin ja Schriftstellerin. Aber ich würde sie betrügen, und diese Leser*innen würden es merken. Sie würden sich abwenden von mir. Zurecht. Oder sie würden mich wissen lassen, dass ich mich selbst betrüge. Ja, so sind meine Leser, großartige Menschen. Fluch und Segen. Nein, ein reiner Segen. Sie erwarten die Wahrheit von mir. Sie lieben mich.

Jetzt sitze ich hier mit der Wahrheit. Die darauf wartet, geschrieben zu werden. Aber ich habe zu viel Angst. Die nächsten Sätze darfst du überspringen. Ich muss sie nur aufschreiben, um mich ein wenig zu erleichtern. Das bisschen Selbstmitleid brauche ich einfach.

Ja, du dämliche Viola. Warum hast du überhaupt damit angefangen? Warum konntest du nicht einfach Urlaub machen, nichts tun, so wie du es vorgehabt hast? Dich einfach durch den Tag treiben lassen? Im wunderschönen Jamaica?

Und warum!!!!!!!! konnten die Engel mich nicht einfach in Ruhe lassen? Nur einmal? Warum mussten sie mir jetzt auch noch diesen Urlaub vermiesen? Mit ihrer *super-ober-absolut-beknackten-und-bescheuerten* Aktion zwei Wochen, bevor mein Urlaub losging. Welcher Amateur hat das verbrochen? Und wieso hast du, Michael nicht aufgepasst? Verdammt!

Ich werde eine Runde schwimmen gehen. Bevor es regnet. Der Regen gewinnt nicht. und auch das Problem gewinnt nicht. Auch wenn es mich schier umbringt. Ich übergebe das Problem dem Meer. Das Meer wird sich davon nicht umbringen lassen.

Zwei Stunden später:

Im Meer ist eine Heimat. Das kann ich sagen. Eine Umarmung. Etwas unermesslich Großes umarmt mich dort. Ich habe es ja gesehen vom Flugzeug aus, viele Stunden bin ich über das Meer geflogen. Ich habe gesehen, wie groß es ist. Und jetzt schwimme ich darin ... Im Meer bin ich aufgehoben. Alles in mir kommt zur Ruhe. Nichts hält mich fest. Nichts lässt mich fallen. Es ist warm, es ist ruhig, das Meer. An den Klippen, am Rand des Wassers, in den Höhlen und an den scharfen Kanten der erstarrten Lava wachsen diese fantastischen Pflanzen mit ihren

Blättern, die aussehen wie Hände oder wie fliegende Untertassen. Wieder bin ich ganz und gar verzaubert von dieser Schönheit.

Ein Vogel kreist über mir, ich erinnere mich, dass ich diese Vögel das erste Mal sah, als ich mit Patrick, dem Mann vom Wiener Flughafen, auf Jamaica lebte. Diese Vögel haben Flügel wie Fledermäuse, dieselbe zweimal geschwungene Linie, ihr Kopf ist lang und spitz. Ihre Silhouette ist wie die Zeichnung eines Künstlers vor dem Himmel.

Einer dieser Vögel kreist über mir und während ich ihm zusehe, merke ich, wie sich etwas in mir verschiebt. Die Angst wird nicht gewinnen. Bislang war es ein Gedanke. Jetzt fühle ich es im ganzen Körper. Das Meer ist mein Zeuge. Niemals. Ich werde der Wahrheit ins Auge sehen und einen Weg finden. Die Angst kann nur gewinnen, wenn ich die Augen verschließe. Egal, wie sehr die Angst mich packt, ich werde standhalten.

Jetzt kann ich schreiben. Die Worte tragen mich wie das Meer. Jetzt kann ich schreiben, was mir so Angst macht. Ich kann schreiben davon, was passiert ist an dem Tag, zwei Wochen, bevor ich hierherkam.

Zwei Wochen bevor ich hierherkam, fand ich einen Brief in meinem Briefkasten. Er kam aus Marokko. Die Adresse war mit Handschrift geschrieben, eine fremdartige Art von Handschrift. Der Absender war ein Frauenname. Ich erinnere mich genau an den Moment, in dem ich den Brief in die Hand nahm.

Man muss es sich so vorstellen: Ich sehe diesen Brief.

Ich sehe diese Handschrift. Ich sehe diesen Frauen-namen. Adrenalin schießt durch meinen Körper. Ich stehe in Flammen. Ich weiß: Die Nachricht, die mit diesem Brief kommt, wird mich in tausend Stücke zerreißen. Ich werde nichts dagegen tun können. Ich könnte den Brief ungeöffnet lassen, ihn wegwerfen. Aber da ist diese große Frage: Das Dilemma mit der Wahrheit. Was ist gefährlicher? Die Wahrheit zu kennen oder sie nicht zu kennen?

Ich öffne den Brief. Ich finde einen Bogen Papier, vorne und hinten beschrieben mit derselben fremdartigen Handschrift. Sie kommt nicht aus meiner Kultur. Und ein Foto. Ich lege das Foto beiseite. Manchmal bekomme ich Briefe aus fremden Ländern, weil jemand mich im Internet gefunden hat und um meine Hilfe bittet. Das ist meine letzte Hoffnung, obwohl ich weiß, dass dies kein solcher Brief ist.

In diesem Brief schreibt mir Charifa. Sie schreibt auf Englisch. Wenige Sätze nur. Sie schreibt, Oliver habe ihr meine Adresse gegeben. Sie habe lange überlegt, ob sie mir schreiben soll. Sie schreibt, dass ich alles verloren habe. Aber eines nicht: „You have a friend in Marocco. And a family."

Ein Sohn. Ein Sohn von Oliver. Ich schaue das Foto an. Der Junge sieht halb arabisch und halb deutsch aus. Ich erkenne Olivers hohe Wangenknochen, seinen Mund. Auch seine Augen. Auf der Rückseite des Fotos steht ein Name: Ismail.

Ich habe das Gefühl, es zerreißt mich. Genau wie in dem Augenblick als die Nachricht von dem marokkanischen Arzt kam. Ich kann nicht erfassen, was passiert. Ich weiß nur, dass ich es allein nicht schaffe.

Jetzt drei Jahre nach dem Unfall, als ich vom Hochhausturm springen wollte, bin ich wieder genau da, wo alles anfing. In tausend Stücke zersprungen. Ich rufe meine Schwester an, frage sie, ob sie vorbeikommen kann. Ich schaffe es nicht alleine. Sie kommt und findet die richtigen Worte. Sie sagt: „Es ist Vergangenheit. Du hast ein neues Leben jetzt. Du hast keine Verantwortung für dieses Kind. Es geht ihm gut."

Habe ich ein neues Leben? Werde ich je ein neues Leben haben? Das ist es, was mir Angst macht: Wie blind war ich all die Jahre? Weil ich nicht bemerkt habe, dass Oliver ein zweites Leben hatte, in Marokko. Ich wusste, dass er öfters hinfuhr, weil er dort den Bau mehrerer Hotelanlagen beaufsichtigte. Ich wusste nicht, dass er eine Frau dort hatte und ein Kind.

Und die noch größere Frage: Bin ich immer noch blind? Wird das Leben mich wieder blenden? Werde ich immer wieder solche Nachrichten erhalten? Und wie oft wird es mir noch gelingen, mich wieder neu zusammenzusetzen, wenn alles auseinanderfällt?

Ihr lieben Engel. Ich weiß jetzt zumindest, warum ihr mich an diesem Abend auf dem Hochhaus als schweren Fall bezeichnet habt. Warum ihr gesagt habt, ich wäre ganz und gar ... verseucht. Ich habe mit einer Lüge gelebt und wusste es nicht einmal. Ihr konntet es sehen. Ihr konntet sehen, wofür ich blind war. Wie kann ich mich schützen? Damit mir das nicht wieder passiert? Das ist jetzt die wichtigste Frage in meinem Leben. Wie kann ich mich schützen? Was braucht es dazu?

Ich weiß, was es braucht: Es ist immer dasselbe: Liebe. Aber wird es genug davon geben? Genug für das!

Ich verstehe jetzt, dass die Liebe noch viel mehr von mir verlangt als ich bisher geglaubt habe. Noch viel mehr.

In Jamaica nennen sie es: One Love. Es gibt nur eine Liebe. Die Pflanzen kennen sie. Die Tiere kennen sie. Die Sonne kennt sie und das Meer.

Und ich muss sie kennenlernen.

Kapitel 5 – Menschen, die lieben

Die Liebe – das große Mysterium. Wie das Meer. Ich wache auf und sie ist. Sie ist wie sie ist. Ich darf keine Fragen stellen. Ich darf sie nicht anrühren. Gerade eben als ich aufgewacht bin, sprach sie zu mir. Ich schlüpfte schnell in meine Kleider, holte den Laptop, setzte Wasser auf für einen Kaffee, um aufzuschreiben, was sie mir sagt. Ich war nicht schnell genug. Jetzt ist sie verstummt. Aber das stimmt ja nicht. Ich höre sie nur nicht mehr. Wie ein scheues Pferd ist sie weggelaufen.

Ich darf jetzt nicht wie ein Mensch wütend sein, traurig sein oder mir einbilden, ich wüsste, wie ich sie zurückholen kann. Ich darf keinen Zaun bauen für das Pferd. Und auch wenn, es würde nicht den geringsten Unterschied machen.

Ich kenne Pferde, die über die höchsten Zäune gesprungen sind. Ich habe Pferde gesehen, die hinter Zäunen starben, obwohl es ihnen an nichts fehlte. Außer an Liebe.

Ich darf mit der Liebe nicht hadern, weil sie mir vor drei Wochen die Illusion genommen hat, ich hätte ein erfülltes Leben gelebt. Mit einem Mann, zwei Kindern. Und einem Unfall. Wahr ist, dass ich in einer Illusion gelebt habe. Dass die Liebe ganz woanders war. So wie heute Morgen. Kann ich mit ihr hadern? Kann ich mit dem Meer hadern?

Heute Morgen ist das Meer noch schöner als sonst. Es ist so schön, dass ich bei seinem Anblick weine. Glatt, fließend und sanft. Ein leises, sehr leises Rollen an der Oberfläche, das am Horizont beginnt, unsichtbar und dann sichtbar wird an den Ausläufern. Und dann war da noch etwas Neues, das mir sofort auffiel, beim ersten Blick aus dem Fenster, als ich mich aufsetzte und das Moskitonetz zurückschlug. Einen Augenblick ... ich komme gleich zurück zum Meer ... Jetzt kommt der graue Vogel ganz nah, ich sehe das Taubengrau seiner Federn und wie es mit dem Metallblau des Meeres harmoniert ... so nah war der graue Vogel noch nie. Als würde er in meinem Text springen wollen ... und das tut er. Was heute anders ist: Die Linie zwischen Meer und Himmel, sie ist tief dunkelblau heute. Ein dichter dunkelblauer Streifen, der allmählich blasser wird bis er in einem silbernen, fast farblosen hellgraublau ausläuft.

Jetzt in diesem Augenblick kommt das Sonnenlicht, das ganz langsam alles heller werden lässt. Michael! Deine Schüler! Danke! Und sie schicken gleich noch ein wenig mehr Licht. Danke!

Ich bin noch nicht fertig mit dem Meer. Es ist äußerst wichtig, denn hier ist die Liebe. Nicht nur dieser sanfte, allmähliche Farbverlauf ..., über all dem liegt ein Glanz. Ein Licht. Ein Glanz aus Licht.

Nein, ich kann mit der Liebe nicht hadern. Sie kann mir das Herz in tausend Teile zertrümmern, aber sie kann mich nicht daran hindern, all die Schönheit wahrzunehmen, für die ich nie genügend Worte finden werde, um sie zu preisen.

Michael und seine Schüler lassen das Licht langsam

heller werden. Dabei werden die Schattierungen der verschiedenen Grüntöne sichtbar. Und jetzt kommt Marge und winkt mir wieder mit dem ganzen Arm.

Sie sagt mir, dass gleich Mr. Salmon kommt. Im Gästebuch habe ich gelesen, dass Mr. Salmon, seit 1981 jeden Samstag hier vorbeikommt und Früchte und Gemüse verkauft. Das sind siebenunddreißig Jahre.

Mr. Salmon steht wenig später auch schon vor der Tür, sein Auto hat eine Ladefläche, auf der in Körben Kartoffeln, Karotten, Papaya, Melonen, Zwiebeln, Bananen, Gurken, Blumenkohl, Paprika liegen. Er wiegt sie für mich ab und packt sie in dünne schwarze Tüten. Er hört nicht mehr gut und Marge übernimmt die Kommunikation. Sie spricht mit ihm in Lauten, mehr als in Wörtern. Zum Abschied bedanke ich mich und das von der Zeit zerklüftete Gesicht von Mr. Salmon hellt sich auf. Eine Berührung. Ich bin weiß, ich komme aus einem weit entfernten Land. Aber es geht nicht um das, was uns unterscheidet.

Liebe.

Ein Gecko sitzt auf der Balustrade, er schaut in meine Richtung. Er wendet sich mir zu. Er möchte auch in die Geschichte und schon er ist drin.

Und weißt du, warum ich das alles schreibe? Weil eine der Leserinnen, Corinna, gestern auf dem Blog in einem Kommentar schrieb, dass sie in Kapitel 3 diese feinen Beschreibungen des Hier und Jetzt vermisst habe. Ich schreibe, weil die Leser so nah sind. Ihre Worte sind auf meinem Bildschirm und berühren mich. Gestern schrieb Stefanie auf Facebook:

„Ich merke schon, wie ich jeden Tag ungeduldig auf die Fortsetzung warte :-) – es ist so geschrieben, dass ich es förmlich aufsauge. Ich möchte mich dann immer stoppen, weil ich denke, ich sollte es laaangsam und grüüüündlich lesen, aber das geht nicht, ich sauge es auf ffffffffftttt – und weg ist es, also sozusagen inhaliert :-). Aber wahrscheinlich arbeitet es dann in mir weiter, wird sozusagen verdaut, aufgespalten und es sind wichtige Nahrungsbestandteile für mich enthalten ... bin grad selbst erstaunt über das, was ich da schreibe und diese Assoziationen... jedenfalls IST ES GANZ TOLL GESCHRIEBEN, freue mich auf Kapitel 5 ... :-)."

Das freut mich unwahrscheinlich und ich fühle die ganze Liebe darin und mit der Liebe kommt auch wieder die Angst, dass alles weg sein könnte. Die Leser*innen, ihre berührenden Worte, die mir so viel bedeuten. Die mich zum Schreiben bringen. Die Angst, dass alles zusammenfallen könnte wie ein Kartenhaus, sich auflösen könnte wie die Illusion einer großen Liebe, zerstört mit einem Brief.

Ich höre den Erzengel sagen: „Wünschtest du, du hättest ihn nie geliebt?"

„Nein, das wünschte ich nicht."

„Du glaubst, dass du etwas verloren hast?", sagt Michael.

Glaube ich das? Habe ich etwas verloren? Hat derjenige, der liebt, etwas verloren, wenn der Geliebte einen anderen Weg einschlägt? Habe ich Oliver verloren, wegen des Briefes von Charifa? Habe ich auch nur einen dieser Augenblicke verloren, die ich in vollkommener Liebe mit Oliver geteilt habe? Ist die Liebe unvollkommen, wenn sie in ganz anderer Gestalt erscheint, als ich es mir gewünscht habe?

Es ist Abend. Ich habe den Tag mit John und Joy verbracht, zwei Freunden, die das Leben mir vor zwei Jahren in die Hände gelegt hat wie vom Wasser geschliffene Steine, ausgewählt aus einer großen Zahl, wegen ihrer Schönheit. Delroy, einer der Fahrer rund um Te Moana bringt mich zur Seventh Day Adventist Church in Ocho Rios.

Auf dem Parkplatz empfängt mich ein junger, athletischer Mann mit einem herzlichen Lächeln. „Willkommen zurück", sagt er. „Sister Wray hat mich gebeten, dich in Empfang zu nehmen."

Liebe.

Sister Wray, das ist Joy Wray, einer der beiden wunderschön geschliffenen Kieselsteine.

Der junge Mann führt mich in die Kirche und Joy winkt mir zu. Ich nehme Platz auf der Holzbank neben ihr. Ich habe Joy das letzte Mal gesehen vor ein paar Monaten, aber sofort ist wieder die ganze Wärme da. Und sofort bin ich wieder ganz und gar glücklich in dieser Kirche.

Die Kirche ist im Bau, die Wände und der Boden sind roher Beton, das Dach aus Wellblech, die Fenster sind Öffnungen in der Wand. Das Haus ist groß und hat Platz für viele Menschen. Die Gemeinde baut das Haus, weil die alte Kirche zu klein geworden ist. Die Gemeinde wächst. Vorn ist eine Bühne aufgebaut, ein Rednerpult, dahinter sitzen einige Leute. Sonst gibt es nichts Sakrales.

Das Heilige in dieser Kirche sind die Menschen. Der Raum ist gefüllt mit jungen Menschen, älteren Menschen. Die Männer tragen Anzüge, die Frauen festliche Kleider, und einige tragen sehr schöne Hüte. Ich bin die einzige Weiße.

Warum ich hier glücklich bin: Weil in diesem Raum all das, was in meinem Leben manchmal eine Wichtigkeit hat, nichts bedeutet. Stattdessen fühle ich hier etwas anderes: Glauben. Der Glauben dieser Menschen ist nicht in einem kleinen Raum in ihrem Herzen eingeschlossen unter einer dicken Schicht von Irgendetwas. Ihr Glauben ist spürbar mit jedem Atemzug. Er ist spürbar, er erfüllt den ganzen Raum. Auch wenn er nicht sichtbar ist, ist er doch so stark, dass ich mich ganz und gar zu Hause fühle.

Ich habe nur den einen Gedanken: Ich bin genau richtig hier, genau richtig. Die Menschen hier fühlen genauso stark und sind genauso verzweifelt und genauso unbeugsam wie ich. Es gibt hier keine Grenzen für meinen Glauben, für meine Kraft. Ich teile mit ihnen das, was mir am wichtigsten ist.

Ich kann hier unter ihnen stehen, ihre Hand halten, mit ihnen singen und beten, weinen, ich die einzige weißhäutige Frau und es ist für sie ganz selbstverständlich. Sie erwarten nichts von mir, sie drängen mich zu nichts, sie schließen mich von nichts aus, sie behandeln mich wie jeden anderen, mit Güte und Aufmerksamkeit und Wärme.

Die Predigt dauert bestimmt eineinhalb Stunden. Die Stimme des jungen Mannes im schwarzen Anzug mit einer leuchtend pinkfarbenen Krawatte ist laut und eindringlich und manchmal verspielt und ich versäume kein einziges Wort. Keinen einzigen Moment bin ich abgelenkt oder schweife in meine Gedanken ab.

Er erzählt die Geschichte von Moses, der sein Volk aus der Gefangenschaft befreit. Er nennt immer wieder Bibelstellen, ich blättere in Joys Bibel, um sie zu finden. Eine große Bibel mit vielen hauchdünnen Seiten. Manchmal blättert der Wind die Seiten um, der Wind, der durch die Fensterlöcher weht.

Die Worte aus der Bibel sind auf einmal so lebendig. Die Geschichte ist eine Geschichte vom Überleben unter den härtesten Bedingungen. Das auserwählte Volk ist in der Wüste, endlich aus der Gefangenschaft befreit und hat nichts zu essen, verliert den Glauben, fängt an, sich bei Moses zu beschweren, mit Gott zu hadern. Dem Volk der Israeliten werden unglaubliche Prüfungen abverlangt. Nur die Stärksten im Glauben halten stand.

In dieser Predigt geht es nicht um die Israeliten, es geht um jeden in diesem Raum, um den Schmerz, dem jeder standhalten muss, obwohl er fast zerbricht.

Eine junge Frau singt, begleitet von einem Keyboard. Ihre Stimme ist so kraftvoll, dass ich am ganzen Körper zittere. Sie ist eindringlich, aber sie hat nichts, was einen niederdrückt oder gefangen hält, sondern sie befreit. Ihre Stimme dringt weit über den Kirchenraum hinaus.

Die Menschen hier, denke ich, *sind wie die Pferde.*

Vielleicht bin ich deshalb hier in Jamaica. Die Menschen hier sind stark und gefühlvoll, aber sie greifen nicht an. Sie haben ein feines Gespür dafür, was einen anderen verletzen könnte. Sie verletzen mich nicht. Sie sind sanftmütig.

Ich finde hier etwas, das ich unter Menschen bisher nur selten kennengelernt habe. Ein Gespür für den anderen, ein Respekt, ohne dass dabei eine Distanz entsteht. Keine Distanz, sondern Vertrauen und Wärme. Hier finde ich es – in der Seventh Day Adventist Gemeinde.

Nach dem Gottesdienst bin ich bei John und Joy zum Essen eingeladen. Joy erzählt mir, dass sie nächsten Samstag neunundsiebzig Jahre alt wird. Ich kann es kaum glauben. Sie ist zierlich und so lebhaft, dass ich mich selbst alt fühle. Joy kocht seit vielen Jahren vegan. Das Gemüse, wie beispielsweise das typisch jamaicanische Ackee kommt aus ihrem Garten. John und Joy haben letztes Jahr ihren fünfzigsten Hochzeitstag gefeiert. Wenn man sie zusammen erlebt, hat man das Gefühl, dass sie frisch verliebt sind.

John ist in Jamaica aufgewachsen und mit achtzehn Jahren auf einem Schiff nach England gefahren, wo schon andere Verwandte von ihm lebten. Er ließ sich zum Grundschullehrer ausbilden. Dort hat er Joy kennengelernt, die ursprünglich aus Barbados kommt, einer anderen Karibikinsel.

Joy war Krankenschwester. Dreißig Jahre später ist John mit Joy nach Jamaica zurückgekehrt, sie haben sich ein Haus gekauft und leben jetzt hier.

Ich habe die beiden vor zwei Jahren kennengelernt, als ich das erste Mal in Jamaica war. John und ich schicken uns lustige E-Mails, wenn ich zurück in Deutschland bin. Ich liebe seinen distinguierten englischen Schreibstil. Und mir fallen selbst immer lustige Dinge ein, die ich ihm schreiben will. Und er hat immer kleine Geschenke für mich, wenn ich da bin, eine Uhr mit einer jamaicanischen Flagge, ein Buch über den einheimischen Dialekt oder selbst fabrizierte Süßigkeiten. Er gehört zu den Menschen, die gern Geschenke machen. John und Joy sind für mich wie Anker im Sturm, hier finde ich Ruhe. Sie leben in diesem Raum jenseits des Schmerzes, wo ich ein Zuhause finde. Ihre Liebenswürdigkeit ist rein. Sie verletzen mich nicht, sie weisen mich nicht zurück, sie benutzen mich nicht. Sie lieben mich. Und ich liebe sie.

Ich bin nicht allein.

ONE LOVE – ONE HEART

KAPITEL 6 – JAMAICANISCHE WAHRHEIT

Heute beim Aufwachen muss ich an John und Joy denken. Ich wache auf und da ist nicht die gewohnte Angst, sondern ein weiches Gefühl von Glück. Dieser Tag gestern in ihrer Gegenwart, das war reines Glück. Das war, als hätte ich meinen tiefsten Liebeswunsch besucht und die Erfüllung in der Gestalt von John und Joy vor mir gesehen. So wie John und Joy möchte ich lieben.

Wie oft er ihren Namen nennt und sie seinen.

„Joy ..." Seine sanfte Stimme schwebt durch das Wohnzimmer.

„John", kommt es zurück aus der Küche.

„Was würdest du gern trinken?"

Sie sagt: „Pflaumensaft." Und fährt dann zwitschernd fort, wie sehr sie Pflaumensaft mag.

Und der eigentliche Dialog zwischen John und Joy lautet so: „Joy, ich kann dir gar nicht sagen, wie sehr ich dich liebe und wie glücklich du mich machst jeden Tag seit über fünfzig Jahren."

„John, ich weiß das doch. Aber dass du es mir jeden Tag immer wieder sagst, das macht mich so glücklich, dass ich jetzt bald neunundsiebzig Jahre alt werde, aber mich fühle wie an dem Tag, an dem ich dich kennengelernt habe."

„Ich frage dich, was du gern trinken würdest, weil ich nur das Beste für dich will. Weil ich dich in jedem Augenblick glücklich machen möchte. Weil es mich selbst so glücklich macht, dich zu sehen, wie süß und lebendig du bist."

„Ich liebe einfach Pflaumensaft. Aber mehr noch liebe ich es, den Pflaumensaft von dir serviert zu bekommen. Und am meisten liebe ich dich."

Seit ich John und Joy kenne, habe ich noch nie einen harten oder kritischen Ton zwischen ihnen gehört. Noch nie eine Beschwerde, noch nie einen Vorwurf. Ich kenne ihre Geschichte nicht, ich weiß nicht viel von ihrem Leben. Sie haben sicher, wie jeder von uns, Verletzungen erlitten, Verluste, Enttäuschungen. Aber sie haben immer eine Haltung der Versöhnung eingenommen. Ihre Geschichten hatten immer einen guten Ausgang. Weil sie sich dafür entschieden haben.

John erzählt mir, wie er als junger Mann nach England kam. Damals gab es dort noch nicht so viele Menschen mit dunkler Hautfarbe wie heute. Wie sie ihn immer gefragt haben, aus welchem afrikanischen Land er komme. Dabei war er Jamaicaner.

Er erzählt, dass es Rassenunruhen gab. Dass er in den dreißig Jahren, in denen er dort gelebt hat, an Gemeinschaftsprojekten teilgenommen hat, zur Integration der Kulturen. Er sagt nichts über rassistische Angriffe oder Beleidigungen, kein Wort des Vorwurfs oder der Beschwerde.

Patrick, der Mann vom Wiener Flughafen, hat mir davon erzählt. Patrick, der Jamaicaner, der in England geboren wurde und dort aufwuchs. Der als einziger Farbiger eine weiße Schule besuchte. Er sagte: „Man wusste nie, welcher von den Weißen zu den Guten gehörte und welcher dir gleich die Faust ins Gesicht schlagen würde."

Dieses Gefühl verstehe ich. Diese Angst, die immer da ist und die John sicher auch kennt. Die jeder Mensch kennt in der einen oder anderen Form. Und doch hat John sich entschieden, der Angst keinen Raum zu geben. Er entscheidet sich in jedem Augenblick dazu, etwas anderem Raum zu geben.

Nach dem Essen fragt mich Joy, wie es mir ergangen ist, seit wir uns das letzte Mal gesehen haben. Wir geraten in ein tiefes Gespräch. Ich erzähle ihr von dem Brief und davon, dass mein Leben ein zweites Mal zerbrochen ist. Dass Oliver eine zweite Familie mit einem Sohn hat, der acht Jahre alt ist. Sie sagt, das Wichtigste wäre, nicht bitter zu werden.

Sie sagt: „Lege deinen Schmerz zu Füßen des Kreuzes. Jesus wurde beleidigt, gedemütigt, getötet. Obwohl er unschuldig war." Sie nimmt mich in den Arm und sie betet für mich. Ihr Gebet sind keine leeren Worte, keine Formeln. Ich fühle ihr tiefes Verständnis für meinen Schmerz. Ich fange selbst an zu beten und wir beten gemeinsam. Wir sprechen alles aus, was uns auf dem Herzen liegt.

Schließlich fragt sie mich, welches Lied ich möge. Ich kenne die englischen Kirchenlieder nicht. Mir fällt „Go tell it to the mountain" ein. Sie findet es in ihrem Gesangbuch und dann singen wir es zusammen. Alle drei Strophen. Und dann noch drei Strophen von einem Lied, das sie so gerne mag. Unser Gesang ist mindestens so inbrünstig wie der Gesang der jungen Frau im Gottesdienst. Für Außenstehende hört er sich vielleicht wie Katzengejammer an. Aber welche Rolle spielt das schon? Die Liebe erscheint in unendlich vielen Formen. Und jede ist unwiderstehlich.

Ich weiß nicht, wie viel Zeit Joy und ich mit Singen und Beten verbracht haben. John ist verschwunden, ich denke mir, dass er sich vielleicht hingelegt hat.

Schließlich taucht er auf. Er überreicht mir drei kleine Geschenke. Fotos, die ich ihm einmal als E-Mail-Anhang geschickt habe. Von meinem Pferd. Von einer Einladung, die ich ihm und Joy geschickt habe. Die Vergrößerung meiner Visitenkarte. Alle drei liebevoll mit einem Rahmen versehen und einem Hintergrund. Das ist John. Er findet unermüdlich Wege zu sagen: Ich liebe dich.

Ich bin ganz sicher nicht allein.

Wir reden über die Geografie der karibischen Inseln. John holt einen Atlas hervor. Wir schauen, wo Joy herkommt, aus Barbados. Barbados ist 1000 Kilometer von Jamaica entfernt und auf der einen Seite vom Karibischen Meer, auf der anderen Seite vom Atlantik umgeben. Joy erzählt, wie sie mit ihren Geschwistern und Freunden ihre Kindheit am Strand verbracht hat, auf der atlantischen Seite, wo die riesigen Wellen waren.

Ich denke: aufgewachsen im Paradies. Und dann kommen noch mehr solche kleine Geschichten. Ich höre die ersten Insekten singen. Es wird dunkel. Diese eine kleine Geschichte muss ich noch erzählen. Eine Zeit lang hatten John und Joy einen Hahn im Garten, der ihnen zugelaufen war. Sie nannten ihn ‚Strayer‘, Streuner. „Man durfte ihm nicht zu nahe kommen", sagt John. „Sonst lief er weg. Wir haben das immer respektiert. Deshalb ist er wohl so lange bei uns geblieben."

Heute hat es endlich geklappt, dass ich Sharon sprechen konnte, meine Medizinfrau, meinen letzten Außenposten auf dem Weg in die Wildnis. Diesen Titel gebe ich ihr hier in diesem Roman. Ich glaube, sie würde ihn lustig finden. Sharon hat es geschafft eine internationale Telefonverbindung herzustellen. Wenn ich sie brauche, ist sie da. Liebe.

Sharon ist kein Engel, Sharon ist ein Pferd in Menschengestalt, eine unbeugsame Stimme der Wahrheit. Sharon riecht jede Lüge auf zehn Kilometer Entfernung, besonders die Lügen, die man sich selbst erzählt. Es ist nicht immer angenehm, was sie mir zu sagen hat, aber es ist wahr. Und es ist eine Wahrheit, die in der Liebe ruht. Ich muss mit ihr über den Brief sprechen. Darüber, dass der Schmerz wieder so nahe gerückt ist und ich den Weg heraus nicht finde. Dass mein Leben wieder auseinandergefallen ist und ich verzweifelt die Stücke auflese.

Sharon ist da ganz klar: „Guter Stoff für ein Buch", sagt sie. „Aber es bringt nichts an diesem Drama festzuhalten."

„Er hatte ein Kind mit einer anderen Frau", sage ich leise, aber eigentlich will ich es herausbrüllen. Ich will, dass jeder weiß, wie gemein!!!!, niederträchtig, vernichtend das Leben mit mir umgeht. Wie unglaublich ich immer wieder um mein Glück betrogen werde. Dass es für mich wirklich!!!!!! unmöglich ist, so weiterzuleben.

„Du hast in einer Illusion gelebt", sagt sie.

Das hört sich überhaupt nicht gut an, aber es ist wahr.

„Ich war blind."

„Und jetzt bist du aufgewacht. Das ist gut."

Alles in mir bäumt sich auf dagegen. Was bin ich für ein Mensch, der sein Leben in einer Illusion verbracht hat. Und wie soll ich je damit leben können? Dass mein Leben, meine Liebe, mein Familienglück, das, was am wichtigsten für mich war, das Einzige, was mir je etwas bedeutet hat, was ich je vom Leben verlangt habe, eine Illusion war? Ich will zurück in mein warmes Nest, in die Arme von Oliver, bevor das alles passiert ist. Bevor ich etwas wusste. Ich will meine Kinder wiederhaben, ich will sie in den Arm nehmen, ich will sie aufwachsen sehen. Ich möchte mit ihnen leben.

„Etwas in dir hat schon immer nach der Wahrheit gesucht, seit ich dich kenne. Die Wahrheit ist etwas Gutes."

Ich sage „Ja." Es ist ein Ja wie ein schwerer Stein, der auf den Boden fällt, weil niemand ihn mehr halten kann.

Bei der Wahrheit anzukommen ist ein niederschmetterndes Gefühl. Der Luftballon platzt. Ich weiß nicht, ob du jemanden in deinem Leben hast, wie Sharon, der dich so gnadenlos an die Wahrheit erinnert. Vielleicht hast du ein Pferd oder einen Hund. Die können das auch. Und du verstehst, was sie dir sagen wollen. Dann weißt du, was ich meine. Es ist niederschmetternd und ernüchternd und man nimmt dabei spontan drei Kilo ab.

Immer wieder hebe ich an, Sharon zu erklären wie grausam alles ist, wie unentrinnbar. Wie nicht nur ich, sondern auch unsere Kinder im Nachhinein die Familie verlieren. Dass sie in einer Patchworkfamilie lebten, ohne es zu wissen. Und so weiter und so fort. Sharon erinnert mich unermüdlich, dass ich in einer Illusion gelebt habe und dass ich jetzt aufgewacht bin und dass das etwas Gutes ist.

Nach und nach verstehe ich, dass der ganze Aufruhr, das ganze Drama, das ganze Selbstmitleid, die ganze Hoffnungslosigkeit ein weiterer Versuch sind, der Wahrheit auszuweichen: Ich war blind. Ich habe in einer Illusion gelebt. Ich bin nicht nur eine bedauernswerte Frau, deren Mann und Kinder bei einem Autounfall ums Leben kamen. Wofür niemand etwas kann. Sondern auch eine Frau, deren Mann ein Doppelleben hatte, eine Frau, die in einer Illusion von der perfekten Familie gelebt hat. In der Illusion von Treue, in der Illusion von der einen großen, romantischen Liebe.

Vorbei.

Keine perfekte Familie.

Keine große Liebe.

Keine Treue.

Willkommen in der Wirklichkeit.

Ich habe mich noch selten so nüchtern gefühlt. Sharon hüllt mich nicht in zärtliche Wolldecken. Aber auch von ihr fühle ich mich geliebt.

„Liebe ohne Wahrheit ist eine Lüge", sagt sie. Das habe ich verstanden.

Am Nachmittag darf ich Jamaica begegnen in seiner Wahrheit. In Gestalt von Jonathan Edwards. Jonathan Edwards ist eine jamaicanische Wahrheit. Er holt mich ab und wir fahren zum Sugar Pot Beach in Rio Nuevo. Sugar Pot Beach, zehn Minuten außerhalb von Ocho Rios, ist ein Geheimtipp unter den jamaicanischen Stränden. Sugar Pot Beach gehört Johnathans langjährigem Freund Josh.

Obwohl ich schon öfters am Sugar Pot Beach war, begegne ich heute Josh zum ersten Mal persönlich. Ich empfinde eine nie endende Faszination für Menschen, die ihr Leben zu einem Traum gemacht haben. Denn genau dahin bin ich auch unterwegs. Einem Traum, der ganz und gar wahr ist.

Was ich von Josh weiß: Er kommt ursprünglich aus Belgien, hat mit einem Business genügend Geld verdient, um sich dieses Stück Strand zu kaufen und lebt jetzt hier. Josh ist eine Erscheinung. Weißer Bart, weiße Haare, die vom Wind zerzaust sind, von der Sonne gegerbte Haut und so viel innere Ruhe wie ein Strand, an den jeden Tag, jede Stunde, jede Minute die Wellen angespült kommen, sich zurückziehen und wieder angespült kommen. Und das seit Millionen Jahren.

Josh sitzt an einem der Tische im Café vor einem Laptop. Sesshaft gewordener digitaler Nomade. Neben den Wellen werden hier Menschen aus aller Welt angespült. Wahrscheinlich könnte man einen ganzen Roman schreiben allein über die Menschen.

Zum Beispiel Johnathan, die jamaicanische Wahrheit.

Jonathans Familie besitzt eines der letzten großen kolonialen Anwesen in Jamaica: Bromley in Walkerswood, eine halbe Stunde von Ocho Rios landeinwärts. Seine weitverzweigte Familie mit schottischem Ursprung ist auf ganz Jamaica verteilt, zum Teil prominent, zum Teil sehr wohlhabend, zum Teil politisch einflussreich.

Johnathan lebt auf Bromley, einem Komplex aus charismatischen Gebäuden im jamaicanischen Kolonialstil. Und sonntags geht er meist zum Sugar Pot Beach.

Dort, in Bromley, habe ich ihn kennengelernt. Als Gast. Ich hatte eines der Gästezimmer gemietet. Bromley steht zum Verkauf und ich war eine der letzten Gäste. So kam es, dass ich Johnathans Gastfreundschaft genießen durfte und an den Abenden bei einem Glas Wein, tiefe Einblicke in das Leben auf Jamaica gewinnen konnte.

Johnathan ist viel mehr als ein formvollendeter Gastgeber. Sein Leben ist so reich, dass es Bände füllen würde. Er hat die ganze Welt bereist, ein Technologieunternehmen in Kalifornien aufgebaut und er ist ein Philosoph. Wenn ich drei Schnappschüsse von Jonathans Leben machen müsste, wären es diese:

Er ist aufgewachsen in Jamaica, in einem Ort namens „Heaven" (Himmel). Barfuß, neben einer Quelle, mit den Kindern der Farmarbeiter, am Strand, in der Natur, es war immer warm und die Sonne schien. Als er seine erste Schuluniform bekam, rollte er sie zusammen und warf sie in den Fluss. Er wollte nie zur Schule gehen. Er verbrachte seine Kindheit im Paradies.

Wie viele Jamaicaner strahlt Johnathan diese Sanftmut

aus. Nichts an ihm ist hart oder scharf, sein Wesen ist freundlich und sanft wie die Natur.

Das zweite Bild: Jonathan und sein guter Freund, Naddy, ein Rastafarian. Naddy angelt einen großen schönen Fisch: Er sieht den Fisch an und ist so fasziniert von seiner Schönheit, dass er sagt: „Ich kann ihn nicht töten" und ihn ins Wasser zurückwirft. Dann sieht er Johnathan an und sagt: „Verliere niemals deine Groundation." Das Wort *Groundation* ist schwer zu übersetzen. Es bedeutet so viel wie: dein Eingebundensein. Seither versucht Johnathan die Menschen an ihre Groundation zu erinnern. Irgendwie haben Johnathan und ich da die gleiche Mission. Auch wenn unsere Leben ganz verschieden sind.

Der dritte Schnappschuss: Das Auto von Johnathan Edwards ist siebenundzwanzig Jahre alt. Er fährt dieses Auto nicht, weil er sich kein anderes leisten könnte. Er fährt es, weil es ihn, wie er sagt, an sein sozialistisches Selbst erinnert. Auf dem Rückweg vom Sugar Pot Beach bleibt das Auto liegen. Mitten auf der Strecke. Mit einigen Kniffen schafft das Auto es zur nächsten Tankstelle. Es dauert nicht lang und Gairy, Jonathans Fahrer, taucht auf. Er bringt einen Automechaniker mit, die Kühlerhaube wird hochgeklappt, es zischt und dampft. Die Insekten beginnen zu singen, es wird dunkel. Zeit spielt keine Rolle. Wir sind in Jamaica. Irgendwann gehe ich in das Tankstellengebäude und suche nach Schokolade. Hier gibt es keine Süßigkeit, die ich schon einmal gesehen oder gegessen hätte. Die junge Frau an der Kasse sagt, dass ihr mein Kleid gefällt. Ich sage ihr, wie faszinierend ich es finde, dass ich hier keine der Süßigkeiten kenne. Sie findet das lustig und taucht wieder auf mit einem Snickers und einem Milky Way. Sie hat gewonnen. Ich besorge für mich und die drei Männer, die das alte Auto zu reparieren versuchen, ein Eis.

Da stehen wir alle vier in der Dunkelheit an der Tankstelle namens *Cool Oasis* und essen ein Eis neben Jonathans liegen gebliebenen Auto.

Perfekter kann das Leben nicht sein.

ONE LOVE – ONE HEART

Kapitel 7 – Wenn du der Liebe folgst

Heute liebe ich mein Leben. Es regnet, das Meer ist aufgewühlt, die Wellen brechen in weißen, schäumenden Kaskaden, eine nach der anderen, immer wieder. So wie das Leben über mich hereinbricht, die Angst, der Schmerz, das Glück. Ich habe das Meer nicht gemacht, ich habe den Wind nicht gemacht, ich habe mein Leben nicht erschaffen. Aber ich bin da.

Ich bin hier in Jamaica und ich lebe das Leben, das ich mir lange gewünscht habe. Auch wenn mein Leben vor drei Jahren in die Brüche ging, auch wenn ich erst vor drei Wochen entdeckt habe, dass ein großer Teil meines Lebens eine Illusion war: Das hier ist keine Illusion. Es ist kein Traum. Ich bin wirklich hier, auch wenn es sich oft wie ein Traum anfühlt. Aber genau das macht mich ja so glücklich. Dass ich den Traum leben kann.

Wir alle haben Träume. Durch meine Arbeit lerne ich viele Menschen kennen, ich lerne ihre Träume kennen und meine Arbeit besteht darin, ihnen Mut zu machen, ihre Träume zu leben. Egal, wie sie aussehen.

Träume haben eine geheimnisvolle Kraft. Sie werden Wirklichkeit, indem man handelt. Aber mehr noch werden sie Wirklichkeit, indem man ihnen vertraut.

Vor drei Jahren habe ich Patrick Golding kennengelernt. Ich habe mit ihm geträumt von der Liebe. Durch ihn habe ich Jamaica kennengelernt. Das Leben hat uns getrennt, die Entfernung, der Unterschied zwischen unseren Welten. Aber die Liebe hat nicht aufgehört. Sie war größer als Patrick und ich. Auch wenn Patrick heute nicht mehr in meinem Leben ist und ich den Traum, mit ihm zusammenzuleben, dem Wind übergeben habe. Auch wenn mein Herz nicht mehr an ihn gebunden ist. So sehe ich doch jetzt, dass etwas viel Größeres in mein Leben kam.

Ich bin hier in Jamaica nicht wegen Patrick. Ich bin hier, weil die Liebe mir noch etwas Größeres zeigt. Sie zeigt mir, dass ich sie überall finden kann, wenn ich ihr nur folge. Wenn ich ihr folge, ohne zu fragen. Auch wenn meine Sehnsucht, die Umarmung eines Mannes zu fühlen, nicht erfüllt ist, so fühle ich doch etwas Anderes: Ich fühle die Liebe des Lebens. Ich fühle, dass das Leben auf mich antwortet, so fein und so zärtlich wie ein Liebhaber. Dass es mich liebt, so intim und persönlich, dass ich ihm vertrauen kann.

Gestern Abend habe ich nach Flügen geschaut, um im April wiederzukommen. Ich habe nach Terminen geschaut. Eben ruft mich Jessica, die Besitzerin von Te Moana an, und fragt, ob sie mir etwas aus der Stadt mitbringen soll. Ich sage: Eier und Sahne für die Gemüsesoße. Sie sagt, sie habe Übriggebliebenes von ihrem Besuch am Wochenende, ob ich einverstanden wäre, das zu verwenden. Kurz darauf steht sie in meiner Tür mit einem Korb, in dem ich alles finde, was ich brauche. Ich sage ihr, dass ich im April wiederkommen möchte. Sie sagt, dass das Cottage zu dem Termin frei ist, obwohl es in der

Buchungsmaske, die ich gestern geprüft habe, anders dargestellt war.

Ich sage den Engeln: Bei all dem Schmerz, bei all der Angst, ihr schüttet das Füllhorn über mir aus. Und es ist viel mehr als eine Schachtel Eier und eine Tüte Kochsahne. Ihr schüttet Liebe über mir aus. Ihr sagt mir unermüdlich: Folge deinen Träumen und wir werden eine Tür nach der anderen öffnen für dich.

Es zeigt mir, dass die Liebe viel größer ist als die intime Beziehung zwischen einem Mann und einer Frau. Und dass die Liebe, wenn sie diesen weit umspannten Raum einnimmt, auch die Liebe zwischen Mann und Frau einschließt. Dass dann auch die Liebe zwischen Mann und Frau etwas Größeres wird. Das kann ich jetzt fühlen. Und ich kann darauf vertrauen, dass das Leben mir den Weg dorthin zeigen wird.

All diese Schönheit, die Schönheit von Te Moana, die Schönheit einer Tankstelle namens „Cool Oasis" und eines siebenundzwanzig Jahre alten sozialistischen Autos, das auf seine Reparatur wartet. Die Schönheit der Menschen, deren Anblick mich glücklich macht, nicht weil sie schöner wären als die weißen Menschen in Deutschland, sondern weil meine Seele ihre Seele berühren kann. All diese Schönheit hat diese eine Botschaft: dass die Liebe da ist.

Dass die Liebe wie eine große Sonne leuchtet über allem.

Dass ich mich nach einem Mann sehne, weil ich mich nach der Sonne der Liebe sehne, der ich dann begegne.

Was ich lernen muss und was hinter dem großen Abenteuer Jamaica steht: Ich muss lernen zu unterscheiden zwischen dieser Liebe, die alles umfasst und der Sehnsucht, der Begierde, den Tagträumen, den Illusionen, die mich in Sackgassen führen. Das Leben hat mir eben erst eine große Lektion erteilt mit dem Brief von Charifa. Es hat mir gezeigt, wie sehr ich in Illusionen gefangen bin und wie sehr es wehtut, daraus aufzuwachen.

Es hat in mir die Angst geweckt, wieder in neue Illusionen zu geraten, ohne es zu merken. Schließlich gibt es genügend Beweise dafür, wie naiv ich bin. Ja, das macht mir Angst. Ja, es gibt keine Sicherheit, dass es nicht wieder passiert.

Aber heute sehe ich, dass ein Traum wahr geworden ist, der lange wie eine Illusion erschien. Ich bin hier, ich sitze an meinem Laptop, ich schreibe. Keine Illusion. Seit dem Unfall konnte ich nicht schreiben – und jetzt kann ich es.

Wie die Wellen im Meer werden immer neue Wellen kommen. Und genau in diesem Augenblick lerne ich zu unterscheiden zwischen Traum und Illusion. Eine neue Illusion mag kommen, all die inneren Stimmen, die mich warnen, mögen recht bekommen, die Angst mag wiederkehren, aber da ist auch diese andere Stimme, die sagt: Die Liebe ist keine Illusion. Sie ist nur ein wenig größer als du gedacht hast.

Eine Leserin schrieb mir heute in einer E-Mail eine Antwort auf das Kapitel von gestern, auf das, was mir passiert ist mit Oliver. Die Illusion in einer perfekten Liebe, in einer perfekten Familie zu leben.

Vielen Dank, liebe Leserin. Ich nenne deinen Namen nicht, weil ich deinen privaten Raum schützen möchte. Und weil ich deine Worte gern heute noch veröffentlichen möchte und die Zeit vielleicht nicht reicht, deine Zustimmung einzuholen.

Sie schreibt:

> *„Ich arbeite seit 23 Jahren in einem Maschinenbauunternehmen als einzige Frau in einer Führungsposition. Fast jeder unserer Außendienstmonteure hat über kurz oder lang eine ausländische Partnerin. Spätestens in 2. Ehe. Russland, Taiwan, China, Japan, was Du willst. Immer wieder kommt es dazu, dass die erste Familie das lange nicht merkt.*
>
> *Männer sind feige oder eben nicht monogam. Erst wenn der blöde Zufall es kundtut, erfolgt die Trennung von der ersten Familie. In einem Fall kam es durch die Kommunion des Kindes in Mexico raus.*
>
> *Die langen Auslandsaufenthalte begünstigen das, die neue Partnerin ist exotisch, anders erzogen als wir, blickt auf und macht ihm ein angenehmes Leben.*
>
> *Häufig ist es ihre einzige Chance für einen sozialen Aufstieg. Er fühlt sich wie der Prinz und liebt die Bewunderung.*

Sorry, wenn ich da so nüchtern drüber schreibe, wenn man nicht involviert ist, ist es einfach eine Beobachtung des Lebens.

Keine der Führungskräfte, die wir in den letzten 15 Jahren nach China entsendet haben, ist noch bei der deutschen Partnerin.

Natürlich werden die handelnden Beteiligten vermuten, da sei Liebe im Spiel – vielleicht ist es ja auch so.

Kap. 7 gefällt mir gut – ich hätte eine ähnliche Rückmeldung gegeben wie der spiritueller Begleiter von Viola, habe mich aber nicht getraut um niemandem zu nahe zu treten."

Liebe Leserin, ich danke dir.

Liebe oder Illusion? Was sind unsere Motive, Männer und Frauen? Wir wollen uns fühlen wie Prinzen und Prinzessinnen, wir wollen bewundert werden, gesehen werden, wertgeschätzt werden. Wir wollen jemanden, der zu uns aufblickt und uns ein angenehmes Leben bereitet. Und wir trauen uns nicht, zu sagen, dass wir es woanders finden, als wir vermutet haben. Wir haben Angst, andere zu enttäuschen. Wir haben berechtigte Angst vor den Konsequenzen. Wir haben Angst, anderen zu sagen, dass sie in einer Illusion gelebt haben, dass wir in einer Illusion gelebt haben oder dass eine Liebe, die einmal Wahrheit war, zur Illusion geworden ist.

Das ist wohl der Preis, den wir bezahlen, wenn wir

den wahren Träumen der Liebe folgen: Dass wir jeden Tag einen neuen Traum entdecken können und dass wir andere enttäuschen müssen. Und enttäuscht werden von anderen, die ihre Träume entdecken. Wenn ich einen Zaun baue gegen die Enttäuschung, baue ich einen Zaun gegen die Liebe. Wenn ich aufhöre zu träumen, höre ich auf zu leben.

Lieben Frauen Männer, weil sie ihnen einen sozialen Aufstieg ermöglichen? Lieben Männer Frauen, weil sie ihnen ein angenehmes Leben bereiten können? Und was ist mit den Frauen, die finanziell und beruflich stärker sind als die Männer? Was ist mit den Frauen, deren Liebeskraft größer ist als die der Männer? Was ist mit den Männern, die eine Frau suchen, die nicht nur bei ihnen ist, weil sie Geld und ein schönes Haus haben? Die geliebt werden wollen um ihrer selbst willen?

Ich glaube, dass ich lernen kann zu unterscheiden zwischen einer Illusion von Liebe und einer echten Liebe. Ich glaube auch, dass dies der Sinn meiner Geschichte ist, dass ich das lerne durch den Schmerz und durch die Angst. Auch die Angst kann real sein oder eine Illusion.

Ich glaube, es ist nicht leicht, das zu lernen. Es ist gar nicht leicht. Aber es ist es wert. Es gibt nichts, was wichtiger wäre als die Liebe kennenzulernen.

Ich habe gestern Abend noch den Text über Johnathan auf Englisch übersetzt und ihm geschickt. Heute Morgen schrieb er: „Es gibt ein Yin und ein Yang in allem. Du hast die andere Seite in mir noch nicht kennengelernt." Er schrieb, dass er sein Auto heute abholen würde aus der

Reparatur und mich dann abholen würde, um nach Bromley zu fahren und dort zu Abend zu essen. Ich solle meine Zahnbürste einpacken, um zu übernachten, er würde mich dann morgen früh zurückbringen.

Ich habe Johnathan gestern gefragt, ob ich mein Erlebnis mit ihm in meinem Blog veröffentlichen darf. Ich sagte, ich würde nur schöne Dinge veröffentlichen. Er sagte: „Schreib die Wahrheit."

Heute regnet es fast den ganzen Tag. Trotzdem ist es hell. Durch das Licht sind die Blätter und die Wurzeln der Bäume von einem Glanz bedeckt. Wenn die Sonne hinter den Wolken hervorkommt, wie jetzt gerade, ist alles übersät mit glänzenden Lichtern, den Reflexionen des Sonnenlichts auf den nassen Blättern. Ein Auto hupt in der Ferne. Da ist er wieder, der reale Traum.

Das Leben oder die Engel sind schneller als mein Roman. Sie haben sich etwas ausgedacht für mich. Ein stehen gebliebenes Auto spielt darin eine Rolle und Bromley, das Kolonialanwesen in den Hügeln von Jamaica, ein jahrhundertealter Ort voller Geschichten.

Ich werde nicht fragen.

Ich werde vertrauen.

Kapitel 8 – The Rock – der Fels

Es regnet. Wenn es regnet in Jamaica, dann richtig. Ein ohrenbetäubender, prasselnder Regen. Das Meer ist aufgewühlt, schäumende Wellen brechen, eine nach der anderen wie eine Entladung.

Ich war gestern nicht in Bromley. Johnathan musste unsere Verabredung absagen, sein Husten ist schlimmer geworden. Ich war lange im Meer. Ich habe mich lange nicht getraut hineinzugehen, weil die Bewegung des Wassers so stark war. Ich habe versucht, mich an den Klippen festzuhalten, weil ich keinen Boden unter den Füßen hatte.

Dann lasse ich einfach los. Das Wasser trägt mich. Es begräbt mich nicht. Im Wasser werden meine Gedanken und meine Gefühle flüssig. Im Wasser kann ich meine Geschichte fühlen, ohne dass sie wehtut. Sie ist dann umhüllt von etwas Größerem. Ich beginne sie zu erzählen, Schritt für Schritt, ich erzähle sie dem Wasser, Wort für Wort. Und während ich sie dem Wasser erzähle, verändert sie sich. Sie wird schön.

Mir wird bewusst, dass dies mein Wesen ist: Meine Seele sucht Verbindung, wo auch immer ich bin. Unter Menschen, unter Pferden, unter Bäumen, im Wasser. In der Verbindung finde ich mich.

Wenn ich alles loslasse, dann macht sich meine Seele auf den Weg und sucht Verbindung. Dann entdecke ich ein Netz von Verbindungen. Dann spüre ich auch, dass jene, an die ich dann denke, fühlen, dass ich an sie denke. Und darauf antworten. Meist erhalte ich bald darauf eine E-Mail oder ein anderes Zeichen.

Im Wasser verstehe ich, dass diese Verbindungen sich bewegen wie das Wasser. Dass ich nur ein kleiner Mensch bin in einem riesigen Meer aus Verbindungen. Aber dass ich mich verbinden kann mit dem ganzen, riesigen Meer.

Als Kind habe ich unermüdlich nach der Liebe gesucht. Ich hatte nichts anderes im Sinn. Ich wollte eine Familie.

Weil ich das so sehr wollte, konnte ich nicht fühlen, dass Oliver, mein Mann, sein Herz einer anderen Frau geschenkt hatte. Vielleicht habe ich es gefühlt, aber diese wahnsinnige Sehnsucht nach Liebe, diese Angst vor dem Alleinsein, hat es mir nicht erlaubt, das zu fühlen. Wir hatten uns ein Versprechen gegeben: „... In guten wie in schlechten Zeiten. Bis dass der Tod euch scheidet." Ich war sicher, dass jetzt alles gut ist. Dass ich nie wieder allein sein würde. Ich konnte die Wahrheit nicht fühlen. Ich war blind.

Der graue Vogel ist wieder da. Er schreitet über den Rasen, der Regen stört ihn nicht. John und Joy rufen an. Wir sind heute Abend verabredet. Ich habe sie zum Essen eingeladen in das Hermosa Cove in Ocho Rios. John fragt, ob unsere Verabredung noch steht. Natürlich, steht sie. Es macht mich sofort glücklich, seine Stimme zu hören und darüber zu sprechen, dass ich mit dem Fahrer kommen und sie abholen werde. Joy kommt ans Telefon und es ist so schön, ihre Stimme zu hören. John und Joy sind wie ich. Sie empfinden die gleiche Freude im Zusammensein wie ich. Ohne Spielregeln. Einfach nur, weil es glücklich macht.

Mir fällt ein, dass ich John eine falsche Uhrzeit genannt habe. Ich habe gesagt, dass ich sie um halb sieben abholen werde, aber das habe ich durcheinandergebracht. Der Fahrer holt mich um halb sieben ab. Und ich hole John und Joy um Viertel vor sieben ab. Ich möchte nicht, dass sie warten, ohne zu wissen, warum. Ich rufe sie an und spreche auf das Band. Kurz darauf ruft John zurück. Ich höre wieder seine Stimme und es macht mich glücklich. Ich erkläre ihm das Versehen mit der Uhrzeit. Er spricht vom Regen und ich weiß, dass es ihm leidtut, dass ich in meinem Urlaub Regen habe statt Sonne. Aber mir macht der Regen nichts aus.

Ich schreibe, ich bin glücklich, wenn ich schreibe. Ich bin in Jamaica und ich liebe Jamaica mit und ohne Regen. Ich höre ihn lachen.

Er sagt: „You have to circumvent the challenges." Hier ist es, dieses Wort: *circumvent*. John liebt die Worte, so wie ich. Er weiß, dass ich die Worte mag. Deswegen wählt er diese ausdrucksvollen Worte aus.

Ich lache, weil ich mich so freue über das Wort *circumvent*. Circumvent heißt so was wie *umschiffen* – Die Herausforderungen umschiffen. Einen Weg, um die Herausforderung des Regens herum finden, einen Weg, wo man nicht nass wird. Das ist John. John hat eine ganze Palette solcher Formulierungen für die Herausforderungen des Lebens.

Ich erinnere mich, dass ich ihm letzten Sommer einmal ziemlich aufgebracht geschrieben habe von einer Business-Situation, wo ich mich betrogen fühlte. Und dann kam diese Formulierung von ihm: „We move on to better places." „Wir bewegen uns an bessere Orte." Das hat mich lange beeindruckt. Es trifft genau das, was in meinem Leben passiert, seit ich in die Grube gefallen bin. Ich bewege mich hinaus, um bessere Orte und Menschen zu finden.

Das ist Jamaica. Das war der Erfolg von Bob Marley. Weisheit, die aus dem Schmerz kommt. Einfache Weisheit, die alle Menschen kennen. Weil wir alle Liebe suchen und weil unser aller Herz immer wieder gebrochen wird. Und weil unser Herz wie das Wasser den Weg zu besseren Orten sucht. Wo es Liebe gibt ohne Regeln. Nur den Wunsch nach Liebe – und sie erleben, eins zu eins.

Donald Trump hat Länder wie Jamaica als *shit holes* bezeichnet, *Dreckslöcher.*

In der Kirche am Sonntag sprach der Prediger von diesen Stimmen, die aus den USA kommen, die von Korruption in Jamaica sprechen und von Kriminalität. Er sagte: „Umso mehr brauchen wir die Kraft des Glaubens." Und jeder in diesem rohen Kirchenraum verstand, worum es geht. Es geht darum, dass der Glauben stärker ist als das Geld und die Macht. Es geht darum, dass die Liebe unsere stärkste Kraft ist.

Ich finde diese Liebe und diese Glaubenskraft auch in Deutschland. Aber dort ist sie nicht so unmittelbar. Hier ist sie so unmittelbar, weil es hier nicht so viel Sicherheit gibt. Der Glauben kommt, wenn das äußere Haus zerbrochen ist.

Jamaica, das sagte mir Johnathan, ist das Land mit der dritthöchsten Verschuldung der Welt. Es gibt kein Geld für die Schulen, für die Infrastruktur, weil alle staatlichen Einnahmen in die Tilgung der Kredite fließen. Die Straßen in den Wohnvierteln und auf dem Land sind voller Löcher, sie werden nicht ausgebessert.

Viele Autos kommen aus Japan als Gebrauchtwagen, die in Japan nicht mehr verkäuflich sind. Ich frage mich, wie die Unterböden all dieser Autos diese löchrigen Straßen verkraften. Die Autos werden hier mit Importsteuern belegt, die so hoch sind wie der Kaufpreis. Taxifahrer ist einer der beliebtesten Jobs hier und die Autos sind oft so alt, dass jemand wie ich, die aus der Autostadt Stuttgart kommt, staunt, dass sie überhaupt noch fahren.

Der Fahrer, mit dem ich viel unterwegs bin, Gairy, sagt, dass er gelernter Installateur ist, aber dass es hier keine Arbeit für Handwerker gibt. Viele seiner Verwandten sind nach Kanada ausgewandert. Dort werden Arbeitskräfte gesucht. Seine Tochter studiert in Florida. Sie ist so klug und fleißig, dass sie ein Stipendium erhalten hat. Viele Menschen, denen ich begegne, haben Familienangehörige in Ländern wie Kanada oder Großbritannien. Die Familien sind getrennt. Die Kinder bleiben im Ausland, manchmal auch die Ehepartner. Viele Quellen für Angst, Schmerz und Traurigkeit. Jeder kleine Ort hat mehrere Kirchen und die Kirchen sind voll.

Was mich mit Jamaica verbindet, ist, dass mein

Schmerz viel Glaubenskraft braucht. Dass ich das mit den Menschen hier teile. Das wird mir bewusst. Meine Seele sucht Heilung.

In Europa habe ich Sicherheit und Gewohnheiten. In JA (wie die Einheimischen es nennen) bin ich unsicher, empfinde ich viel Angst, kenne ich mich nicht aus, aber meine Seele findet Sicherheit.

Das ist das Geschenk von Jamaica. Dass ich hier etwas finde, was mich heilt. Es gibt keinen vernünftigen Grund hier zu sein. Aber es gibt einen Grund, der alles überwiegt. Meine Seele braucht Heilung. Ich kenne meinen Weg der Heilung nicht. Ich kann nur schauen, dass ich meine Seele höre, dass ich die Engel höre, wie in jener Nacht auf dem Hochhausdach. Dass ich lerne zu unterscheiden, was eine echte innere Stimme ist und was eine Illusion.

Der Regen hat aufgehört, die Sonne ist wieder da. Heute kann ich ganz und gar fühlen, dass die Engel mich hierhergeführt haben. Dass nicht ich es war. Dass es eine geheimnisvolle Kraft in meiner Seele ist. Dass diese Kraft da ist, nicht weil ich eine gebildete Frau aus Europa bin, sondern weil mich etwas berührt hat, das größer ist als ich. Das Meer, die Bäume, die Pflanzen, die Kolibris, die so winzig sind und so flink, der graue Vogel, Menschen wie John und Joy und Johnathan und Patrick. Sie haben mich berührt und ich habe sie berührt in einem Raum, der größer ist als wir. Dort haben wir uns getroffen, wie Menschen den Wassertropfen im Meer begegnen. Die Berührung dort ist eine andere. Wir haben sie nicht in der

Hand. Wir erwerben sie nicht. Sie ist keine Belohnung für etwas, das wir geleistet haben. Sie wird uns geschenkt. Wir selbst sind das Geschenk.

Ich denke an meine Kinder, die ich verloren habe. Ich hätte es ihnen so gern weitergegeben. Aber vermutlich sind sie jetzt viel weisere Seelen als ich es bin. Ich kann ihnen nicht das geben, was eine Mutter geben würde. Und so gebe ich es jedem, der mich berührt.

Ich werde noch viele Tränen weinen. Es ist gut, diese Tränen zu weinen. Sie sind das Wasser, das den Weg weist. Und wieder höre ich diesen Ruf, nach Jamaica zurückzukehren. Drei Wochen werde ich noch hier sein. Und dann werde ich wiederkehren. Ich muss hier sein, weil die Seele mich hierher ruft.

Weil all das hier nur ein Anfang ist. Weil ich eine Anfängerin bin. Ich möchte nie vergessen, dass das, was andere als „Drecksloch" empfinden, für mich Schönheit und Liebe ist. Ich möchte nicht festhalten an der Sicherheit, die mir ein Eheversprechen gibt. Oder ein Ideal wie Treue. Treue ist meine Natur, weil ich der Liebe treu bin. Nicht dem einzelnen Menschen. Auch nicht mir. Der Liebe. Ich bin dem treu, was die Engel sich für mich ausgedacht haben. Weil sie Liebe sind.

Hier an diesem Ort kann ich in Frieden sein mit dem, was passiert ist. Ich kann sagen, Oliver ist seinem Herzen treu geblieben. Er hat es mir nicht gesagt, weil er Angst hatte, mich zu verletzen. Der Tod hat es ihm abgenommen. Der Tod hat ihn unschuldig aussehen lassen. Und dann hat Charifa entschieden, dass die Wahrheit größere

Kraft hat als die Lüge, selbst, wenn sie verletzt. Sie wollte mich nicht verletzen. Sie wollte der Wahrheit einen Dienst tun.

Kann ich darauf vertrauen, dass auch das der Wille der Engel war? Dieser Brief? Dass ich aufwache? Dass ich verstehe?

Die Liebe, die ich mit Oliver geteilt habe, war eine Liebe, in der er frei war zu reisen und neue Welten zu entdecken, so wie ich es jetzt tue. Es war eine Liebe, in der ich vertraut habe, ohne zu wissen. Ich habe meine Liebe gegeben und sie wurde betrogen. Die Liebe hat mich zerbrochen. Sie hat das Haus, in dem ich gewohnt habe, zertrümmert. In dieses Haus kann ich nicht zurückkehren.

Aber es gibt ein größeres Haus. Eines, das nicht zertrümmert werden kann. Ich bin in Sicherheit jetzt.

Und ich bin nicht allein.

KAPITEL 9 – UNERWARTETER EUROPÄISCHER KOLIBRI

Am nächsten Morgen habe ich ein Gespräch mit dem Kolibri im Garten von Te Moana. Es beginnt damit, dass ich ihn beobachte und darüber nachsinne, warum er das Wappentier von Jamaica ist, das einen schon am Flughafen auf großen Plakatwänden und Monitoren begrüßt.

Der Kolibri, der hier im Garten lebt, ist so klein, dass ich am Anfang dachte, er sei eine etwas groß geratene Biene.

Ich finde dann in Wikipedia, dass es tatsächlich eine Kolibri-Art gibt die *Bienenelfe* heißt. Die Biologen oder Ornithologen (ich liebe dieses Wort), die diesen Namen erfunden haben, müssen Poeten gewesen sein. *Bienenelfe,* genau das schwirrt hier im Garten herum. *Elfenhafte Biene.* Schillert und schwirrt. Auf Englisch heißt der Kolibri *hummingbird* also *Summ-Vogel.*

Marge ist eben gekommen, um die Bettwäsche zu wechseln, und ich frage sie, ob der Kolibri Geräusche macht, also pfeift oder singt, weil er doch Summ-Vogel heißt. Marge überlegt und sagt: „Ich bezweifle es. Wenn dann nur sehr leise."

Nennen die englisch-sprechenden Menschen ihn Summ-Vogel, weil sein Flügelschlag so unglaublich schnell ist? Vierzig bis fünfzig Flügelschläge pro Sekunde, sagt Wikipedia. Ich versuche, mir das vorzustellen: In der Zeit, in der ich das Wort „einundzwanzig" ausgesprochen habe, hat der Kolibri fünfzig Mal mit dem Flügel geschlagen. Schwer, sich das vorzustellen. Im Vorwärtsflug erreicht der Kolibri eine Geschwindigkeit von dreihundertfünfundachtzig Körperlängen pro Sekunde. Ein Kampfjet ist nichts dagegen: Er erreicht die 40-fache Körperlänge pro Sekunde. Und dabei fliegt der Kolibri noch wesentlich eleganter.

Ich sage mir, dass die Biene ja auch nicht singt, und trotzdem gibt es das Lied: „Summ, summ, summ, Bienchen summ herum."

Der Kolibri ist schön und zugleich unwahrscheinlich schnell und überlebensfähig. Er lebt vom Blütennektar, einer sehr energiereichen Nahrung. Und er liebt Schönheit: Er bevorzugt die roten und orangefarbenen Blüten. In Jamaica hat er reichlich Auswahl.

Und hier noch ein überraschendes Detail: Den Kolibri gibt es nur in Amerika, nicht in Europa, zumindest heute.

Denn es gab ihn in Europa – vor 30 Millionen Jahren. Ein deutscher Paläoornithologe namens Gerald Mayr entdeckte ihn im baden-württembergischen Frauenweiler. Ziemlich genau da, wo ich herkomme. Er taufte ihn „*Eurotrochilus inexpectatus* – unerwarteter, europäischer Kolibri".

Wie kann ich da anders als glauben, dass alles hier auf dem Planeten Erde seit Millionen von Jahren in perfekter Harmonie geschaffen wurde? Der europäische Kolibri aus Frauenweiler und die Tatsache, dass ich heute Morgen dem Kolibri in Jamaica begegne?

Ich beobachte ihn und lese über ihn und habe das

Gefühl, dass er das mitbekommt. Ich kenne das von Tieren, egal wo ich ihnen begegne.

Jetzt kommt auch der graue Vogel, bleibt vor meiner Veranda stehen und sieht mich an. Dann setzt er an, zu einem erlesenen Tanz durch den Garten bis er hinter einem Busch verschwindet, wie ein Darsteller von der Bühne.

Ein Gecko klettert eine Holzstrebe des Verandageländers hoch. Dann macht er einen eleganten Sprung auf die zwanzig Zentimeter entfernte nächste Strebe. Ich staune! Ich wusste nicht, dass Geckos springen können.

Weiter hinten fängt es in den Blättern an zu rascheln. Mehrere große Blattlappen schlagen gegeneinander, ein Geräusch, als wolle jemand sie zerfetzen. Dann tauchen zwei große dunkle Vögel daraus auf, einer verfolgt den anderen und sie fliegen davon.

Die Tierwelt im Garten fühlt sich angesprochen und möchte mitreden. Ich staune.

Ich muss mit dem Kolibri sprechen. Ich habe eine Frage. Sie beschäftigt mich und seit gestern hat sie eine neue Dimension gewonnen.

Gestern hatte ich eine Skype-Konferenz mit zwei lieben Mitstreiterinnen aus Deutschland. Wir sind Teilnehmerinnen eines Online-Kurses, in dem man genau das lernt – Online-Kurse zu erstellen. Online-Kurse sind der Marktplatz und der Arbeitsplatz der digitalen Nomaden. Also jener Menschen, die ortsunabhängig leben und arbeiten. Claudia malt uns ihren Traum aus, frei zu sein, in verschiedene Länder zu reisen und dort zu leben. So lange, bis der Zeitpunkt gekommen ist, wieder zu gehen. Genau diese Freiheit hat man als digitaler Nomade.

Und genau das ist die Frage, die ich habe: Wann ist meine Geschichte mit Jamaica over – vorbei? Wenn ich im Februar nach Deutschland zurückfliege? Werde ich dieses Jahr ein neues Land entdecken? Oder werde ich nach Jamaica zurückkehren? Ich habe einen Termin ausgewählt für die nächste Jamaica-Reise, ich habe einen Flug gefunden, Jessica hat das Cottage für mich reserviert – aber ich habe noch nicht gebucht. Die Frage ist größer geworden.

Sie ist für mich zu einer Frage an das Leben geworden. Zu der Frage, die wir uns alle immer wieder stellen. Wo ist der richtige Ort für mich? Das richtige Leben? Die richtigen Menschen? Die richtige Arbeit? Warum bin ich hier auf der Erde?

Seit dem Unfall, der mein bisheriges Leben zerbrechen ließ, stelle ich mir diese Frage. Seit jenem Ereignis habe ich das Gefühl von Heimatlosigkeit, von ruhelosem Suchen und nicht Ankommen.

Ich versuche meine innere Führung zu hören, zu verstehen, welchen Plan die Engel und Gott selbst für mich haben. Bisher habe ich die Antworten immer in der Natur gefunden. Die Bäume haben zu mir gesprochen, die Pferde, die Spirits. Heute ist es der Kolibri, das fühle ich deutlich. Es ist, als wüsste er, dass diese große Frage in mir brennt. Und heute ist er für mich da.

Ich sage dem Kolibri: „Ich brauche eine Sicherheit, die nicht nur von mir kommt, sondern von etwas, das größer ist als ich." Ich hole tief Luft. ... „Weißt du, ich bin aufgewachsen an einem wunderschönen Ort, in der Nähe des Ortes, wo deine Vorfahren vor 30 Millionen Jahren gelebt haben. Ich war umgeben von Tieren und von Kobolden und von wunderschönen Bäumen und Pflanzen. Als Kind war ich im Paradies."

... Gerade läuft Marge vorbei mit einem Strauß wunderschöner Blumen, die sie für mich gepflückt hat ... Im bisher ganz ruhigen Meer brechen unvermittelt drei Wellen mit weißen Schaumkronen.

„Ich habe das Paradies verlassen, weil ich neugierig war", sage ich zu dem Kolibri. „Und jetzt bin ich zurückgekehrt. Aber es ist nicht mehr das Paradies, in dem ich einmal war. Das Paradies ist jetzt in Jamaica, weit entfernt von meiner ursprünglichen Heimat. Wo gehöre ich hin?"

Diese Frage wühlt mich auf. „Seit drei Jahren fliege und reise ich durch die Welt. Ich finde viele schöne Orte, viele Paradiese. Aber wo ist mein Zuhause? Ich sehne mich so sehr nach einem Zuhause, aber ich finde es einfach nicht."

Ich sehe den Kolibri von Blüte zu Blüte schwirren. Ich fühle, dass er mich hört, und ich fühle auch, dass er mir nicht antworten kann, weil ich noch nicht wirklich DA bin. Ich bin noch nicht da, wo er ist mit 50 Flügelschlägen pro Sekunde. Ich bin zu langsam. Mein menschlicher Verstand, der die Dinge von allen Seiten beleuchten will, braucht Zeit. Ich weiß, es gibt eine Antwort, aber es braucht Zeit zu ihr vorzudringen. Wir Menschen brauchen Zeit. Diese Zeit kann man nicht abkürzen. Was muss ich dem Kolibri noch alles sagen, bis er mich hören kann?

Da fühle ich es. Das Schwirren. Ich fühle es in meinem

Körper. Die 50 Flügelschläge pro Sekunde. Unglaublich! Mit einem solchen Tier habe ich mich noch nicht verbunden. Mein Pferd hat mir vor vielen Jahren gezeigt, wie das geht. Wie ich mit Tieren sprechen kann. Ich fühle die Vibration des Tieres in meinem Körper, indem ich einfach mitschwinge mit seiner Energie, wie eine Saite mit dem Ton, der angeschlagen wird. Und von dort übersetzt sich die Energie dann in Gedanken und Gefühle. Ich habe mit sehr vielen Pferden auf der ganzen Welt so gesprochen und mit vielen anderen Tieren, aber noch nie mit einem Kolibri. Abgefahren!

In mir zittert es in einer ungeheuren Geschwindigkeit. So also fühlt sich das an, wenn der Kolibri vor einer Blüte im Stand fliegt und mit seinem Schnabel den Nektar aufsaugt. Schwups ist er schon bei der nächsten Blüte.

Jetzt muss ich nur noch hören, welche Gedanken und Gefühle aufsteigen, um zu verstehen, was der Kolibri mir sagen will. Ich die Verbindung, die Standleitung zum Kolibri nicht verliere. Und da kommt die Antwort des Kolibris: „Du musst unbedingt kommen. – Du musst unbedingt kommen."

Pause.

Ich habe die Frequenz verloren. Oh, Mann. Dieser Kolibri ist so fein und so schnell, da kommt dauernd meine menschliche Frequenz dazwischen. Ich bemühe mich, ganz leer zu sein. Dann höre ich: „Go for the soul. Geh für die Seele." Das kommt an wie eine Flut. In den vier Worten steckt eine ganze Welt. Ungefähr so: „In Jamaica findest du die Seele. Es geht darum der Seele zu folgen.

Du sprichst nicht mit mir. Du sprichst mit Gott. Gott hat dich hierhergeführt. Stell keine Fragen. Gott ist viel größer als du denkst. Er hat schon vor 30 Millionen Jahren einen Kolibri geschaffen und er kann dir heute, an diesem Tag, eine Information vor Augen führen, die dir sagt, dass du gemeint bist, der unerwartete europäische Kolibri. Das bist du. Stell keine Fragen. Hier in Jamaica findest du Antworten, wenn du aufhörst, Fragen zu stellen. Gott kann noch viel mehr. Aber das wirst du erst erfahren, wenn du aufhörst, so viele Fragen zu stellen."

Ich muss jetzt doch kurz nachfragen: Ist denn Jamaica meine neue Heimat, die ich suche? Gestern hat mir nämlich Delroy, der Fahrer, der uns zum Restaurant gebracht hat, von einer Schweizerin erzählt, die in 7 Jahren 13 Mal in Jamaica war und schließlich ausgewandert ist. Okay, okay, ich verstehe schon ... Ich höre auf zu fragen. 30 Millionen Jahre, das ist wirklich viel. Da existierte schon ein Kolibri. Wer bin ich da im Vergleich? Unerwarteter europäischer Kolibri. An dieser Stelle muss ich dann doch sehr herzlich lachen. Ich wette, die Idee mit dem fossilen Kolibri in Frauenweiler, Baden-Württemberg, praktisch vor meiner Haustür, das war Erzengel Michael oder einer seiner Schüler, der einen Hang zur Komik hat. Kommt jedenfalls voll an bei mir, diese Art von Komik. Macht mich sprachlos. 30 Millionen Jahre. In Wikipedia heißt es: „Die Skelette sind vier Zentimeter lang, haben einen langen Schnabel, um Blütennektar zu saugen, und Flügel, die zum Schweben auf der Stelle befähigen. Damit zeigen sie die typischen Merkmale heutiger Kolibris".

Nein, so was kann sich auch eine Autorin wie Viola Messerschmidt nicht ausdenken!

Da ist die Art, wie die Engel ihre Botschaften in unsere Realität einträufeln lassen wie der Espresso in die aufgeschäumte Milch.

Der Kolibri im Garten von Te Moana fliegt davon. Unglaublich diese Geschwindigkeit. 10 Mal so schnell wie ein Kampfjet wie z. B. die MiG-25 (ein Mach 3 schneller Abfangjäger, tolles Kürzel!) und noch wesentlich eleganter.

Ich gehe schwimmen, um das Ganze zu verdauen. Ursprünglich kam ich nach Jamaica wegen Patrick Golding. Den mir übrigens auch die Engel geschickt haben. Auch mit solchen Espresso in die aufgeschäumte Milch-Träufeln-Botschaften, 30 Millionen Jahre altes Fossil und so ... Das schreibe ich nur, um fair zu sein. Sie schicken nicht nur Kolibris zum Anschauen, sondern auch einen Mann aus Fleisch und Blut, wenn es nötig ist.

Jetzt habe ich aber das deutliche Gefühl, dass ich wegen etwas anderem hier bin als wegen Patrick. Ich kann es nicht ändern, dass er nicht mehr da ist (nicht verstorben, nur verschwunden). Und fragen darf ich ja nicht. Ich kann nur beobachten: Patrick ist weg. Und etwas anderes ist da. Auch wenn es schwer zu benennen ist.

Ich schwimme ewig. Heute ist so schön warm und ich will nicht mehr aus dem Wasser heraus. Alles ordnet sich und die Antworten tauchen auf, ohne dass ich frage. Nur wenn ich frage, wird es wieder schwierig. Ich gebe es auf. Das ist ein unglaublich schönes Gefühl: es einfach aufzugeben.

Aufzugeben, irgendetwas verstehen zu wollen. Seit jener Nacht auf dem Hochhausdach folge ich den Engeln. Ich tue, wozu sie mich auffordern. Sie finden den Weg zu mir mit ihren Botschaften. Und ich führe aus, was sie von mir wollen. Das geht dann immer gut aus. (Bis auf das mit Patrick, wobei ich mich da mit dem Urteil zurückhalte, denn wer bin ich angesichts der 30 Millionen Jahre.)

Heute ist es der Kolibri, der sagt, dass ich unbedingt zurückkommen muss. Das sagt er schon länger und ich bin ja gekommen. Und jetzt muss ich unbedingt wiederkommen, sagt er, um für die Seele zu gehen. Und um dem Ganzen einen Stempel aufzudrücken, sagen sie mir ganz deutlich: Gott konnte vor 30 Millionen Jahren einen Kolibri erschaffen und dafür sorgen, dass sein versteinertes Skelett von einem deutschen Forscher vor deiner Haustür gefunden wurde. Und dafür, dass du diese Information heute bekommst. Hast du immer noch Zweifel, dass irgendetwas von dem, was auf diesem Planeten passiert oder was in deinem Leben passiert, nicht ganz und gar perfekt ist? Oder dass für Gott irgendetwas nicht möglich wäre? Wenn etwas in deinem Leben passiert, dann ist dahinter eine Absicht, die jeden Kampfjet und sogar die Neugier von Viola Messerschmidt in den Schatten stellen kann.

Ja, ich hätte trotzdem gern gefragt, warum Patrick wieder verschwinden musste. Und ob er noch einmal auftaucht. Aber dann bin ich auf einmal in diese innere Ruhe geglitten, dann war da auf einmal dieser unglaubliche innere Frieden, während ich im Karibischen Meer herumtreibe, umgeben vom felsigen Ufer und den märchenhaften Pflanzen, die dort wachsen.

Ich komme zurück in mein Künstlercottage und lege mich auf das Sofa. Auf einmal bin ich unwahrscheinlich müde. So müde wie schon lange nicht mehr. Die ganze Anstrengung fällt von mir ab. All das Paddeln im Wildwasser, das ich die letzten Jahre betrieben habe, um zu überleben, um ein neues Zuhause zu finden, um Liebe zu finden und Sinn. Es ist vorbei. Ich paddle nicht mehr. Ich paddle einfach nicht mehr.

Ich höre die ersten Insekten singen und sehe, dass es dunkel wird.

Ich bin einfach glücklich.

Keine Fragen mehr, Euer Ehren.

Eine Stunde später buche ich den Flug nach Montego Bay für April.

Auf dem Bildschirm taucht ein Angebot auf, das 300,00 EUR weniger kostet als die Flüge sonst.

Ich höre das Rauschen der weißen Flügel und irgendein Schüler von Erzengel Michael bekommt gerade ein Lob, weil er die richtige Tür aufgemacht hat und ich auch noch durchgegangen bin.

Der Engel, der mich auf dem Hochhausdach verzweifelt dazu bringen wollte, den Vertrag zu unterschreiben, zu einem Zeitpunkt als mir Engel so was von egal waren, sagt: „Ich habe ja gesagt, sie ist ein schwerer Fall."

Michael antwortet: „Ja, wir haben auch für schwere Fälle etwas. 30 Millionen Jahre, *der unerwartete europäische Kolibri*, das hat sie umgehauen. Da wurde sie stumm."

Ich denke: Vielleicht gönnen sich die Engel ja heute Abend ein Bier.

Kapitel 10 – Es ist einfach schön, mit dir zu sprechen

Heute Morgen bin ich wieder hineingefallen. In das Meer. Gestern Abend war alles so gut. Ich war so im Frieden. Es hielt auch an. Ich dachte, der Roman ist zu Ende. Ich habe nichts mehr zu schreiben. Ich kann die Geschichte von Patrick schreiben, eine schöne, romantische Geschichte, aber ich habe kein Motiv zum Schreiben mehr. Ich bin im Paradies angekommen. Ich überlasse alles Gott und den Engeln. Ich kann sehen, dass die Schöpfung perfekt ist. Gerade kommt auch der Kolibri vorbei.

Johnathan hat mich zum Frühstück abgeholt in sein Stamm-Café am Ortseingang von Ocho Rios. Ich habe nicht viele Menschen gesehen in den letzten Tagen und jetzt, wo ich wieder unter ihnen bin ... hier in Jamaica geht es mir anders mit den Menschen als in Europa. Das Café ist kein Starbucks, es ist ein einfacher Raum mit Lehmverputz. Die Kellnerin hat ein ganz und gar weiches Lächeln. So wie sie die Kaffeetasse auf den Tisch stellt, könnte ich auch ihre Schwester sein. Ich bekomme hier keine Rolle zugewiesen als Gast, oder weißhäutige Frau oder Frau in Begleitung von Johnathan, den hier alle kennen.

Vielleicht ist es das, was mich hier so glücklich macht. Es geht mir hier andauernd so, wenn ich Menschen treffe, in der Kirche, am Sugar Pot Beach, im Garten von Te Moana. Ich merke, wie mein System sich darauf ausrichtet, was die anderen von mir erwarten. Ich versuche, in ihnen zu lesen, was sie in mir sehen und dann verhalte ich mich so. Hier sieht aber niemand etwas in mir. Ich fühle nicht, dass sie etwas in mir sehen. Sie ignorieren mich aber auch nicht. Sie berühren mich und ich berühre sie – und auch das ist nichts Erstaunliches. Es fühlt sich an, als käme ich aus einer Welt, in der ich eingefroren in einen Eisklotz durch eine Welt von Eisklötzen laufe. Hier fühle ich mich nicht in einen Eisklotz eingefroren. Hier ist auch niemand anderer in einen Eisklotz eingefroren worden.

Wieder habe ich das Gefühl, dass ich alles fallen lassen will. Das Meer hat heute riesige Wellen, und so fühle ich mich, die Wellen brechen über mir herein, aber ich wehre mich nicht. Ich lasse mich begraben.

Heute Nacht habe ich von Oliver geträumt. Er fing mit einer Kellnerin einen Streit an, ich fühlte mich ein wenig beschämt, neben ihm zu stehen und nichts zu sagen, denn sein Vorwurf an sie, dass sie faul sei, war sehr unfair.

Johnathan brachte mich nach Hause nach dem Frühstück, ich war in bester Stimmung, denn wir hatten uns wie immer sehr anregend unterhalten. Ich habe ihm mein Erlebnis mit dem Kolibri erzählt und er fand es spannend. Johnathan, der ein Technologieunternehmen in Kalifornien aufgebaut hat, der die ganze Welt bereist hat, der überall einflussreiche Menschen kennt und mehr über deutsche Politik weiß als ich. Ein Mann, wie er, versteht, worum es mir geht, in meiner Arbeit, mit meiner Vision, die Menschen wieder in Verbindung mit der Natur zu bringen.

Er versteht, dass ich mit einem Kolibri sprechen kann. Männer mit seinem Hintergrund belächeln mich in der Regel, finden mich unterhaltsam und völlig unwesentlich. Johnathan aber denkt seit Jahrzehnten über ähnliche Fragen nach wie ich und ist zu sehr ähnlichen Ergebnissen gekommen. Er sagt, er geht zu den Buschmännern, um seine Seele wiederzufinden. Deswegen macht es uns beiden so Spaß. Es ist ein so großes Geschenk, einem solchen Menschen begegnen zu können. Punkte für die Engel.

Ich komme zurück in mein kleines Haus, ich lese E-Mails und ich merke, wie es wieder anfängt. Es beginnt mit einer Leere. Alles, was mir gestern noch heilig erschien, ist plötzlich bedeutungslos. Ich bin wie betäubt. Ich fühle mich nicht mehr. Ich denke, dass ich heute unmöglich etwas schreiben kann. So wie es die letzten Jahre war, als ich nicht schreiben konnte. Ich denke dann, dass ich verrückt bin, so viel preiszugeben aus meinem Leben in diesem Blog, den ich schreibe, und dass die Menschen mich in der Luft zerfetzen werden – und dass dann alles noch schlimmer wird. Dass dann die Angst endgültig gewonnen hat. Aber auch das ist mir dann egal.

Ich bekomme sehr bewegende E-Mails von Menschen, persönliche Nachrichten von persönlichen Schicksalen. Menschen, die Ähnliches erlebt haben und Schlimmeres. Das tut mir sehr weh. Ich sehe, wie die Menschen leiden, aufrichtig leiden und wie viel Heilung es braucht.

Und dann falle ich in das Loch. Hier ist kein Beton und keine Gleichgültigkeit. Hier ist loderndes Feuer. Hier ist Schmerz, der wie die Wellen mit aller Wucht an den

Strand klatschen, immer wieder, bis der Wind nachlässt und es wieder ruhiger wird. Hier sind so viele Tränen, dass ich jedes Mal Angst habe, sie hören nicht mehr auf.

Ich denke an Joy, die gesagt hat: „Lege deinen Schmerz zu Füßen des Kreuzes." Ich lege ihn dorthin. Am Samstag hat sie Geburtstag. Ich habe sie gefragt, was sie an ihrem Geburtstag vorhat. Ich habe ihr gesagt, dass ich am Samstag in die Kirche kommen möchte. Sie sagte: „As usual. You come with us for a meal. – Wie immer – Du kommst mit uns zum Essen."

Dieses *Wie immer*. Wie oft war ich bei ihr und John? Vier Mal in den letzten zwei Jahren. Und sie sagt: „Wie immer." Dieses *Wie immer* – Es bedeutet alles für mich. Es ist so unendlich groß. Das ist für mich, meinen Schmerz zu Füßen des Kreuzes legen. Zu fühlen, dass diese Einladung zu ihr nach Hause mir so viel bedeutet. Dass ich dort ein Zuhause habe. In einem fernen Land. Weil ich in meiner Heimat keines mehr finde. Weil ich dort zu viel Angst habe. Zu viel Angst, um das *Wie immer* zu hören, das mir dort auch Menschen entgegenbringen. Ich kann es dort nicht hören.

Hier kann ich es fühlen. – Hier kann ich fühlen, dass es mein größter Wunsch ist, ein solches Zuhause zu finden, in das ich immer zurückkehren kann. Hier lässt mich die Angst nicht erstarren.

Das ist der Abstand, den ich brauche: 5000 Kilometer, zehn Flugstunden und ein großes Meer. Und das ist die Wärme und Liebe, die ich brauche, um fühlen zu können, dass das Leben mir die Hand reicht.

Ich beginne jetzt langsam zu verstehen, dass mein Schicksal, der Unfall meiner Familie, ein Bruch war, der sich lange angebahnt hat. Dass es viele kleine Risse gab. Dass ich alles getan habe, um sie nicht sichtbar werden zu lassen. Dass ich zu viel Angst hatte, um hinzuschauen. Und dass ich jetzt lerne, die Risse nicht länger zu verdecken. Dass ich so müde bin. Dass ich keine Kraft mehr habe. Dass ich die Wellen nicht davon abhalten kann zu brechen, eine nach der anderen. Das Meer kann ich nicht zähmen.

Ja, ich darf bei Gott zu Hause sein, in der 30 Millionen Jahre alten Schöpfung voller Wunder und Schönheit. Dort in diesem ururalten Haus der Wahrheit. Sie wird dort ans Ufer gespült. Und ich lerne, darauf zu vertrauen, dass ich nicht untergehe in den Wellen. Dass es okay ist, wenn ich viele Tausend Kilometer weit reisen muss, um genügend Sicherheit zu haben, damit ich der Wahrheit begegnen kann. Dass die Engel mich nach Jamaica gebracht haben, um mir zu zeigen, dass es möglich ist. Hier auf der Erde. Dass ich die Erde nicht verlassen muss. Dass es einen Weg gibt, dem Leben zu begegnen, ohne unterzugehen.

Marge kommt vorbei und winkt mir zu. Es ist, als wüsste auch sie, dass es mir alles bedeutet: ihr freundliches Winken. Selbst Rennil, der Gärtner, ein eher schweigsamer Mensch, fängt heute ein längeres Gespräch mit mir an – über das Wetter und das Meer, aber der eigentliche Text war. „Es ist einfach schön mit dir zu sprechen" – „Ja, das geht mir genauso." – „Ich freue mich, dass ich dich so strahlen sehen kann, nur weil ich mit dir rede". – „Ja, das geht mir genauso." – „Ich wünsche mir einfach nur, dass du glücklich bist." – „Ja, das wünsche ich mir auch für dich."

Es genügt, ein solcher kleiner Austausch genügt, um meinem Herz zu sagen, dass es heilen kann. Viele tausend Meilen entfernt von zu Hause. Hier bin ich sicher.

Ich denke an meine Leserinnen und an alle, die Kommentare auf der Blog-Seite schreiben und die mir privat schreiben. Ihre Weisheit und die Wege, die sie gefunden haben, sind erstaunlich und sie geben mir das Gefühl, nicht allein zu sein. Was ich schreibe in meinen täglichen Blogs, sind Antworten darauf. Wir alle zusammen schreiben dieses Buch. Es ist unser aller Schmerz, der menschliche Schmerz und er heilt, weil wir ihn teilen.

Eines wurde mir heute bewusst: das mit dem Eis. Dass ich als Eisklotz durch die Welt gehe. Manchmal sagten mir die Menschen, dass ich unerreichbar bin, weit weg. Das tut mir dann weh. Was mir weh tut, ist, dass ich weiß, dass es stimmt und dass ich es nicht ändern kann. Meine Seele verschließt sich einfach. Sie kann dann nicht mehr berührt werden und auch nicht mehr berühren. Die Menschen um mich herum ziehen sich dann zurück und dann wird meine Seele noch kälter. Dann weint sie wie ein kleines Kind.

Aber es gibt auch die Menschen, die sehen das. Die sehen, dass meine Seele sich nur zurückgezogen hat, weil sie Angst hat. Sie hat Angst, dass sie verletzt wird. Aber eigentlich möchte sie gefunden werden. Es gibt ein paar ganz wenige Menschen, die fühlen das. Die wenden sich nicht ab von den Eisklötzen, sondern die spüren, dass man da extra hingehen muss und so viel Wärme ausstrahlen muss, bis das Eis schmilzt. Das braucht sehr viel Liebe, reine Liebe. Und manchmal braucht es sehr viel Beharrlichkeit. Ich bin so ein Fall. Deswegen sagen die Engel ja ... ich wäre ein schwerer Fall. Aber natürlich haben sie was für mich auf Lager. Dreißig Millionen Jahre alter unerwarteter europäischer Kolibri. Schwerer Fall, leichter Fall. Ganz egal. Die Liebe schafft das.

Menschen wie Joy, die haben diese Liebe. Die schauen direkt hinter die Mauer. Heute Morgen habe ich ein Geschenk für Joy zum Geburtstag verpackt mit schneeweißem Papier und einer weißen Schleife. Ein kleines Buch, in das sie Notizen machen kann, wenn sie möchte, eben die Art Geschenke, die man von Schriftstellern bekommt. Es hat mich so glücklich gemacht, dieses Geschenk für Joy vorzubereiten. Ich habe dann wieder das Glück gefühlt, wie sie hinter meine Mauer geschaut hat. Eine Mauer, von der ich nicht einmal weiß, dass sie da ist. Das ist ja das Vertrackte am Eisklotz. Ich habe es aber gemerkt im Moment, wo Joy dahinter geschaut hat. Sie hat gesehen, was dort gebraucht wird. Und sie hat es mir gegeben. Ihre Liebe.

Manche Menschen sagen mir, dass ich die Mauer abbauen soll, aber das geht nicht. In genau diesem Moment wird sie riesig groß. Die Mauer fällt von selbst, wenn die Liebe groß genug ist. Erst braucht die Seele noch ein wenig Nahrung. Sicherheit: ein „Wie immer".

Das ist wohl das Größte, was ich lerne auf meinem Weg. Dass wir hinter die Mauern schauen müssen. Dass wir lernen zu sehen, was vor allen Blicken verborgen ist. Dass wir es nicht ausnutzen und verletzen, sondern dem verzweifelten Wesen geben, was es braucht.

Nein, ich gehöre nicht mehr zu den Leistungsmenschen und den Reparierern, zu denen, die alles richtig machen wollen. Viola, die immer alles richtig macht, die gibt es nicht mehr. Begraben im Karibischen Meer. Ich liege jetzt auf dem Sofa herum und mache gar nichts mehr richtig. Punkt.

Ich verstehe, wie man zum Eisklotz wird. Man kann da nichts tun. Man kann so wenig tun als Mensch. Aber die Engel, die können eine Menge. Die Engel verstehen mich gut. Deshalb haben sie mich nach Jamaica gebracht, wo es diese Kellnerinnen gibt, die wie Schwestern sind, wo die Menschen so weich sind. Sich einfach berühren. Das Wesen hinter der Mauer.

Die Engel machen das so gut. Sie verstehen mich. Heute haben sie das Meer ziemlich aufgewühlt.

Ich bin trotzdem geschwommen. Ich habe sie gesehen in den Schaumkronen, da sind sie getanzt. Und sie haben gesungen: „Wie immer." – „Wie immer."

Kapitel 11 – Abschied von Te Moana

Heute ist mein letzter Tag im Paradiesgarten. Ich höre Rennil, das Geräusch wie er mit dem Besen die Einfahrt kehrt. Er ist der zärtliche Liebhaber der Bäume, der Büsche, der Blumen und Blüten. Er verbringt seine Tage in diesem Garten, er pflegt ihn, er hütet ihn, er liebt ihn auf eine sanfte Weise. Er verändert ihn nicht, er bringt seine Schönheit hervor, indem er einfach da ist, hier und da ein paar Blätter aufliest. Indem er ihn ansieht, wird er schön.

Das Paradies von Te Moana ist bewohnt von Menschen, die lieben. Te Moana ist ein Ort, wo die Liebe, die ja eigentlich unsichtbar ist, sichtbar wird. Man kann sie fühlen und man kann sie sehen. In jedem Blatt, im Gecko, der an der Wand entlang klettert, auch im Meer, das hier ans felsige Ufer schwappt. Jedes Wesen, das mit diesem Ort in Berührung kommt, gibt sich dieser Liebe hin und wird Teil davon.

Das ist das Paradies.

Hier finde ich die Liebe, die ich glaubte verloren zu haben. Ich kann die Liebe hier ganz und gar fühlen. Sie ist keine Illusion. Sie ist da und sie bringt Schönheit hervor. Ein Blatt mag vom Baum fallen, ein Gecko mag sterben, eine Blüte verblühen. Die Liebe bleibt. Sie ist mehr als 30 Millionen Jahre alt. Sie ist unendlich groß und doch in jedem Blatt heute lebendig.

Ich kann jetzt sehen, dass meine Geschichte eingebettet ist in diese Liebe. Dass der Schmerz, die Angst, die Traurigkeit ein Teil von ihrer Schönheit sind.

Ich kann sehen, dass die Liebe, die allmächtige, mich hierhergeführt hat, damit ich das sehen kann. Und ich sehe es jetzt, heute, ganz und gar.

Ich kann sehen, dass die Liebe meine Schönheit zum Vorschein bringt. Ich bin hier an einem Ort, der von Künstlern geschaffen wurde. Ich wusste das nicht, als ich das Cottage gebucht habe letzten Sommer. An einem Tag, an dem ich sehr erschöpft war und mein Verlangen nach Liebe so groß war, dass ich nach einem Strohhalm suchte. In einer Nacht, in der ich nicht schlafen konnte, habe ich es beim Surfen im Internet entdeckt. Ich sah es, ein paar Worte, ein paar Bilder auf Airbnb. Ich wurde ganz ruhig, als ich es sah. Da wusste ich, dass es gut sein würde.

Jetzt, ein halbes Jahr später, bin ich hier. Gestern drückte mir Jessica, die Gastwirtin, einen Katalog in die Hand. Über eine Ausstellung in der Kunsthalle, die ihre Mutter geschaffen hat, nicht weit von Te Moana. Harmony Hall heißt das Haus.

Ich habe Harmony Hall besucht vor zwei Jahren, zusammen mit Patrick. Da kannte ich Te Moana noch nicht. In Harmony Hall hat Annabella Proudlock zusammen mit ihrem Mann Peter einen Ort geschaffen, an dem die begabtesten einheimischen Künstler ein Zuhause für ihre Bilder und Skulpturen finden. Gestern habe ich auch den Kurator von Harmony Hall kennengelernt, einen Menschen, der wie ich für die Kunst brennt, wieder so ein wundervoller Mensch. Er war zu Besuch in Te Moana.

Ich sagte, wie sehr ich die Schönheit hier liebe. Er sagte: „Ja, ich bin nur hier wegen der Schönheit von Te Moana. Ich lebe in Kingston und ich fahre den weiten Weg hierher, nur um hier zu sein. Einen anderen Grund gibt es nicht. Was ich hier zu besprechen habe, könnte ich auch am Telefon tun." Er erzählte, dass hier früher viele Künstler ein- und ausgingen.

Heute ist mein letzter Tag, aber ich werde schon bald wiederkommen. Denn hier finde ich alles, was ich brauche. Hier finde ich etwas, womit ich nicht gerechnet habe: Ich kann hier allein sein. Ich kann meine Angst zulassen, ohne dass ich untergehe. Ich kann meinen Schmerz fühlen und ihn mit anderen teilen, ohne mich zu schämen. Und ich kann schreiben. Das ist das Paradies. Das ist Liebe. Größer als die Liebe zu einem Mann. Größer als die Liebe zu mir selbst. Eine Liebe, die alles umfasst. An der alles teil hat.

Morgen breche ich auf nach Annandale. Einem anderen Paradiesgarten. Weiter draußen in der Natur. In der Wildnis, Ich weiß nicht, ob ich dort weiterschreiben kann. Ich weiß nicht, ob ich dort Internet habe. Ich weiß nicht, was mich dort erwartet. Ich kann es nicht wissen und ich kann nicht fragen. Aber ich möchte dir heute noch eine Geschichte erzählen, die verständlich macht, warum ich es nicht wissen kann und warum ich nicht fragen kann.

Als ich Patrick im Sommer vor zwei Jahren am Flughafen in Wien begegnet bin bin ich durch eine Tür gegangen in eine andere Welt, in ein anderes Leben. Ich habe es zuerst nicht gemerkt. Mein Leben ging scheinbar weiter wie bisher. Patrick hatte mir seine Visitenkarte gegeben und ich schrieb ihm. Es war mehr eine Neugier, ob er antworten würde. Immer wieder tauchte das Bild vor meinem inneren Auge auf, wie er dort saß in dem weißen Hemd, umgeben von dieser Stille. Etwas in mir antwortete auf diese Stille. Es war eine Stille, die ich aus meiner Kindheit kannte, wenn ich allein war. Ich war viel allein. Ich habe heute viel Stille in meinem Leben, denn ich arbeite mit Tieren. Aber die Stille, die ich mit den Pferden fand, fand ich nur selten unter Menschen', schon gar nicht unter Männern.

Ich schrieb ihm und er antwortete. Sehr höflich, unaufdringlich und ebenso neugierig. Wir entdeckten viele Gemeinsamkeiten, die Art von Gemeinsamkeiten, die einen aufhorchen lassen. Seine Mutter hatte am selben Tag Geburtstag wie meine Mutter. Er hatte einen Cousin mit demselben Namen wie mein Cousin. Wir hatten dieselben Bücher gelesen und dieselben Filme gesehen und wir hatten ähnliche Gefühle gegenüber diesen Büchern und Filmen. Das Beste aber war: Wir hatten am gleichen Tag im gleichen Jahr das Taj Mahal in Indien besucht. Damals waren wir beide noch verheiratet gewesen.

Diese Sache mit dem Taj Mahal, die berührte mich. Da konnte ich die Tür, die das Leben für mich geöffnet hatte, spüren. Ich verabredete mich mit Patrick in Wien. Er hatte ein Hotel gebucht und wir verbrachten eine Nacht zusammen. In dieser Nacht kam etwas in mein Leben, das alles verändert hat. Es kam nicht durch Patrick und es kam nicht durch mich. Es war so, dass Patrick und ich ein

Teil davon waren. Es war eine schöne Nacht, eine zärtliche Nacht, eine Berührung zwischen Mann und Frau, die uns beide glücklich machte.

Ich schlief immer wieder ein und wachte immer wieder auf, trunken vor Glück. In den frühen Morgenstunden wachte ich auf von etwas, das meinen Geist gefesselt hatte.

Ganz und gar widerstandslos, halb schlafend, halb wach, sah ich ein Bild vor meinem inneren Auge. Ein deutliches Bild. Ein Bild, das ich noch nie zuvor gesehen hatte. Es war das Antlitz eines Mannes von afrikanischer Herkunft. Ich sah seine Züge. Sie hatten etwas sehr Archaisches. Sie strahlten diese Stille aus, die ich in Patrick fand, die ich durch Patrick in mir selbst wiederfand. Das Antlitz war umgeben von einem Kreis, wie eine Medaille. Dadurch hatte es etwas Symbolisches. Es war ein Bild aus einer Welt jenseits der alltäglichen Realität. Und doch war es kein totes Bild, kein totes Symbol. Es war höchst lebendig. Übersetzt auf unser westliches Weltbild, würde ich sagen, ich hatte eine Erscheinung.

Ich kannte solche intuitiven Bilder, sie waren die Sprache, die ich mit den Tieren teilte. Aber dies war nicht nur ein Bild, dies war ein Wesen, das mir erschien. Ich hatte schon zuvor Erscheinungen von Wesen gehabt. Sie waren meist überraschend erschienen, und sie waren immer zu meiner Hilfe gekommen mit guten Absichten, so wie die Engel in jener Nacht auf dem Hochhausdach. Meist waren sie freundlich und greifbar, manchmal auch streng. Sie waren Lehrmeister und Beschützer. Und ich konnte sie herbeirufen, ich konnte sie um Rat bitten und um Hilfe.

Dieser Spirit war anders.

Ich erzählte Patrick davon, aber er sagte nicht viel dazu. Patrick war zauberhaft, ein Gentleman, er erinnerte mich daran, was in meinem Leben fehlte, seit ich Oliver verloren hatte. Ich hatte das Gefühl, dass ich es in Patrick wiederfinden konnte. Dass das Leben gnädig mit mir war und mir Patrick geschenkt hatte. Mir wurde bewusst, dass es das war, was ich suchte, was ich brauchte, was mich glücklich machte: Einen Mann, der zu mir passte, bei dem ich mich Zuhause fühlte. Unschuldige Berührung und Nähe. Ihm ging es ebenso. Er war geschieden und litt darunter, allein zu sein.

Wir waren beide lebenserfahren, selbstbewusst, gebildet. Wir konnten lange Gespräche führen, ohne dass uns langweilig wurde. Wir hatten ähnliche Interessen und es gab eine körperliche Anziehung, die uns glücklich machte. Wir verbrachten drei glückliche Tage in Wien, wir spazierten durch die Innenstadt, besuchten den Stephansdom, besuchten das Café Landtmann, studierten seine Geschichte, sprachen über seine berühmten Besucher, Sigmund Freud, Marlene Dietrich und Hillary Clinton.

Patrick wusste viel über Politik, ich wusste viel über Kunstgeschichte. Wir verabschiedeten uns am Flughafen. Es war ein leichter Abschied. Ein Wunsch, sich wiederzusehen, ohne allzu viel Verpflichtung. Wir hatten beide ein Leben mit beruflichen Verpflichtungen. Der Sommer ist für mich eine Zeit mit vielen Reisen und Seminaren. Wir schickten E-Mails und telefonierten und lernten uns besser kennen und was wir entdeckten, machte uns beide glücklich.

Bei all dem blieb ein Gefühl, dass ich Teil war von etwas Größerem, auf das ich keinen Einfluss hatte.

Manchmal, wenn ich etwas Stille fand, dachte ich an den Spirit, der mir erschienen war. Ich versuchte, ihn wiederzufinden, ein Gespräch mit ihm aufzunehmen, wie ich es mit anderen Spirits kannte. Ich wollte ihn besser kennenlernen. Ich wollte herausfinden, warum er mir erschienen war.

Ich habe gelernt, dass man sich Spirits vorsichtig nähern muss, respektvoll. Sie sind flüchtig. Die Entfernung zwischen unserer Realität und ihrer ist groß. Und natürlich muss man sie kennenlernen, denn jeder hat seine eigene Art. Ich fand den Spirit aus jeder Nacht, aber er war unnahbar. Egal wie ich ihn ansprach, er wies mich an, zu schweigen. Er zeigte mir deutlich, wo mein Platz war. Ich kannte das nicht. Was ich kannte, war, dass ich eine Antwort bekam.

Dieser Spirit sagte mir: „Frage nicht. Versuche nicht, näher zu kommen. Ich werde mich um alles kümmern."

Das war ich nicht gewohnt. Ich war es gewohnt, dass ich fragen konnte und dass ich mich um die Dinge kümmerte. Das gab mir Sicherheit. Und das war es, was ich am meisten brauchte. Sicherheit, dass so etwas wie der Unfall nie wieder passieren würde.

Mein ganzes Leben war zu einer Suche nach Sicherheit geworden. Dieser Spirit sagte mir, dass er für Sicherheit sorgen würde, aber dazu musste ich vertrauen.

Damals auf dem Hochhausdach, vor vier Jahren, betrat ich diese Welt. Mit den Engeln habe ich einen Vertrag und dann gibt es den Spirit, den ich „Grandpa" (Großvater) nenne. Die Engel sind sanft und sie dienen mir, wie ich ihnen diene.

Grandpa ist nicht sanft. Es scheint mir, dass er aus einer sehr alten Welt kommt. Vielleicht aus der Zeit, in der es die ersten Menschen gab? Oder eine alte Vergangenheit in Afrika. Grandpa ist streng und klar, aber er hat ebenso viel Liebe wie die Engel. Er hat Erstaunliches in mein Leben gebracht. Und er zeigt es mir. Er zeigt mir, wo mein Weg ist. Ihm zu dienen ist nicht so leicht, wie den Engeln zu dienen. Es fordert, dass ich hinter meine Kultur zurückgehe, hinter die menschliche Zivilisation. Es fordert, dass ich nicht eigenmächtig handle. Es fordert, dass ich Dinge akzeptiere, die schwer zu akzeptieren sind. Es fordert, dass ich all das loslasse, was mir meine Kultur mitgegeben hat. Es fordert von mir zu glauben, anstatt zu wissen. Auch wenn der Glauben etwas verlangt, was dem Verstand vollkommen widerspricht. Auch wenn es etwas verlangt, was meinen Wünschen und Sehnsüchten sehr widerspricht.

Hier in Te Moana ist mir Grandpa in der Gestalt des Kolibris erschienen. Ich erkenne es an dem, was der Kolibri zu mir sagte: „Geh für die Seele." Und dass ich alle Antworten finden werde, wenn ich aufhöre zu fragen. Der Kolibri sagte auch, dass ich wiederkommen muss. Er sagte es mit dieser Nachdrücklichkeit, die ich von Grandpa kenne. Mit dieser unbeugsamen Klarheit.

Dieselbe Klarheit empfand ich, nachdem ich Grandpa ein wenig kennengelernt hatte. Ich lernte, dass Grandpa nicht in Worten mit mir spricht. Der Weg ist anders. Etwas taucht als Wunsch in mir auf und ich spüre, dass dieser Wunsch durch Grandpa in mein Leben kam. Wenn ich Grandpa dann besuche, respektvoll, und ihm meinen Wunsch vortrage, bestätigt er ihn. Ich kann spüren, ob mein Wunsch in seinem Sinne ist, wenn ich ihn ihm vortrage.

Auf diese Weise habe ich verstanden, dass ich nach Jamaica gehen muss. Dass ich dorthin gehen muss und nicht fragen, warum.

Patrick hatte ein Haus am Meer in Jamaica und er lud mich ein, dort den Winter zu verbringen. Ich ging dorthin in ein fremdes Land, zu einem Mann, den ich kaum kannte. Aber ich ging mit einer großen Sicherheit. Diese Sicherheit kam von Grandpa. Er gab mir das Gefühl, dass mir dort nichts Schlimmes passieren konnte. Dass ich beschützt war. Noch bevor ich hinkam, konnte ich den Ort sehen und ich konnte sehen, dass er auch dort sein würde. Ich konnte sehen, dass er da war, um mich zu beschützen. Es hatte eine Weile gedauert, bis ich ihn kennengelernt hatte, aber jetzt vertraute ich ihm. Er beschützte mich wie ein wohlwollender alter Mann, der die Weisheit von Jahrhunderten besaß.

Morgen gehe ich nach Annandale, auf die Farm von Monika-Maitland-Walker, die ich im Frühjahr kennengelernt habe. Auf der Terrasse des Herrenhauses, auf der wir saßen, um zu frühstücken, standen zwei Tontöpfe, auf denen Gesichter abgebildet waren umgeben von einem Kreis, genau wie jenes Bild, das mir in der Nacht mit Patrick erschien. Ich sah sie und dachte: Grandpa ist hier. Am nächsten Tag war einer der Töpfe vom Sturm umgeworfen worden und zerbrochen.

Der Verstand sagt, dass diese Dinge Einbildung sind. Aber es ist nicht wichtig, was der Verstand dazu sagt. Grandpa gibt mir ein Gefühl von Sicherheit, das größer ist als jede Sicherheit, die mir der Verstand geben könnte. Der Verstand kann mir Argumente geben.

Der Spirit gibt mir eine Stille, in der ich mich ausruhen kann. Er gibt mir Vertrauen und ich kann dieses Vertrauen fühlen als eine tiefe Ruhe in meinem Körper. Er gibt mir Schutz und ich kann diesen Schutz fühlen, wie er mich umgibt wie eine schützende Haut. Wann immer ich dem folge, was im Einklang mit Grandpa passiert, fühle ich diesen Schutz.

Das ist Liebe.

Heute ist also der Abschied von Te Moana.

Ich weiß nicht, wann ich weiterschreiben kann. Ich kann es nicht wissen und ich kann nicht fragen. Ich hoffe, du verstehst mich und vertraust mir, liebe Leserin, lieber Leser.

Ich vertraue darauf, dass du es erfahren wirst und mich weiter begleitest.

Es war wunderschön, diese Zeit mit dir zu teilen und ich danke dir von Herzen. Du bist Teil der Geschichte, ob du mir geschrieben hast oder mit dem Herzen dabei warst. Es hat die Geschichte hervorgebracht, so wie sie ist.

Wir sind nicht allein und die Liebe ist sehr groß.

Kapitel 12 – Bist du bereit vollkommen bedingungslos zu lieben?

Ich bin zurück. In Te Moana. Frag mich nicht, wie viel Zeit vergangen ist. In meiner Vorstellung liegt eine Unendlichkeit hinter mir. Es waren drei Monate.

Ich bin jetzt wieder hier in Te Moana, in Annabellas Cottage, aber mein Leben ist ein anderes. Ich bin eine andere. Ich wollte hierher kommen, um weiter zu schreiben, ich will weiter schreiben, aber das Leben raubt mir den Atem.

Zwischen dem 12. Kapitel, mit dem ich aufgehört habe und dem 13. Kapitel, das ich jetzt schreibe, drei Monate später liegt ... Ich erkenne mich nicht wieder.

Ich war nicht lange in Deutschland. Ich bin schon bald zurückgekehrt nach Jamaica, im März. Jetzt ist es April. Im März konnte ich nicht schreiben.

Ich hatte vor, über Patrick zu schreiben, eine wunderschöne, wehmütige Liebesgeschichte, die sich ein Engel für mich ausgedacht hat – aber jetzt bezweifle ich, ob ich die Zeit haben werde. Denn die Geschichte ist nicht mehr nur eine Geschichte, sie ist jetzt mein Leben. Irgendwann Ende Februar erhielt ich einen Anruf. Ich hatte von diesem Anruf geträumt – vor mehr als einem Jahr. Ja so ist das mit den Engeln. Sie schicken mir Träume, aber ich muss sie erst leben, um sie zu verstehen.

Ich hatte davon geträumt, Patricks Stimme zu hören. Nur seine Stimme, keine Worte. Etwas sehr Bedingungsloses klang in dieser Stimme mit, etwas, das meinen ganzen Körper zittern ließ. Ich zittere immer noch, wenn ich nur daran denke. Ich versuchte zu ihm durchzudringen, ein Rauschen war in der Leitung, die Verbindung riss immer wieder ab. Ich wollte durchdringen zu ihm, um jeden Preis. Um jeden Preis.

Ein Jahr lang hatte ich versucht, ihn zu erreichen, den Mann, der etwas Bedingungsloses von mir forderte. Nachdem wir uns das letzte Mal gesehen hatten, vor zwei Jahren. Ich hatte einen Winter mit Patrick in Jamaica verbracht und danach war er verschwunden. Unerreichbar. Er antwortete nicht auf meine Nachrichten. Er war nicht mehr erreichbar am Telefon. Verschwunden. Einfach verschwunden, als hätte er nie existiert.

Und dann dieser Traum. Wegen ihm war ich wieder nach Jamaica gekommen. Wegen dieses Traums war ich wieder nach Jamaica geflogen, ohne zu wissen, ob ich Patrick antreffen würde. Ich hatte sein Haus aufgesucht und er hatte die Tür vor mir zugeschlagen. Nachdem er mich nicht in sein Haus ließ, fing ich an, ihm zu schreiben.

Ich folgte einer inneren Stimme, ich tat es einfach. Es war mein Hunger nach Liebe. Mein Hunger nach Liebe ist unersättlich. Es war mein tiefstes inneres Wesen, das anfing zu sprechen, zu fordern. Dieser Hunger nach Liebe in mir, der nie gestillt werden kann. Das bin ich. Ich war am Boden angekommen. Hier stand Grandpa, der Spirit neben mir und sagte: „Das bist du. Sieh hin." Er war zufrieden.

Ich schrieb. Drei Monate lang. Ich schrieb für Patrick. Nach dem Unfall konnte ich nicht mehr schreiben. Aber jetzt konnte ich es wieder. Jetzt musste ich. Nicht für Leser, so wie ich es ein Leben lang getan hatte. Nur für Patrick. Ein ganzes Buch – für einen Leser. Ich weiß nicht, ob er es je gelesen hat. Und als ich es fertiggestellt hatte, flog ich nach Jamaica, das war im April vor einem Jahr, und diesmal war die Tür zu seinem Haus offen. Er war nicht zu Hause, aber ein Angestellter ließ mich hinein. Ich bin überzeugt, es war ein Engel, denn das Anwesen hatte einen hohen Zaun und war mit Kameras überwacht. Niemand fand da so leicht Zutritt. Ich lief den langen Weg hinauf zum Haus. Der Gärtner, der mich hereingelassen hatte, sprach das Eingeborenen-Englisch, Patois. Es war schwer, ihn zu verstehen. Er sagte, Patrick würde in einer Stunde zurückkehren. Ich wartete auf ihn. Nach einer halben Stunde kam der Gärtner und sagte, dass Patrick heute nicht mehr kommen würde. Ich legte das Buch auf den Tisch auf der Veranda und ging.

Ich hörte nichts von Patrick. Und jetzt, seit diesem Jahr, als ich nach Te Moana kam, kann ich auch wieder für andere Leser schreiben. Ich kann es. Weißt du, was das für mich bedeutet? Für mich, eine Schriftstellerin? Nicht schreiben zu können? Und dann schreiben zu können für nur einen Leser? Und jetzt kann ich es wieder. Deswegen bist du, lieber Leser, so wertvoll für mich. Weil du mir antwortest. Weil du liest. Und weil du liest, kann ich leben. Kann ich zurückfinden ins Leben. Ich weiß nicht, ob du das verstehst, aber vielleicht fühlst du es.

Vielleicht fühlst du, dass es um mehr geht, als um deine gute Unterhaltung, oder darum, dass du etwas über dich selbst erkennst. Mit jeder Zeile, die du liest, gibst du mir Kraft, erhältst du mich am Leben.

All das habe ich getan, ohne je eine Antwort zu bekommen von Patrick. Und schließlich kam sie. Der Anruf. Die Stimme. Es war genau wie in dem Traum. Die Verbindung war so schlecht, dass ich nur seine Stimme hörte. Die Bedingungslosigkeit. Das Zittern. Und diese Worte: „Wenn es dir ernst ist, komm nach Jamaica am Sonntag." Dann brach das Gespräch ab. Das war im März gewesen.

Es war Mittwoch gewesen. Ich zitterte am ganzen Körper. Ich legte mich auf das Sofa und mein Körper hörte nicht auf zu zittern. Ich konnte nichts denken. Außer, dass die Flüge mit Condor nur mittwochs und samstags gingen und ich in einem Hotel in Montego Bay übernachten musste, oder ... Ich spielte alle möglichen Gedanken durch, dass ich einen Driver brauchte, dass ich meinen Friseurtermin und meinen Zahnarzttermin verschieben musste, dass ich die Umsatzsteuererklärung für diesen Monat erledigen musste, bevor ich flog, weil ich ja nicht wusste, wann ich zurückkehren würde. Nur einen Gedanken hatte ich nicht: Dass ich Patricks Anruf einfach vergessen würde und mein Leben weiterleben.

Dieses Buch, das du jetzt liest, das ich begonnen habe im Januar: Ich habe es genannt: „Jamaica – One Love – Auf der Suche nach der Liebe." Die Geschichte ist jetzt mein Leben. Sie ist so stark geworden, dass ich kaum Zeit habe, sie aufzuschreiben. Und ehrlich gesagt, weiß ich nicht, ob ich die Kraft aufbringen werde, zwei Wochen lang zu schreiben. Wie ich es mir vorgenommen habe und wie ich es meinen Lesern versprochen habe. Ich möchte es gern, aber die Liebe ist sehr mächtig. Die Engel sind sehr mächtig. Ich habe nichts in der Hand. Ich folge der Bedingungslosigkeit, der wir uns alle versprochen haben. Und ich hoffe auf dein Verständnis. Wenn du selbst deiner Bedingungslosigkeit folgst, wirst du mich verstehen. Dann weißt du, dass du dein Bestes tust, um deine Versprechen einzuhalten, aber dass es manchmal etwas gibt, das stärker ist als du. Etwas, dem du folgen musst – um jeden Preis. Und dass dieser Preis manchmal hoch ist.

Wenn du selbst deine Bedingungslosigkeit nicht kennst, dann lies meinen Text, um sie kennenzulernen. Denn nur dazu dient diese Geschichte: dass du an deine eigene Bedingungslosigkeit erinnert wirst. Schreib mir, schreib über deine Bedingungslosigkeit, schreib einen Kommentar zu dieser Geschichte, schreib um andere an ihre Bedingungslosigkeit zu erinnern. Ich brauche dich, um zu fühlen, dass ich nicht allein bin mit dem, was ich bin. Ich möchte, dass du fühlst, dass du nicht allein bist, mit dem, was du bist.

Ich, Viola, möchte meine Geschichte mit dir teilen, eine Geschichte über die Kraft der Liebe, die uns ganz und gar zerschlagen kann, um uns dann an einen Ort zu tragen, den wir nie gekannt haben, nicht einmal im letzten Winkel unseres Herzens und den wir doch als unseren wahren Platz erkennen. Als das, was wir sind. Meine

Geschichte ist deine Geschichte, denn wir alle teilen dieselbe Geschichte.

Ich bin zurück in Jamaica. Und mein Glück ist unaussprechlich, auch wenn meine Geschichte und meine Zukunft ungewisser sind denn je. Auch wenn das Leben und die Engel mehr von mir fordern als je zuvor. Mehr Bedingungslosigkeit.

Ich war dort an jenem Sonntag im März. Ich habe Patrick wiedergesehen. Er hat mir die Frage gestellt: „Bist du bereit? Bist du bereit?" Alles in mir wollte „Ja" sagen. Alles in mir hatte auf diesen Augenblick hin gelebt. Aber das „Ja" war nicht vollständig. Und er hat es gemerkt.

Wo stehe ich jetzt? Wohin ist meine Bedingungslosigkeit verschwunden? Wohin ist das eine Prozent meiner Liebe verschwunden, das fehlt? Ich finde die 100-prozentige Liebe zu Patrick nicht wieder. Jetzt, wo alles hätte gut sein können. Ich muss weitersuchen. Das war im März, jetzt ist es April.

Ich komme eben aus der Stadt zurück, Ocho Rios, war bei Freunden. Dort habe ich Richard kennengelernt und seine Geschichte der Bedingungslosigkeit. Er war Taxifahrer gewesen, bis er eines Tages überfallen wurde. Sein Auto wurde gestohlen und er bekam eine Kugel in den Kopf. Seither kann er nicht richtig laufen und auch nicht mehr fahren. Er war kurz davor gewesen, zu heiraten. Nach dem Überfall verließ ihn seine zukünftige Frau. Es gibt die Möglichkeit, die Kugel zu entfernen. Das bedeutet mit fünfzig Prozent Wahrscheinlichkeit seine Heilung und mit fünfzig Prozent seinen Tod. Sein Herz ist gebrochen. Ich kann das sehr gut verstehen. Gebrochenes Herz und die Frage: Wo finde ich die Liebe jetzt?

Ich muss herausfinden, was zwischen mir und Patrick passiert ist. Diese Bedingungslosigkeit, mit der ich der Liebe gefolgt bin, sie hat mich verändert, ich weiß nur noch nicht wie. Die Engel sagen immer noch, dass ich aufhören soll zu fragen. Dass ich vertrauen soll. Auf die Gnade. Auf die Liebe.

ONE LOVE – ONE HEART

Kapitel 13 – Stell keine Fragen

Ihr wundervollen Leserinnen, ich danke euch von Herzen für eure Kommentare auf der Blogseite und per E-Mail. Ich bin berührt von eurer Tiefe und der Ehrlichkeit, mit der ihr eure eigenen Geschichten und Gefühle teilt. Ja, wir teilen den gleichen Schmerz, die gleiche Angst, die gleiche Freude, und wir kommen aus unserem Versteck heraus. Wir trauen uns, unsere Angst zu zeigen und unsere Menschlichkeit.

Jetzt, wo ich wieder hier bin, in JA, wie die Einwohner ihre Insel liebevoll nennen, fühle ich dieses Ausgesetzt sein wieder. In Montego Bay ist der Ausnahmezustand ausgerufen. Die Kriminalität in der Stadt ist nicht mehr kontrollierbar. Ich bin geschützt, in Te Moana, das bewacht wird von vier großen Hunden. Aber ich spüre die Verletzbarkeit, die mich ansteckt.

Immer wieder spielt sich vor meinem inneren Auge die Begegnung mit Patrick an jenem Sonntag ab. Die Villa, die weißen Möbel, die Vase mit den roten Blüten.

Sein Fahrer hat mich abgesetzt, meinen Koffer aus dem Kofferraum geholt. Ich stehe da, am Flughafen, habe das Baumwollkleid ausgezogen und bin in ein hellblaues Sommerkleid geschlüpft. Mein Parfüm, ‚Rose Amazon' von Hermes. Mein Herz schlägt so laut, dass ich Angst habe, es springt jeden Augenblick aus der Brust.

Es war so leicht, Sehnsucht nach der Liebe zu haben,

ich war sicher und beschützt in meiner Sehnsucht und jetzt ...

Ich kann mich nicht erinnern, dass er so groß war. Seine Aura ist noch stiller als ich sie in Erinnerung habe. Seine Stille raubt mir jede Kraft. Ich weiß nicht mehr, was ich sagen soll, tun soll.

Nur ganz kurz kann ich in seine Augen sehen, dann schaue ich auf den Boden. Ich halte seinem Blick nicht stand.

Ich fühle, wie seine Hand mich an der Schläfe berührt und mir die Haare aus dem Gesicht streicht. Ich weiß, dass er meine Haare mag, meine glatten Haare, die zu meiner weißen Haut gehören. Ein Augenblick von unbeschreiblicher Intimität entsteht, mein Körper beginnt zu zittern.

Kein Mann hat je zuvor eine so überwältigende Wirkung auf mich gehabt. Ich zittere vor Angst und weiß zugleich, dass mir nichts geschehen wird. Dass ich sicher bin bei Patrick. Vielleicht nicht mein Herz, aber die Frau in mir.

Patrick begegnet mir als Mann. Bevor er und ich eigene Persönlichkeiten sind, sind wir Mann und Frau. Wie wir uns begegnen, als Mann und als Frau, haben wir nicht in der Hand. Wir sind Teil der Jahrtausende alten Geschichten, zwischen Mann und Frau.

„Wie war dein Flug?", fragt er.

Er nimmt mir die braune Ledertasche ab. Der Driver stellt den Koffer im Flur ab und zieht sich zurück. Patrick schließt die Tür.

„Möchtest du etwas trinken?"

Ich weiß nicht, was ich möchte. Mein Magen ist im Ausnahmezustand wie Montego Bay.

„Keinen Alkohol", sage ich. Ich habe die Kontrolle über die Situation verloren. Ein Schluck Alkohol und ich weiß nicht, was passieren würde.

Patrick lächelt mich an, er erkennt mich wieder.

Ich fühle mich wie eine Einbrecherin in seine Welt, ich fühle mich fremd.

Der athletische, stille Mann serviert mir ein Glas mit Soursap-Saft, eine süßsaure jamaicanische Frucht. Für sich selbst ein Glas Wasser.

„Bist du müde", fragt er.

Wenn ich einen Augenblick lang ich selbst sein könnte, wäre ich hundemüde, denn meiner inneren Uhr nach ist es drei Uhr morgens. Aber ich werde niemals schlafen, nachdem Patrick mein Herz über einen 5000 Kilometer großen Ozean zu sich geholt hat. Was soll ich antworten?

Mein Blick fällt auf das Bücherregal. Es gibt nicht viele Bücher in Patricks Anwesen, auch wenn er ein belesener Mann ist. Alles hier folgt der Reinheit der Farben und Formen, der Reinheit der Botschaft. Die Botschaft lautet: pur.

Bücher sind Wirbelstürme in der karibischen Allmacht der Sonne. So etwas will man nicht in sein Wohnzimmer holen. Der natürliche Feind von Jamaica ist der Tornado. Die Seele, hier in der Karibik sehnt sich nach Frieden und Lebensfreude, sie möchte sich der Stille der Sonne hingeben. Wo sind meine Gedanken schon wieder hingewandert? Ich muss Patricks Frage beantworten. Im Bücherregal sehe ich meine zwei Bücher stehen, die Bücher, die ich für ihn allein geschrieben habe. Ich erkenne sie an dem Cover, das ich für sie entworfen habe. Ich habe sie drucken lassen, wie ein richtiges Buch.

„Die Bücher", sage ich. „Hast du sie gelesen?" Im Moment, wo ich es ausspreche, habe ich das Gefühl, dass es ein Fehler war.

Patrick setzt sich zu mir auf das Sofa. Auf einmal ist er bedrohlich nah. Mein Herz ist aus der Brust herausgesprungen und tanzt über den Tisch. Es ist unendlich schwer, da zu bleiben und zu funktionieren. Ich weiß, wenn ich wieder bei mir sein werde, wird etwas in mir verlangen, in diesen flüssigen Zustand zurückzukehren. Aber jetzt, wo ich drin bin, fühle ich mich hilflos.

„Was du dort schreibst, meinst du das ernst?", fragt Patrick.

Nein, nein, nein!, will ich schreien ... Ich habe monatelang jeden Tag meine Gefühle für ihn aufgeschrieben, meine Sehnsucht, ihn wiederzusehen, alles aufzugeben und mein Leben mit ihm zu verbringen – und jetzt, wo er mich fragt, ob ich es ernst meine, empfinde ich nichts als Angst. Das sage ich ihm nicht. Ich möchte nur, dass mir irgendjemand sagt, was hier passiert und was ich tun soll. Ich möchte, dass jemand mich an der Hand nimmt wie ein kleines Kind. Ich bin so verloren.

Stattdessen höre ich mich antworten. Ich höre, dass ich eine Stimme habe. Sie ist sehr klar. Sehr bestimmt und sie sagt: „Jedes Wort, das ich geschrieben habe, meine ich ernst."

Mein Verstand ist jetzt zufrieden. Er nickt und sagt noch einmal, um es ganz richtig und wichtig zu machen: „Ja, jedes Wort habe ich in vollkommener Wahrheit geschrieben."

Mein Herz sagt: „Du Vollidiot. Wieder einmal hast du einen Riesensatz Lügen in die Welt gesetzt." Ich empfinde Angst, nichts als Angst.

Ich fühle Patricks Arme, muskulöse Arme, Arme, die mich beschützen können und halten können. Muskeln, die er jeden Tag trainiert, um sich selbst zu behaupten, in einer Welt voller Feinde. Er hebt mich auf mit seinen athletischen Armen und setzt mich wie einen Vogel auf seinen Schoß. Er schiebt eine Hand unter meinen Rock. Er braucht dazu kein Einverständnis von mir. Er muss nicht wissen, was ich brauche, möchte, fühle. Er tut es. Alle Angst hat sich aufgelöst. Mein Körper hört auf zu zittern, mein Herz schlägt ruhig und friedlich. Ich bin zu Hause. Zu Hause in Patricks Armen. Ich fühle mich wie ein Baby im Schoß seiner Mutter, bis auf den Fakt, dass Patrick und ich Mann und Frau sind.

Er trägt mich in das Schlafzimmer, er legt mich auf das blütenweiße Bett. Der Luftzug aus dem Ventilator weht angenehm kühl über meine Haut. Sie ist von Schweißperlen überdeckt. Patrick zieht mir einen Schuh nach dem anderen von den Füßen. Er dreht mich auf den Bauch und öffnet den Reißverschluss meines Kleides. Ich muss nichts tun. Seine Freude ist, dass er alles darf. Das weiß er. Und wenn er es nicht wüsste, würde er es sich nehmen.

Er öffnet meinen BH, er zieht mir den Slip über die

Hüften. Bei jeder Berührung wirft mein Körper eine Welle, dringt ein tiefes Seufzen aus meiner Kehle. Meine Glieder bewegen sich wie die Blätter einer Mimose, über die er mit seinen Fingern streicht.

Das ist seine Freude: mich zu berühren. Die Berührungen werden immer tiefer. Sanft und ohne Mühe dringt er ein, berührt er mich im Innersten meines Körpers. Jetzt bin ich ganz da. Jetzt bin ich ganz ruhig. Jetzt bin ich ganz und gar verloren und ganz und gar gefunden. Jetzt ist jedes Wort wahr, das ich ihm geschrieben habe. Jetzt bin ich einhundert Prozent bereit mit ihm zu gehen, egal, wohin das Leben mich führt.

Wir sitzen auf der Veranda, ich schaue hinaus auf das Meer. Der Duft der Blüten dringt aus dem Garten unter mir herauf, der kühle Abendwind trägt ihn an meine Nase heran. Unten am Bootssteg stehen zwei Lampen, deren Lichter von den dunklen Wellen reflektiert werden. Das Meer breitet sich vor uns aus wie eine schwarze Flüssigkeit voller Geheimnisse. Wie ein einziges Geheimnis, das sich in die Unendlichkeit ausdehnt.

Patrick erzählt mir, was in seinem Leben passiert ist, seit wir uns das letzte Mal gesehen haben. Das ist zwei Jahre her. Er hat gearbeitet. Er sagt, er habe ein Leben aufgebaut. Er erzählt alles Mögliche, dem ich nicht wirklich folgen kann, ich verstehe nur, dass er viel Verantwortung übernommen hat. Ein großes politisches Projekt in Jamaica. Der Aufbau einer Administration. Führung. Das ist seine Lebensaufgabe. Er ist eine Führungspersönlichkeit. Ich weiß, dass es das ist, was er gesucht hat. Was zu ihm passt. Ich verstehe, dass er deshalb zwei Jahre nichts von sich hat hören lassen. Er fühlt sich seiner Aufgabe zutiefst verpflichtet. Ich verstehe es. Er ist so. – Still. – Er folgt seinem Weg.

„Ich bin müde", sagt er. Ich sehe die Müdigkeit in seinen Augen. Ich sehe auch die Traurigkeit. Sie hat mich immer gerührt. Die Traurigkeit hinter der Erscheinung des starken, charismatischen Mannes. Die Traurigkeit des Kriegers, dessen Kampf nie ganz gewonnen werden kann.

„Noch nie hat mir eine Frau so viel Liebe entgegengebracht", sagt er und es folgt eine lange Stille. Mein Hunger nach Liebe. Meine Sehnsucht.

Es berührt mich, dass er das zu mir sagt. Ich verstehe, dass alles angekommen ist. Ich fühle die Wärme seines Körpers in mir, jetzt nachdem wir uns wiedergetroffen haben. Alles war wahr, nichts ging verloren. Die Anziehung ist ungebrochen.

„Ich brauche eine Frau an meiner Seite", sagt er. „Sonst schaffe ich es nicht."

Hier sitze ich auf der Veranda neben ihm. Hier sitze ich in diesem wunderschönen Haus am Meer, neben diesem Mann, der zwei Jahre lang mein Leben bestimmt hat durch seine Abwesenheit, der eine so große Sehnsucht in mir geweckt hat, dass ich nach Jamaica geflogen bin, viele Male, einem Traum gefolgt bin, der unmöglich schien. Mein Herz spricht zu ihm mit jedem Atemzug. Er lädt mich ein in sein Leben, in ein gemeinsames Leben. Alles, was ich mir gewünscht habe. Kein Traum, Wirklichkeit.

Genau in diesem Augenblick spüre ich, dass die Geschichte einen Riss hat.

„Bist du bereit?", fragt mich Patrick. Ich fühle die vollkommene Ernsthaftigkeit in seiner Frage.

Ich spüre ein großes Ja. Ich höre wieder diese starke selbstbewusste Stimme, meine Stimme, die *Ja* sagt voller Inbrunst.

Ich fühle im selben Augenblick, dass dieses Ich, das da spricht, von mir wegbricht wie ein großer steinerner Koloss und vor meinen Augen im Meer untergeht.

Zurück bleibt ein weiches, ängstliches Ich, wie ein Kind, das den Schutz seiner Mutter sucht. Patrick kann es nicht sehen. Patrick sieht eine starke Frau. Ich schaue ihn an, ich sehe den Krieger, den Anführer. Ich sehe den traurigen Mann, der einen einsamen Weg geht und mein Herz windet sich vor Mitgefühl. Ich spüre die unglaubliche Liebe, die sein Wesen in mir weckt, die unglaubliche Kraft.

Im selben Augenblick wird mir bewusst, dass auf meinem langen Weg der Sehnsucht, den ich in den letzten zwei Jahren gegangen bin, etwas passiert ist mit mir. Ich bin wieder eine Schriftstellerin. Das Leben hatte mich so sehr zerbrochen, dass ich nicht mehr schreiben konnte. Ich konnte nicht mehr schreiben, nachdem das Leben mir meinen Mann und meine Kinder genommen hatte. Ich konnte nicht mehr leben. Ich konnte nicht mehr schreiben, weil das Leben mich betrogen hat. Weil ich blind einer Fata Morgana gefolgt war, weil die Liebe sich als eine Illusion entpuppt hatte.

Aber jetzt kann ich wieder schreiben. Nicht nur Liebesbriefe an einen Mann, den ich begehre. Ich kann wieder schreiben – für Leser. Die Leser antworten mir – ich kann ihre Liebe fühlen und es ist keine Illusion, keine Fata Morgana der Liebe. Es bin ich. Meine Worte, meine Gefühle, meine Liebe, meine Wahrheit.

Ich bin jetzt mehr als die Liebe zu Patrick. Ich bin jetzt mehr als meine Geschichte von Tod und Betrug. Ich bin ich. Ich fühle meine Wahrheit, ich fühle Gott, ich fühle die Engel, die mich beschützen, ich fühle die Sprache, ich fühle die Schönheit der Worte, ich fühle Berührung. Sie ist keine Illusion, keine Illusion.

Ich bin nicht mehr die Frau, die ganz und gar aufgeht im Leben eines Mannes. Ich bin jetzt etwas Eigenes. Das Begehren hat mich zu etwas Eigenem gemacht.

In diesem Augenblick fühle ich, dass zwischen mir und Patrick ein Abstand ist, den es zuvor nicht gab. Er fühlt es auch.

Die Frage steht im Raum: „Bist du bereit?" Meine Antwort steht im Raum „Ja." Und es steht noch etwas im Raum, das ich noch nicht kenne. Aber es ist da.

Ich denke an das Buch, das ich gerade schreibe: „Jamaica – One Love – Auf der Suche nach der Liebe." Wo ist sie, die Liebe? Ich muss unwillkürlich lächeln.

Patrick bemerkt es. „Warum lächelst du?"

„Es ist Jamaica", antworte ich. „In Jamaica ist alles ein Abenteuer."

Patrick lächelt, er weiß, was ich meine. Und genau in diesem Augenblick weiß ich, was der Riss ist.

Genau in diesem Augenblick denke ich an einen anderen Mann. Genau in diesem Augenblick passiert etwas, von dem ich Patrick in unzähligen Liebesbriefen versprochen habe, dass es nie passieren würde: Es gibt einen anderen Mann.

Dieser andere Mann, ich habe ihn im Januar kennengelernt, kurz nachdem ich Te Moana verlassen habe, als ich auf die Farm, nach Annandale ging ..., er würde mich jetzt küssen. Ich würde mit ihm ein paar Worte tauschen so wie mit Patrick, Worte, so schön, so menschlich und so verrückt wie Jamaica – und dann würde er mich küssen. Er würde mein ganzes Gesicht küssen vor lauter Verrücktheit und Verliebtheit, ich würde in ein lautes, vollkommen glückliches Lachen ausbrechen und er würde mich noch verrückter küssen und ich würde noch mehr lachen.

Patrick hat mich noch nie geküsst. Ich weiß nicht, ob er es je tun wird. Es ist nicht seine Art. Das wird mir in genau diesem Augenblick bewusst. Zwei Jahre meines Lebens, in denen ich ganz sicher war, wer ich bin und was ich will – in Luft aufgelöst. Wegen ein paar Küssen. Das ist Jamaica.

In Jamaica ist nicht nur das Leben auf der Straße gefährlich. Das Herz lebt gefährlich. Eine Kugel trifft dich und bleibt stecken, ein Pfeil ins Herz und alles ist anders.

Jamaica – One Love. Was haben die Engel zu mir gesagt? Du sollst nicht fragen. Folge der Liebe.

Kapitel 14 - Daniel - Der andere Mann

Januar 2018. Die Auffahrt zum Farmhaus ist zwei Kilometer lang. Ein steiniger Feldweg.

Einige Tage sind vergangen, seit ich hier angekommen bin auf der Farm, Annandale. Ich merke, wie ich immer tiefer eintauche in eine Substanz, die alles durchdringt, bis in das Innerste meines Körpers. Ich folge dem Ruf von Grandpa und er führt mich hierher in das Grün. Es ist, als hätte er diesen Ort für mich erschaffen. Ich war das erste Mal in Annandale vor neun Monaten. Ich hatte Johnathan gefragt nach Pferden auf Jamaica und er hatte geantwortet: „Du musst Monika kennenlernen."

Ich frage mich häufiger, wie man die Stimme Gottes oder der Engel erkennt, da es ja keine Beweise gibt. Eines der Kennzeichen ist ein Gefühl, das ich so beschreiben würde: Der Atem wird ganz weit, als würde er sich in eine Unendlichkeit ausdehnen, das Herz klopft wie ein junger Vogel, der kurz davor ist, das Nest zu verlassen, und der Verstand wird stumm.

Ich, die ich zuvor die Welt durch eine kleine Öffnung in einem Kasten beobachtet habe, stehe plötzlich mittendrin. Es gibt keine Grenzen mehr. So fühlte es sich an, als ich das erste Mal die Auffahrt zur Farm Annandale hinauffuhr.

Ich fuhr hinein in einen Raum der Unendlichkeit. Es gibt dieses Zusammenspiel zwischen Innen und Außen und manchmal ist die Außenwelt so bedrohlich oder überwältigend, dass die Innenwelt sich zurückzieht. Aber manchmal ist die Außenwelt auch so wunderschön, dass die Innenwelt sich öffnet wie eine Blüte – und man sogar ihren Duft riechen kann.

Manchmal werden Tore aufgestoßen von den Engeln und die Auffahrt nach Annandale ist ein solches Tor.

Ich begrüße die Besitzerin von Annandale, Monika, die gerade ein Pferd behandelt, eine junge Fuchsstute namens Orchid, auf deutsch Orchidee. Sie hat eine Verletzung am Kniegelenk. Ich halte das Pferd, während Monika sich um die Wunde kümmert. Sie lädt mich in das Herrenhaus ein ein zu einem Kaffee. Annandale war hundertachtzig Jahre lang im Besitz der Familie Rocksborough. Der erste Rocksborough, der einzog, war ein Sohn des englischen Königs Edward. An den Wänden im ganzen Haus, im Flur, an den Wänden längs der Treppen hängen Fotos von Besuchen der königlichen Familie unter anderem der Mutter der heutigen Königin Elisabeth und des Herzogs und der Herzogin von York. Die Einrichtung des Hauses besteht aus Antiquitäten und man fühlt sich wie in einem Roman von Jane Austen, wenn man durch die Räume wandelt.

Hier auf der Farm bin ich Daniel zum ersten Mal begegnet. Er kam den langen Weg die Auffahrt heraufgelaufen und das Erste, was ich an ihm wahrnahm, war sein Gang. Die Langsamkeit, das Schaukeln seines Oberkörpers im Rhythmus seiner Schritte. Ich war fasziniert, ich konnte den Blick nicht abwenden. Ich zwang mich wegzuschauen. Plötzlich stand er vor mir und sah mich an. Ich war vollkommen ruhig. Ich musste nicht ruhig werden, seine Gegenwart brachte die Ruhe in mir zum Vorschein, die mein Wesen ist. Es war ein merkwürdiges Gefühl. Ich nahm diese Ruhe nicht an ihm wahr, sondern in mir selbst. Ich wusste zugleich, dass sie durch seine Gegenwart bewirkt wurde. Anders als mit Patrick, dessen Stille mich einschüchterte, ließ Daniels innere Ruhe mich zu mir kommen.

Ich hörte die Gänse schreien, ich hörte den Wind in die Bäume fahren. Ich roch die von der Sonne erhitzten Steine. Meine Sinne waren ganz klar.

Er sagte: „I'm Daniel."

Ich sagte: „I'm Viola."

Er hielt ein Halfter in der Hand. Ich fragte: „Arbeitest du mit den Pferden?"

Er lächelte. Es war ein feines Lächeln. Unschuldig wie das Lächeln eines Kindes. Und wieder nahm ich das alles in mir wahr. Ich lächelte ebenso wie er. Er und ich waren eins, so wie wir voreinander da standen. Es passierte einfach.

„Ich wollte eben zu den Pferden hinuntergehen", sagte ich. „Kannst du mir helfen?"

Wir liefen zusammen, die Wege auf dieser Farm sind lang. Und Zeit spielt keine Rolle. Wir redeten nicht viel, aber das war auch nicht wichtig. Ich hörte das Knirschen seiner Schritte auf dem steinigen Untergrund. Ich fühlte seine Schritte, während ich neben ihm herging. Es fühlte sich genau so an, wie wenn ich neben einem Pferd hergehe. Er spürte mich und ich spürte ihn. Es war etwas ganz Natürliches. Bei Pferden ist das etwas Selbstverständliches für mich, aber mit Menschen erlebe ich das selten. Es war so angenehm, dass ich kein Bedürfnis hatte, zu reden. Es genügte vollkommen, zusammen zu gehen.

Er öffnete das Tor zu einem großen Areal, in dem weiter unten, im Tal, eine Gruppe Pferde standen. Ich kann mich nicht erinnern, wie er das Tor öffnete, ob es eine geschickte oder eine ungeschickte Bewegung war. Normalerweise, wenn ich einem unbekannten Menschen begegne, fallen mir viele Details in der Bewegung auf. An Daniel fiel mir nur das eine auf: Dass alle seine Bewegungen fließend waren auf eine Art und Weise, mit der ich einfach mitfloss.

Wenn man einen neuen Menschen kennenlernt, empfindet man meist eine Fremdheit. Es dauert eine Weile bis der andere vertraut ist und man sich ungehemmt zusammen bewegt. Daniel war mir vom ersten Augenblick an vertrauter als viele Menschen, die ich schon lange kenne.

Wir liefen den Hang hinunter in diese unglaubliche Weite, von der alles auf Annandale bestimmt ist und standen schließlich vor einem verwitterten Gatter. Er öffnete es und wir betraten den Korral, in dem die Pferde waren.

Eine graubraune Stute fiel mir ins Auge. Während die anderen Pferde nur kurz den Kopf hoben, sah sie uns aufmerksam an. Ihre wachen Augen ruhten auf uns. Ihr Körper war angespannt, als wäre sie jeden Augenblick zum Fliehen bereit. Und doch lag darin nichts Ängstliches. Ich kannte viele ängstliche Pferde, aber diese Pferde waren einfach *wach*.

Sie beobachtete uns neugierig. Sie schien alles, was sie sah, zu absorbieren. Es fühlte sich an wie eine Prüfung. Ich spürte, wie ich mich anspannte, wie ich mich fragte, ob ich ihrer Prüfung standhalten würde, ob sie mich für würdig befinden würde.

Daniel ging auf sie zu und strich ihr über den Hals. Sie ließ es zu. Es überraschte mich. Sie sah aus wie ein Pferd, das sich nicht gern berühren lässt.

In diesem Augenblick verschob sich etwas in mir. Es war als ob ich alles, was ich über Pferde gelernt hatte, genau in diesem Augenblick vergessen würde. So sehr vergessen, dass ich mich nie mehr daran würde erinnern können.

Ich sah mich um, eine von Moos überwachsene Bruchsteinmauer, hinter der ein riesiger Bambus emporwuchs, dessen Stängel im Wind knirschten, ein Zaun aus halb verrosteten Eisenstangen, eine Herde Pferde, die diesem beängstigenden Geräusch ausgesetzt waren und eine steinerne Ruhe verbreiteten. In genau diesem Augenblick wurde mir bewusst, dass nicht nur alles, was ich über Pferde wusste, hier nicht anwendbar war, sondern auch alles, was ich über das Leben wusste.

Das, was ich für mein Leben und für die Realität gehalten hatte, war nur ein kleiner Ausschnitt im Angesicht dessen, was mir hier begegnete. Hier war eine Stille und eine Selbstverständlichkeit, in der alle Grenzen wegfielen. Ich hatte den tiefen Gedanken, dass mein ganzes bisheriges Leben eine Illusion gewesen war.

Nicht nur meine Ehe mit einem Mann, der ein Doppelleben geführt hatte.

Ich war plötzlich nackt. Viel nackter als ich es ohne Kleider je hätte sein können. Und diese Stute wusste es. Wenn ich versuchen würde, sie anzufassen, würde sie es nicht erlauben. Davon war ich überzeugt.

Daniel legte ihr ein Halfter an. Er tat es im genau richtigen Augenblick, nicht zu früh und nicht zu spät. Sie ließ es geschehen. Sie genoss es als eine unbekannte Erfahrung, das konnte ich in ihren Augen sehen.

Er führte sie ein paar Schritte. Ich konnte sehen, dass sie es nicht gewohnt war, geführt zu werden. Ihre Schritte waren etwas staksig, als wüsste sie nicht so recht, wie ihr geschah.

In all dem strahlte Daniel eine Klarheit aus, der man einfach folgen musste, entgegen aller Widerstände und Unsicherheiten.

Mein altes Ich, das eben in einem riesigen schwarzen Loch verschwunden war und nur noch letzte Lebenszeichen von sich gab, war verblüfft. Dann versank es vollends.

Daniel hatte mir ein zweites Halfter gereicht und ich war im Begriff eine Fuchsstute aufzuhalftern, um sie kennenzulernen.

Ich arbeitete mit der Stute, longiere sie ein wenig in einem angrenzenden Roundpen, während Daniel mit der Graubraunen arbeitete. Er sah nie zu mir herüber. Es kam ihm nicht in den Sinn, meinen Umgang mit dem Pferd zu überprüfen oder zu beurteilen. Für ihn war es selbstverständlich, dass dies eine Sache zwischen mir und dem Pferd war.

Das geschah im Januar, nachdem ich von Te Moana auf die Farm Annandale umgezogen war. Jetzt ist es April. Ich bin wieder in Te Moana. Und die Frage von Patrick steht immer noch im Raum: „Bist du bereit?"

War ich bereit, ein Leben an der Seite von Patrick zu führen? Ein neues Leben mit einem neuen Mann in einem weit entfernten Land. Ich war nach der Begegnung mit Patrick im März nach Deutschland zurückgekehrt. Ich hatte Ja gesagt und wartete jetzt auf den nächsten Schritt von ihm. Aber mein Herz war gespalten. Daran änderte sich nichts.

Ich hatte Daniel im Januar auf Annandale besser kennengelernt. Es war nicht schwierig gewesen. Ich war einfach seinen Schritten gefolgt. Kein einziges Mal sagte er *Nein*. Er nahm mich mit in sein Dorf. Er sagte nur: „Bleib in meiner Nähe. Dann bist du sicher."

Ich saß mit seinen Freunden auf einer Veranda. Wir aßen Hähnchen, das sie über dem Feuer gebraten hatten. Sie sprachen ihre Sprache, das Patois. Ich verstand nur Bruchteile, aber ich mochte den Klang.

Später sagte Daniel, er wolle mir ein Stück Land zeigen, das er bebauen wolle. Ich ging mit. Wir verschwanden hinter hohen Büschen und Palmen und undurchsichtigem Gestrüpp. Er zeigte mir ein größeres Gelände, schlug eine Kokosnuss für mich auf und ließ mich das Kokosnusswasser trinken. Dann küsste er mich. Sein Kuss war so weich. Ganz anders als ich es erwartet hatte. Daniel, der eine so große Klarheit gegenüber den Pferden hatte, war plötzlich verspielt und verträumt wie ein Kind.

Er küsste mich mit einer kindlichen Neugier, ebenso neugierig wie die Stute, die die ersten Schritte am Halfter gemacht hatte. Ich war verblüfft, verwirrt. Wieder hatte ich das Gefühl, dass er wie ein Spiegel für mich war. Auch ich hatte diese zwei Seiten: die Klarheit mit Pferden und dann das Gegenteil: verträumt und verspielt. Und immer hatte ich geglaubt, dass das nicht zusammenpasst. Dass man nicht zugleich klar und unerschrocken und verspielt und kindlich sein konnte. Ich hatte immer geglaubt, dass man mir nicht vertrauen würde, wenn ich meiner verspielten Seite nachgab.

An diesem Abend hatte ich das Gefühl, dass Daniel und ich einen Zaubergarten betraten, und dass wir dort spielten wie zwei Kinder.

Später kehrten wir in das Dorf zurück, in eine kleine Bar namens *Pithole* (Schlagloch). Wir tranken Bier und Rum und sie erklärten mir, dass Jamaica das Land mit der größten Pro-Kopf-Zahl an Bars pro Einwohner war und auch das Land mit der größten Pro-Kopf-Zahl an Kirchen. Jedes kleine Dorf hatte mehrere Bars und mehrere Kirchen der verschiedensten Glaubensrichtungen.

Ich hatte das Gefühl, vollkommen glücklich zu sein.

Plötzlich fiel ein Schuss. Daniel warf sich auf mich, um mich zu schützen.

Ein Schrei drang wie ein Messer durch die Reggae-Musik, die aus den Lautsprechern strömte. Die Musik lief weiter, aber die Gespräche verstummten. Einen Moment lang war die Zeit wie angehalten und aus dem normalen Verlauf herausgenommen.

Im ersten Augenblick war ich ganz ruhig geblieben. Mir war nichts passiert. Jetzt sah ich, etwas entfernt, den Körper eines jungen Mannes auf dem Boden liegen. Die Menschen versammelten sich um ihn herum. Schließlich trugen sie ihn weg. Das Geschehen kam mir ebenso unwirklich vor wie die Zeit mit Daniel im Zaubergarten.

Zum zweiten Mal in kurzer Zeit brach eine Realität, an die ich geglaubt hatte, in sich zusammen. Vor zwei Jahren hatte ich versucht, meinem Leben ein Ende zu setzen, weil ich mich einsam und hoffnungslos fühlte. Ich, eine Frau, die im Wohlstand lebte, die keinen Hunger kannte, keine Gewalt, keine Armut. Hier starb jemand, der sicher gern gelebt hätte. Niemand wollte mir sagen, was passiert war. Polizei gab es keine.

Auch Daniel wollte es mir nicht sagen. Es war ein Tabu. Der Taxifahrer, der mich nach Hause fuhr, erzählte es mir schließlich. Der junge Mann war schwul gewesen und jemand hatte ihn mit einem anderen Mann erwischt. Der andere hatte fliehen können. Die Polizei würde das Verbrechen nicht verfolgen und die Bewohner des Dorfes auch nicht.

Mir wurde bewusst, dass dies eine Welt war, die weit entfernt war von meiner und dass Daniel ein Teil dieser Welt war. Es stand mir nicht zu, über diese Welt zu urteilen.

Ich hatte Angst. Ich wollte Daniel nicht wiedersehen. Es war zu bedrohlich. Wenn ich an ihn dachte, tauchte die Erinnerung an den Mord auf, der vor meinen Augen passiert war. Und ich empfand nichts als pure Angst.

Bis zu dem Abend, an dem Patrick mich fragte, ob ich bereit war, sein Leben mit ihm zu teilen. Dem Abend, an dem ich glaubte, mein größter Traum würde sich erfüllen. Da musste ich an Daniel denken, an seine Küsse.

Und hier bin ich jetzt. Ich, meine Welt, mein Leben, meine Liebe scheinen in zwei Teile gespalten, die unvereinbar sind. Wer bin ich? Die gebildete, weltgewandte Frau, die an der Seite eines wohlhabenden, einflussreichen Mannes lebt oder die verträumte, unschuldige Frau, die in einer Welt lebt, in der Träume mit dem Leben bezahlt werden?

Jamaica – One Love. Wo ist die Liebe?

Kapitel 15 – Warum ich?

Ein Leben lang habe ich mir gewünscht, Leser zu haben, wie ich sie jetzt habe. Ich schreibe, seit ich elf Jahre alt bin. Es war ein langer Weg. Mein Weg als Autorin ist sehr ähnlich wie mein Weg mit der Liebe. Es ist ja nicht so, dass man authentisch und aus ganzem Herzen liebt und schreibt und alles ist gut. Ich habe schon immer so geschrieben und geliebt wie jetzt, was ich nicht hatte, waren Leser und Liebende, die darauf geantwortet haben, wie sie jetzt antworten. Das habe ich gelernt: Alles hängt an den Menschen, an der Liebe, an meinem Mut.

Natürlich antworten Menschen schon immer auf mich. Aber ihre Antworten waren kurz oder sie haben sich etwas anderes gewünscht als mich oder ich habe mir etwas anderes gewünscht als sie.

Ich habe mich angepasst. Sie haben sich angepasst. Es blieb immer ein Rest von Sehnsucht. Und ein Stolz darüber, sich anpassen zu können.

Diesen Stolz habe ich nicht mehr.

Mein Stolz ist zerschlagen. Seit dem Unfall, in dem ich meinen Mann und meine Kinder verlor.

Ich habe kein Bedürfnis mehr, mich anzupassen, weil ich kein Bedürfnis mehr habe, zu überleben.

Ich lebe, weil die Engel mir das Leben geschenkt haben. Alles, was in meinem Leben geschieht, ist ein Geschenk von ihnen.

Ich spüre, dass sie auf mich antworten. Nicht auf die Viola, die sich anpassen kann, sondern auf ein Wesen, das atmet und das nach Liebe sucht. Weil Atmen und Lieben eins sind.

Viele Jahre habe ich mich als Autorin angepasst an das, was die Leser vermeintlich wollten, was Literaturagenten, Verlage, Produzenten wollten, weil es sich gut verkaufen ließ. Ich habe keinen Agenten mehr, ich veröffentliche in meinem eigenen Verlag oder wie jetzt im Internet. Ich frage nicht, was sich gut verkauft. Ich folge der übergroßen Liebe, der überbordenden Lebenslust, der grenzenlosen Fantasie. Ich antworte auf die Antworten der Leser, die mich berühren. Ich habe keine Angst mehr, dass ich sie nicht finden werde. Die Leser oder die Liebe.

Wo stehe ich, Viola, jetzt, heute, mit meiner Suche nach der Liebe?

Mein lieber Freund John hat mir bei meinem letzten Besuch ein Buch über die Rastafari Religion in die Hand gedrückt. *One love,* der Titel meines Romans, das ist die Philosophie der Rastas. Alles ist verbunden, alles ist eins.

In dem Buch habe ich drei Antworten gefunden auf die Frage nach der Liebe. Antworten, die mir Jamaica vor die Füße wirft, mit jedem Schritt, den ich hier mache.

Warum gibt es hier so viele Kirchen? Kirchen der Pfingstbewegung, der Church of God, der apostolischen Kirche, der Sieben-Tages-Adventisten, alles Kirchen, die der Mainstream der amerikanischen christlichen Kirche ausgespuckt hat. Kirchen, in denen die Sehnsucht nach Glauben pur ist. Kirchen, in denen gesungen, getanzt, getrommelt und in Zungen gesprochen wird. Bin ich deshalb so angezogen von dem Gottesdienst hier? Weil ich den Glauben hier fühlen kann, anstatt ihn zu denken?

Die anglikanische Kirche der weißen Plantagenbesitzer erlaubte den Sklaven nicht, den christlichen Gottesdienst zu besuchen. Sie befürchteten, die Idee, dass alle Menschen von Gott gleich geliebt sind, könnte zu Aufständen führen. Sie meinten, dass der anglikanische Glaube zu anspruchsvoll ist für die ungebildeten Sklaven. Und ich? Was glaube ich? Hat Glauben etwas mit Bildung zu tun? Hat Liebe etwas mit Bildung zu tun? Welchen Wert hat ein Glauben, wenn er den Menschen die Wahrheit vorenthält? Die Wahrheit, dass alle Menschen von Gott gleich geliebt sind.

Später kamen die christlichen Sekten aus den USA. Sie waren radikal in ihrer Spiritualität, aber auch in ihren Feindbildern. Brachten sie die Schwulenfeindlichkeit nach Jamaica? Eine Geschichte der Unterdrückung, der Ausbeutung, des Missbrauchs und das Ergebnis ist der Mord an dem jungen Mann, dessen Zeuge ich wurde?

Mein Herz ist verwirrt, ich kenne die Geschichte aus meinem eigenen Leben. Ich habe mich angepasst an Systeme, von denen ich spürte, dass sie Lügen verkaufen anstatt Wahrheit. Ich habe Kompromisse geschlossen und Wahrheit getauscht gegen Sicherheit. Die Liebe schien unmöglich zu sein. Mein Herz sehnt sich nach Unschuld, wie ich sie mit Daniel gefunden habe, aber meine Angst ist zu groß. Wann immer ich daran denke, ihn wiederzusehen, überwältigt mich die Angst.

Daniel hat einen Platz in meinem Herzen, der es mir unmöglich macht, hundert Prozent Ja zu sagen zu Patrick. Und zugleich erscheint es unmöglich, die Liebe mit Daniel zu teilen.

Wie konnte ich nur in eine solche Situation geraten? Die Liebe scheint weiter entfernt denn je.

In dem Buch über die Rastafari steht auch, dass die Sklaven ihre afrikanischen Religionen aufrecht erhalten haben. Die Verbindung zu den Ahnen ist der Kern. Ich denke an den Spirit, der mir erschien in der ersten Nacht, die ich mit Patrick verbrachte: Grandpa. Der afrikanische Spirit, der mich rief, nach Jamaica zu kommen. Er ist hier und ich kann ihn fühlen.

Vielleicht muss ich Grandpa wieder aufsuchen, um die Antwort zu finden. Und was haben die Engel vor? Warum bringen sie Patrick in mein Leben zurück und warum schicken sie einen Daniel?

Gestern Abend rief mich Patrick unvermittelt an. Das erste Mal nach unserer Begegnung im März. Er murmelte etwas von ‚dringend‘ und ‚Business‘, dann brach das Gespräch ab. Am nächsten Morgen rief er an und lud mich in ein teures französisches Restaurant in der Nähe von Runaway Bay ein, das „Escargot". Blütenweißes Hemd, goldene Cartier-Uhr und ein Blick voller Verlangen. So holte er mich in Te Moana ab.

Ich hatte diesen Blick das erste Mal an ihm wahrgenommen, als ich nach Jamaica kam. Es war der Blick eines jungen Mannes, der nichts wusste von Karriere, Business, Manieren, der nur begehrte. Das Begehren wie eine riesige Welle, die über mir hereinbrach. Noch nie hatte ich mich so begehrt gefühlt wie von diesem Mann.

Und gestern Abend als ich zu ihm in das Auto stieg, in die schwarze Limousine, sah ich wieder diesen Blick. Und ich wusste wieder, warum ich mich zwei Jahre lang nach diesem Mann gesehnt hatte. Alles andere wurde unwichtig. Auch Daniel, auch meine Angst.

Beim Essen, nach den Schnecken, als das Filet Mignon medium serviert wurde, sagte Patrick: „Letztes Mal habe ich dich gefragt, ob du bereit bist zu einem Leben an meiner Seite. Du hast Ja gesagt, aber deine Stimme klang unsicher. Hattest du Zeit darüber nachzudenken?"

Der Besitzer des Restaurants kam an unseren Tisch, um uns zu begrüßen. Das *Escargot* war eingerichtet wie ein original-französisches Restaurant mit einer Theke, Barhockern, Regalen voller edler französischer Weine, Tische mit mehreren Lagen von schneeweißen Tischdecken, die an allen vier Seiten bis fast auf den Boden reichten. Auf den Tischen gefaltete Servietten, die in Weingläsern standen wie Schwanenköpfe. Aus den Lautsprechern klang eine Stimme die „Rien, rien de rien" sang.

Als der Restaurantbesitzer erfuhr, dass ich deutsch war, sprach er mich in beinahe akzentfreiem Deutsch an. Ich war verblüfft. Er erzählte mir, dass er siebenundzwanzig Jahre in München gelebt hatte. Er war um die sechzig und eine Traurigkeit umgab ihn, die mich rührte.

Was mich aber am meisten beeindruckte, war: Er war geborener Jamaicaner, das sagte er. Seine Hautfarbe war dunkel, aber seine Körperhaltung, seine Gestik, seine

Mimik war die eines eleganten Europäers. Er hatte zwei Identitäten.

Das Filet Mignon war exzellent. Während ich mit dem Fleischmesser einzelne Stücke zerschnitt, dachte ich über die Frage nach, die Patrick mir gestellt hatte. In meinem Kopf war Nebel. Alles, was ich fühlte, war die ungeheure erotische Anziehung, die von Patrick ausging. Und etwas Unbestimmtes. All die Geschichten, die ich über Jamaica gehört hatte. Das Bild von Jamaica, das immer geheimnisvoller, anziehender, gefährlicher und undurchdringlicher wurde. Und das Gefühl, dass ich selbst nicht mehr existierte als die, die ich einmal gewesen war.

Patrick sah mich an und sagte mit einer sehr weichen Stimme: „Viele weiße Frauen kommen hierher, Amerikanerinnen, nicht so viele Europäerinnen. Sie suchen einen jamaicanischen Mann, weil jamaicanische Männer die besten Liebhaber sind."

Es war, als hätte er meine Gedanken gelesen, nicht die Gedanken, die ich in diesem Augenblick tatsächlich hatte, sondern Gedanken, die in mir einen unruhigen Schlaf schliefen. War ich eine von diesen Frauen, die hier nach Männern suchten, so wie deutsche Männer nach thailändischen Frauen Ausschau hielten, weil sie fremd und exotisch waren? War das unmoralisch? War ich Teil eines Systems, das seit Jahrhunderten Menschen ausbeutete? Patrick war kein Mann, den ich kaufen konnte. Er war viel wohlhabender als ich. Aber er verkörperte etwas, wonach ich mich sehnte. Etwas, das mich anzog, von dem ich nicht wusste, was es war. War es Liebe? Waren wir frei von der Geschichte unserer Kulturen oder war es die Geschichte unserer Kulturen, die nach einem neuen Kapitel suchte und wir waren, unfreiwillig, zu ihren Figuren geworden?

Wieder dachte ich an seine Frage, ob ich bereit war zu einem Leben an seiner Seite. Es gab keine einfache Antwort. Es war ein Aufbruch ins Unbekannte, der begonnen hatte, als ich Patrick zum ersten Mal am Flughafen in Wien gesehen hatte. Wenn ich daran denke: Nur ein Augenblick, eine kurze Begegnung mit einem Fremden, der eine andere Hautfarbe hat. Und jetzt, wo ich der unbekannten Anziehung gefolgt bin, tut sich dahinter eine ganze Geschichte auf von Kolonialismus, eine Geschichte, die bis in die intimste Begegnung hineinreicht. Oder ist das alles nicht wichtig? Sind wir frei davon?

Wo ist die Liebe, die ich suche?

„Warum?", fragte ich Patrick und führte das Weinglas in einer unfreiwillig europäischen Geste an meine Lippen. „Warum ich?"

Kapitel 16 – Erlaube ich es mir?

Heute Morgen, einen Tag, nachdem mit Patrick französisch essen gegangen war, wache ich auf mit einem unglaublich romantischen Gefühl, das wie Honig durch
meinen ganzen Körper fließt. Ich höre einen Song in meinem Kopf spielen. Ich hab ihn gehört, als Daniel mich auf
die Farm brachte in einem verwitterten Jeep.

Er sagte: „Dieses Lied widme ich dir."

In diesem Moment hörte ich die Zeile „I long to see the
sunlight in your hair" (Ich möchte die Sonne in deinen
Haaren sehen).

Die Sonne ging gerade unter, am Himmel leuchtete ein
roter Streifen, der Wind wehte durch das offene Fenster
in meine Haare. Dieses ins bläuliche gehende Rot vor dem
immer noch intensiv blauen Himmel machte einen solchen Eindruck auf meine Seele, dass ich weinte. Daniel
streckte eine Hand aus nach meiner, seine Haut war rau,
seine Berührung so sanft, dass mein Körper zu beben
begann. Ich hatte das Gefühl, dass ich nie wieder etwas
anderes wollen würde als mit ihm zusammen zu sein.

Die Angst war weg. In diesem Augenblick gab es nichts
anderes als die überwältigende Schönheit der letzten Son-
nenstrahlen und die Farben, die sie hervorbrachten – und
die Berührung von Daniel.

Das war im Januar gewesen vor drei Monaten.

Jetzt an diesem Morgen war diese Erinnerung ganz

klar wiedergekehrt. Ich dachte daran, wie Daniel die Stute berührt hatte. Ich konnte sie jetzt sehen, vor meinem inneren Auge, wie ihre Augen schläfrig wurden, wie ihr Körper nachgab, wie sie in seine Hände hineinfiel. Und genau so fühlte ich mich.

Ich liege in meinem Bett, ich denke nicht länger über die Frage von Patrick nach. Ich höre mein Herz laut schlagen. Ich sehe das Licht am Abendhimmel, an jenem Abend, der blaurote Striemen, das transparente Hellblau, der modrige Geruch der Feuchtigkeit, die Wärme von Daniels Hand, das Holpern des Jeeps auf dem durchlöcherten Untergrund. Es fühlt sich an wie eine Berührung mit dem Himmel, ich kann den Himmel dieses Abends in meinem Körper spüren, in meinem Herzen, in meiner Seele, in meiner Hand.

Heute Morgen. Kurz denke ich an das Gespräch mit Patrick im „Escargot" gestern Abend.

„Ich liebe Jamaica so sehr", habe ich gesagt.

„Das Leben hier ist gefährlich", hatte er geantwortet. „Allein in diesem Monat gab es vierzig Morde, seit Jahresbeginn zweihundert Morde. Die Polizei kann dich nicht schützen. Die Insel ist von Waffen überschwemmt. Und du liebst Jamaica?"

Ich wusste, dass Patrick das nicht sagte, um mir Angst zu machen. Er sah es als seine Aufgabe, politische Lösungen für das Waffenproblem zu finden. Er erklärte mir, dass die Kriminalität eine Antwort war auf die Ungerechtigkeit der Verhältnisse. Dass Menschen, die keinen Zugang zu Bildung haben und deren Löhne für anstrengende Arbeit so niedrig sind, dass sie davon nicht einmal sich selbst ernähren können, geschweige denn ihre Kinder, dass die Smarten unter ihnen sich Waffen besorgen und mit Drogen handeln und es nur eine Tatsache für sie gibt: Wer zuerst schießt, überlebt.

Ich glaube, dass das Gespräch und die Angst, die es geweckt hat, eine Reaktion in meinem Körper in Gang gesetzt hat – während ich schlief. Mein Körper hat in seinem eigenen System, in seiner Erinnerung etwas gefunden, das stärker war als die Angst. Das Glück, die Schönheit des Abendhimmels, die Berührung von Daniels Hand, das Gefühl, dem Himmel sehr nahe zu sein, all das hat der Körper angebracht gegen die Angst.

Vielleicht ist es das, was mich an Jamaica so anzieht: dass die Gewalt und die Angst eine Medizin hervorbringen, ein Gegenmittel. Dass bei aller Kriminalität und Armut etwas anderes gewinnt, nicht weil das Gesetz es so vorschreibt, nicht, weil die Menschen es in der Schule lernen. Sondern weil ihr Körper, ihre Seele es hervorbringt.

Ich will Daniel wiedersehen. Die Liebe, die ich einmal gesucht habe, gibt es nicht mehr. Oder es gibt sie in anderer Form. Sie hat sich verwandelt.

Ich habe keine Telefonnummer von Daniel. Ich weiß, dass er ein Handy hat, ich habe es gesehen. Wen könnte ich fragen? Ich möchte nicht, dass jemand davon erfährt, dass ich ein Interesse an ihm habe.

Ich rufe Monika an, die Besitzerin der Farm und Daniels Arbeitgeberin. Sie ist Österreicherin und lebt seit vierzig Jahren in Jamaica. Sie wird mich bestimmt nicht moralisch verurteilen, höchstens warnen. Und so ist es, sie gibt mir die Nummer und sagt: „Sei vorsichtig. Jamaicanische Männer haben viele Frauen."

Ich lese auf Wikipedia unter dem Stichwort *HIV/ Jamaica*, dass 1,7% der Bevölkerung an AIDS erkrankt sind. Auf einer internationalen Vergleichsliste finde ich die Zahl von 0,4% für Frankreich.

Und dann gibt es noch diese interessante Zahl. Eine Verhaltensstudie ergab, dass 56% der jamaicanischen Männer und 16% der Frauen in den letzten zwölf Monaten mehrere Sexpartner hatten. Das hatte Monika wohl gemeint.

Ich fühle mich sehr unromantisch, während ich dies lese und wie ein Eindringling in die Schlafzimmer der Einheimischen. Ich frage mich: Gehört dies zum Wissen über multi-kulturelle Beziehungen, dass man die Sexual-statistiken eines fremden Landes studiert? Oder versuche ich einfach nur, mich zu schützen? Und kann ich mich schützen? Wie viel größer ist die Wahrscheinlichkeit, dass ich mich bei einem jamaicanischen Mann mit AIDS anstecke als bei einem französischen? 1,3%.

Würde ich mich bei Patrick eher anstecken als bei Daniel oder umgekehrt? Patrick hat mir gesagt, dass ich die einzige Frau seit fünf Jahren bin, mit der er Sex hat-te. Ich selbst weiß, dass ich nicht ansteckend bin, weil ich einen Test gemacht habe. Aber ich habe Patrick nie nach einem solchen Test gefragt. Ich habe auf sein Ver-antwortungsbewusstsein vertraut. Das Kondom blieb in der Schublade.

Ich wähle Daniels Nummer. Ich weiß nicht, was ich sagen werde.

Ich höre ein knappes „Hello".

„Ich bin es", sage ich. Ich setze an zu erklären, „Die Frau aus Germany ..."

Er unterbricht mich. „Ich weiß ... Wie geht es dir?" Er spricht Englisch mit mir, auch wenn seine eigentliche Sprache Patois ist und er zu einem Einheimischen „Wah Gwaan" sagen würde anstatt „How are you".

„Kann ich dich sehen?", frage ich.

„Wann?"

„Jetzt."

Ich höre ihn lachen. Stille in der Leitung.

„Wo bist du?", fragt er schließlich.

Ich erkläre ihm die Lage von Te Moana in Ocho Rios.

„Hast du ein Auto?", fragt er.

„Nein", sage ich, „aber ich kann einen Driver finden."

„Okay."

„Bist du zu Hause?", frage ich.

„Du hast mein Zuhause nicht gesehen."

„Okay."

„Das Haus, in dem wir das Hühnchen gegessen haben, war nicht mein Haus."

„Wo ist dein Haus?" Ich frage mich, ob dort vielleicht seine Frau und seine Kinder leben.

Stille in der Leitung.

Was mache ich hier eigentlich?, frage ich mich.

„Du schläfst mit einem anderen Mann", sagt er. „Was willst du von mir?"

Ich bin verblüfft. Woher weiß er das? Oder war es nur ein Test, ein Bluff? Er hat mich erwischt. Ich fühle mich schlecht. Ich recherchiere im Internet und unterstelle jamaicanischen Männer Vielweiberei, dabei bin ich selbst im Begriff, in den vergangenen zwölf Monaten mehrere Sexpartner gehabt zu haben.

Wo ist meine Stimmung von heute Morgen geblieben? Der Abendhimmel, der Himmel in meinem Herzen? Mir fällt einfach nichts ein, was ich sagen könnte. Dann denke ich: Muss man Fragen eigentlich immer beantworten? Wenn die Frage wichtig ist, wird er sie wieder stellen. Ich will ihn ja nur sehen und nicht gleich heiraten.

„Ich möchte dich besser kennenlernen", sage ich.

„Komm nach Annandale. Ich habe morgen Abend Zeit."

„Okay."

„Later", sagt er. (Später). Das ist das deutsche *Ciao*.

Ich lege mich zurück auf das Bett und bin einfach glücklich. Es gibt einen Reggae-Song von Taurus Riley „She's Royal", der mir einfällt. Darin kommt die Zeile vor: „Was eine gute Frau ausmacht: Sie hat keine Angst und sie schämt sich nicht für das, was sie ist."

Vielleicht ist das meine Antwort an die Liebe: Ich fühle, was ich fühle, ob es Glück ist oder Göttlichkeit oder Angst. Ob es in Jamaica ist oder in Deutschland oder sonst wo auf der Welt. Und jetzt bin ich hier. Und ich merke, dass es hier einfach erlaubt ist, zu fühlen, was ich fühle. Jamaica – One Love ... ich bin ein Teil davon.

KAPITEL 17 – No problem

Ich beschließe, schon morgens nach Annandale zu fahren. Die Driver sind nicht so begeistert von dieser Strecke, ich meine die Auffahrt zur Farm, ein zwei Kilometer langer Weg über Stock und Stein, der den Unterboden ihrer Autos ruiniert. Aber Mr Johnson fährt. Ich rufe ihn an und er sagt: „No problem."

So wie New York bekannt ist als *die Stadt, die nie schläft,* so ist Jamaica bekannt als die Insel, auf der alles *No problem* ist. Ein solider Deutscher sagte dazu einmal zu mir: „Die träumen wohl."

Kurz denke ich an Patrick. Nach dem Abend im *Escargot* hat er nichts mehr von sich hören lassen. Ich verstehe inzwischen vollkommen, dass das nichts Persönliches ist, sondern dass er einfach busy ist. Ich finde das sogar sympathisch, denn wenn ich wirklich Teil seines Lebens werden sollte, hätte ich vermutlich viel Freiheit, meinen eigenen Interessen nachzugehen. So spricht zumindest meine vernünftige Seite.

Meine romantische Seite sagt dazu: Wenn ich jemanden liebe, möchte ich immer mit ihm zusammen sein. Aber vielleicht ist das eine unrealistische Vorstellung. Vielleicht muss ich da ehrlich sein mit mir selbst.

Die Auffahrt nach Annandale macht mich schon wieder glücklich. Als wir am See vorbeifahren, sehe ich Daniel in der Ferne mit den Pferden arbeiten. Auch wenn ich ihn nur aus weiter Ferne wahrnehme, sehe ich doch, wie sehr er Teil der Harmonie ist, die ihn umgibt. Und dass seine Fähigkeit mit den Pferden umzugehen genau darauf beruht.

Hier in Annandale erscheint mir alles wie ein Traum, auch wenn ich weiß, dass alles ganz real ist. Wieder fühle ich das unbändige Wachstum der Bäume, Büsche und Pflanzen. Ein Gefühl als wüchsen all die Schlingpflanzen, geheimnisvollen Blüten in dunkelviolett, gelb, orange, blau oder leuchtend weiß, die riesigen Bäume und im Wind schwankenden Palmen nicht nur um mich herum, sondern auch in meinem Innern. Es gibt keine Grenze zwischen mir und dem leuchtenden Grün. Es gibt keine Grenze, ich gebe mich einfach hin, ich werde ein Teil, ich verschmelze.

Annandale ist zweihundertfünfzig Hektar groß, so groß wie eine Kleinstadt in Deutschland. Vom Haus aus hat man einen sehr weit ausgedehnten Blick. Annandale ist ein Teil des grünen Herzens von Jamaica.

Mich in dieser Weite zu bewegen, in diesem überbordenden, unaufhaltsamen Wachstum, gibt mir als Mensch das Gefühl winzig zu sein, ein winziger Teil von einem großen Ganzen.

Ich habe hier ein tiefes Gefühl von Nach-Hause-kommen. Ich empfinde hier eine tiefe innere Ruhe.

Jetzt, während wir zum Haupthaus hochfahren, muss ich plötzlich an Oliver denken, meinen verstorbenen Mann. Jetzt, in diesem Augenblick, kann ich wieder die Liebe fühlen, die mich mit Oliver verbunden hat. Es hat damit zu tun, dass ich hier mein Wesen auf eine sehr ursprüngliche Weise fühle. Ich fühle einen inneren Raum, den ich als Kind kannte, eine innere Welt, in der solche geheimnisvollen Pflanzen und Bäume wuchsen und solche fantastischen Vögel herum flogen, in der ein solcher lauer Wind wehte, in der es so roch nach Blütenduft und feuchten Baumstämmen, ein innerer Raum, in den ich mich verkroch, wenn die äußere Welt zu laut wurde. Ein innerer Raum, in dem ich vor allen geschützt war und in dem ich mich immer wieder fand. Als ich ein Teenager wurde, wünschte ich mir, dass mich jemand dort finden würde, jemand, der diesen Raum kannte und ihn mit mir teilen würde. Denn so stellte ich mir die Liebe vor: Dass man diesen zauberhaften Raum, der für andere unsichtbar ist, teilt.

Oliver fand mich dort. Er hatte den Schlüssel. Es war ein Raum, den nur jemand aufschließen konnte, der ein reines Herz besaß. Er hatte den Schlüssel für mein Herz. In diesem Raum lebten Oliver und ich viele Jahre. Dort wuchsen unsere Kinder auf und waren ein Teil davon.

Jetzt ist es wieder da, hier in Annandale, dieses Gefühl von Liebe, Oliver und ich und unsere vollkommene Liebe. Ich fühle, dass sie unbeschädigt ist. Ich fühle es jetzt und ich fühle einen wunderschönen Frieden.

Monika hat mir zum Schreiben ein Zimmer im Nebengebäude des Haupthauses überlassen. Ich habe vor, hier ein paar Tage zu bleiben. Es ist im Trakt, wo die Arbeiter wohnen. Ich mag es, es ist genau das Richtige für eine Schriftstellerin. Es hat ein einfaches Wellblechdach mit einem spitz nach oben zulaufenden Giebel. An einem Querbalken hängt ein Ventilator. Durch die schräg gestellten hölzernen Lamellen der beiden Fenster dringt gerade so viel Licht, dass ich gut schreiben kann und sonnendurchtränkte Luft, gerade so warm, dass ich meine Haare zusammenbinde, damit die Luft meinen Nacken kühlen kann.

Ich höre das Muhen der Kühe aus der Ferne, das Wiehern der Pferde, das Schnattern der Gänse und das Klappern von Ästen, die der Wind gegen das Dach schlägt. Ich sitze auf einer kleinen weißen Bank aus Korbgeflecht, mein Laptop auf dem Schoß.

Ich bin allein hier, außer den zwei Farmarbeitern, Nick und Mr Nelson. Monika ist in die Stadt gefahren. Und Daniel ist unten bei den Pferden.

Eben kommt Omar. Ich sehe ihn durch das Fenster. Omar kümmert sich um das Haus, er kocht für die Bewohner und die Gäste.

Omar hat mir viel erzählt aus seinem Leben, zum Beispiel, dass er auf einer Farm aufwuchs und seine Eltern kein Geld hatten, um ihn in die Schule zu schicken. Sie brauchten ihn für die Arbeit auf der Farm. Dass er mit achtzehn Jahren nicht einmal seinen eigenen Namen lesen konnte, wenn er ihn irgendwo geschrieben sah. Dass er mit achtzehn beschloss, selbst die Schule zu besuchen und die Schulgebühr aufzubringen und lesen und schreiben zu lernen. Einmal hat er mir sein Zertifikat für seine Ausbildung zum Koch gezeigt und er kocht wirklich wundervoll.

„Hi, Omar", rufe ich ihm zu. „Wie geht's dir?"

Ich kenne ihn von meinem Aufenthalt im Januar. Als Antwort kommt sein sprudelndes Lachen. „Wenn du da bist, geht es mir gut."

Omar ist ein tiefgläubiger Mensch. Gott ist seine Zuflucht, wenn die Sorgen ihn überwältigen. Er kennt Hunger, er kennt Armut, er hat vier Kinder und er kann nicht immer die Schulgebühr für sie bezahlen, und manchmal auch nicht das Essen. Sein Leben war von Kindheit an ein Überleben. Manchmal, wenn er mir davon erzählt, weint er. Er sagt, er habe Gott oft gebeten, ihn nach Hause zu holen, weil das Leben hier zu hart ist. Sein Leben ist hart, aber Omars Herz ist nicht hart. Es ist ganz weich.

„Mein Herz ist rein", sagt er, „ich habe nichts, wofür ich mich entschuldigen oder was ich bereuen müsste."

Etwas später sehe ich ihn mit dem Rücken an der Wand des Nebengebäudes lehnen und mit einem der Farmarbeiter sprechen, es geht ums Stehlen. Er redet sehr eindringlich, sehr emotional, als wolle er den anderen warnen. „Ich habe Gott gebeten: Nimm mein Leben, wenn ich stehle, nimm mein Leben." Immer wieder wiederholte er es. „Gott nimm mein Leben, wenn ich stehle."

Es gibt zwei Dinge, die er nicht tun würde, sagte er: Betteln und stehlen.

Ich erinnere mich daran, wie ich das erste Mal hier war mit meinem schweren Koffer.

Ich sagte zu Omar: „Kannst du mir helfen, den Koffer die Treppe hochzutragen?"

Er sah mich an und sagte klar und deutlich, „Nein!"

„Okay", erwiderte ich, „es war nur eine Frage."

„Es macht mich traurig, dass du mich das fragst", fuhr er fort.

Ich dachte daran, dass ich ihn den ganzen Tag hatte arbeiten sehen und dass er mir vor einer Weile gesagt hatte, dass er sehr müde sei und ich dachte, dass es unsensibel war, ihn das zu fragen. „Es war nur eine Frage", wiederholte ich.

Wieder sagte er: „Es macht mich traurig, dass du mich das fragst."

Und wieder sagte ich: „Omar, es war nur eine Frage." Ich verstand nicht, warum ihn das so beschäftigte.

Da platzte er heraus: „Wie kannst du Omar fragen, ob er dir den Koffer trägt? Omar würde alles für dich tun. Omar liebt dich, Mann. Omar würde alles für dich tun. Natürlich trage ich deinen Koffer!"

So ist Omar. Omar und ich treffen uns im Raum der Liebe. Daran besteht kein Zweifel.

Ich glaube, Annandale ist deshalb so ein fabelhafter Ort, weil man hier einfach Teil von allem wird. Man verschmilzt. Und das ist das Eine, das die Liebe verlangt: Dass man nicht draußen stehen bleibt und zuschaut, sondern dass man ein Teil wird. Ein Teil der Freude, ein Teil des Schmerzes. Der Schmerz von Omar ist mein Schmerz und meine Freude ist seine Freude.

Ich schreibe den ganzen Tag, esse ein Sandwich, das ich mir in der Küche mache, plaudere mit Omar und freue mich auf den Abend. Ich habe beschlossen, erst heute Abend nach Daniel zu schauen. Ich bin jetzt wieder eine Schriftstellerin.

Es wird dunkel, die Frösche und Zikaden beginnen ihr Konzert. Ich beende meinen Schreibtag, ich bin zufrieden. Ich klappe den Laptop zu und schlüpfe in ein paar robuste Jeans und Turnschuhe. Ich laufe den Weg hinunter zu den Pferden.

Von Weitem sehe ich ein Feuer. Daniel sitzt daneben. Er sieht mich, steht auf und kommt mir entgegen. Er begrüßt mich mit einem Kuss. Ich bin überrascht und ich freue mich. Dann umarmt er mich. Seine Umarmung ist sanft und klar. Ich fühle mich sofort geborgen. Er nimmt meine Hand und führt mich zum Feuer. Als wäre es ganz klar, dass wir ein Liebespaar sind. Er setzt sich auf eine kniehohe Mauer, etwas vom Feuer entfernt und legt eine Pferdedecke aus für mich, auf die ich mich setzen kann.

Er hat ein Gestänge um das Feuer herum aufgebaut. An einer Querstange hängt ein Huhn, das er über dem Feuer brät. Er reicht mir eine Flasche mit Ting, einer einheimischen Limonade.

„Hast du das Huhn lebend oder tot hierher gebracht", frage ich ihn.

„Ein totes Huhn hätte angefangen zu riechen nach einem Tag in der Hitze", sagt er.

Unwillkürlich sehe ich mich um, ob irgendwo ein toter Hühnerkopf herumliegt. Aber ich sehe nur ein paar Federn. Daniel ahnt, was ich denke und holt eine Plastiktüte mit zwei Hühnerfüßen aus einem Beutel.

„Daraus werde ich eine Suppe machen. Jamaicanische Spezialität. ... Den Rest haben die Hunde geholt."

Ich glaube, ich war noch nie so glücklich darüber, an

einem Feuer zu sitzen und ein Huhn braten zu sehen. Daniel hält meine Hand. Für ihn ist es ganz selbstverständlich, dass er mich immer wieder küsst und streichelt. Ich genieße es.

Wir essen das Huhn. Alles ist so einfach mit Daniel, ich bin nicht aufgeregt, nicht erotisch überdreht, ich fühle mich einfach nur gut. Ich gebe mich einfach dem hin, was passiert und dasselbe tut Daniel. Er scheint immer ein ganz genaues Gespür dafür zu haben, was mir gefällt und wie viel mir gefällt. Und ich habe dasselbe Gespür, ich wusste nicht, dass ich es habe, aber ich habe es.

Seine Hand liegt zwischen meinen Beinen und ich denke an die Frage mit dem Kondom. Ich habe keines dabei.

Daniel hält inne, als hätte er meine Gedanken gelesen.

„Wir müssen das heute nicht tun", sagt er.

Ich schmiege mich in seine Arme und schaue in das Feuer.

„Ich habe den ganzen Tag an dich gedacht" sagt er. „Ich habe dich vermisst."

Ich bin überrascht, dass Daniel so viele Gefühle für mich hat, wo ich doch dachte, dass das Ganze von mir ausging.

„Ich konnte dich nicht vergessen", sagt er. „Ich wusste nicht, wie ich dich erreichen kann. Aber du hast mich gehört, meine Sehnsucht."

Ich bin überrascht von so viel Liebeserklärungen, aber ich finde es schön.

Zwischendurch fragt eine Stimme in meinem Hinterkopf, ob er vielleicht auf etwas Bestimmtes hinaus will. Dann gebe ich mich wieder dem Augenblick hin.

Sehr lange schauen wir ins Feuer. Ich sehe die Köpfe der Pferde hinter der Bruchsteinmauer und höre das Quietschen des Bambus' und die Musik der Insekten. Es ist warm, das Feuer erlischt langsam. Daniels Hand streicht mit einer unglaublichen Zärtlichkeit über meinen Nacken, meine Schultern, meine Arme, es fühlt sich an, wie wenn warmes Wasser über meine Haut fließen würde.

„Ich möchte gern mit dir nach Deutschland gehen", sagt Daniel. „Wirst du mich heiraten?"

Es ist ein Gefühl, als würde ein schwerer Stein ins Wasser fallen. Er versinkt und an der Stelle, wo er hineinfiel, dehnen sich kreisförmige Wellen aus.

Ich nicke und sage „Ja."

ONE LOVE – ONE HEART

Kapitel 18 – Wenn das Herz sich öffnet

Am nächsten Morgen wache ich in meinem Wellblech-zimmer in Annandale auf und denke: „Dies ist eine der Situationen im Leben, in denen man eine Freundin braucht. Eine gute Freundin. Eine, die einen besser kennt als man sich selbst kennt: Felicia.

Wenig später habe ich sie am Ohr. Der Anruf kostet drei Euro die Minute und ich versuche mich kurzzufassen.

„Alles klar", sagt sie, nachdem ich meine Situation geschildert habe. „Das Problem kann man nicht am Telefon lösen." Ich höre sie im Hintergrund tippen. „Ich komme übermorgen, 19.30 Uhr in Montego Bay an. Holst du mich ab?"

Ich denke, dass mein Leben im Augenblick ein ziemliches Tempo vorlegt und ich eine Pause zum Nachdenken brauche. Aber genau dabei wird Felicia mir ja helfen.

„Cool", sage ich nur. „Wahnsinn", füge ich hinzu, denn bei näherem Nachdenken wird mir bewusst, was für eine tolle Freundin ich habe. Eine längere Pause entsteht, ich überlege, ob ich das Gespräch beenden soll, aber ich kenne Felicia. Sie schweigt nicht einfach in die Leitung, sie brütet etwas aus. Ihre Intuition ist unbezahlbar. Sie kennt mich.

„Pass auf", sagt sie. „Zwei Dinge: Unterschreibe keinen Vertrag, bevor ich da bin." Pause. Ich warte. „Und halt Ausschau nach den schwarzen Hühnern."

Ich lache laut und herzlich. „Die schwarzen Hühner. Alles klar."

Wir verabschieden uns mit einer Reihe von Liebes- und Freundschaftserklärungen und vorgestellten Umarmungen und ich kann ihr nicht genug danken, dass sie tatsächlich ins Flugzeug steigt, um hierher zu kommen. Es sagt mir aber auch, dass sie einen gewissen Ernst der Lage erkannt hat, der einem Außenstehenden vielleicht eher auffällt, als wenn man drinsteckt.

Ich liege auf dem Bett, schaue auch das Wellblech über mir und denke an Daniel. Daran, dass er mir gestern Abend am Feuer eine Art Heiratsantrag gemacht hat und dass ich Ja gesagt habe.

Ich denke an die schwarzen Hühner, an einen Traum, den ich vor einigen Monaten hatte. In dem Traum war Patrick erschienen und hatte mir zwei Verträge überreicht. Dann hatte er mich mit in den Garten seines Anwesens genommen und mir seine fünf neuen schwarzen Hühner gezeigt. Es war einer dieser Träume gewesen, die man nicht vergisst.

Erzengel Michael oder einer seiner Praktikanten hatte außerdem dafür gesorgt, dass mir von da an überall schwarze Hühner über den Weg liefen, meistens fünf. Felicia, der ich davon erzählt hatte, ging es ebenso. Ein Schauder läuft mir über den Rücken, wenn ich jetzt wieder daran denke.

Am frühen Nachmittag ruft Patrick auf meinem Handy an.

„Wo bist du?", fragt er.

„Auf Annandale."

„Kannst du zu mir kommen?"

„Okay", sage ich. Ich hätte hinzufügen können: ‚No problem‘, denn das ist meine Haltung. Etwas in mir hat beschlossen, mich dem Fluss der Ereignisse hinzugeben und einfach Ja zu sagen zu allem, was kommt.

„Ich lasse dich abholen."

„Wunderbar. Ich freue mich", sage ich und ich meine es auch so.

Patricks Miene ist ernsthafter als sonst, das spüre ich als er mir am Tor entgegenkommt. Er umarmt mich, die Umarmung ist weich und innig. Nicht der Geschäftsmann, sondern der Mann, der Nähe sucht.

„Möchtest du einen Drink?", fragt er.

„Sehr gern."

Patrick kann wunderbare Drinks mixen aus verschiedenen Fruchtsäften.

Ich setze mich auf die Veranda und schaue hinaus auf das Meer. Die Veranda liegt auf halber Höhe des Hangs und der Blick über das Meer ist unbeschreiblich. Wieder so eine Weite, wie auf Annandale, aber diesmal ist es der Ozean. Eine tiefe Stille macht sich in mir breit, anders als im grünen Meer von Annandale. Es ist Zeitlosigkeit, die ich hier empfinde.

Patrick kommt mit den Drinks.

Er stellt sie auf dem Glastisch ab und setzt sich zu mir auf die Bank. *Wieder ein Mann, der auf einer Bank neben mir sitzt,* denke ich.

Patrick beginnt ein leichtfüßiges Gespräch, das kann er wirklich, mich in eine heitere Stimmung versetzen, mich zum Lachen bringen, mir das Gefühl geben, dass er mich gut kennt, selbst meine abwegigen Gedanken.

Ich spüre deutlich, dass hinter allem die Frage schlummert. *die Frage.* Die Frage, die ich immer noch nicht beantwortet habe. Ob ich bereit bin, sein Leben mit ihm zu teilen.

Ich frage mich, ob die Frage sich von selbst beantwortet hat, nachdem ich gestern Daniel versprochen habe, ihn zu heiraten. Andererseits kenne ich die Sitten in Jamaica zu wenig und kenne ich Daniel zu wenig, um zu wissen, ob er diese Heiratsanträge nicht jeden Abend einer anderen Frau macht. Ich erinnere mich an eine Szene an einem grünblauen See in den Bergen von Jamaica, wo ich einmal mit Patrick einen Ausflug hingemacht habe. Am Rande des Sees, unter dem schattigen Dach einer kleinen Bar saßen ein paar Rastas, rauchten Ganja (Marihuana) und fragten uns, wo wir herkamen. Als ich gesagt hatte, aus Deutschland, erwiderte er: „Ich möchte mit dir nach Deutschland kommen. Heiratest du mich?"

Und Omar hatte mich auch schon öfters gefragt, ob ich ihn nach Deutschland mitnehmen und heiraten würde.

Ich merke, dass ich abgeschweift bin. Eine Pause ist zwischen Patrick und mir entstanden.

„Du hast meine Frage neulich im Escargot nicht beantwortet", sage ich und gebe dem Gespräch eine neue Wendung. „Ich habe dich gefragt: Warum ich?"

Patrick neigt den Kopf zur Seite. Er hat mich gut verstanden. Er senkt den Blick und ich spüre, wie seine Aufmerksamkeit sich nach innen richtet.

„Was du mir geschrieben hast, in diesen beiden Büchern, hat mich sehr berührt." Er macht eine Pause, als müsse er noch viel tiefer in sich hineinschauen, um die richtigen Worte zu finden. „Noch nie, noch gar nie, hat mir jemand so viel Liebe und Aufmerksamkeit geschenkt. Das liegt vielleicht an mir. Ich gehe nicht durch die Welt und lege anderen Menschen mein Herz vor die Füße. Ich bin ein verschlossener Mensch. Ich stehe in der Öffentlichkeit, aber privat lebe ich sehr zurückgezogen. Das weißt du. Alles, was du geschrieben hast, über mich, ... es ist, als könntest du in mir lesen wie in einem offenen Buch. Noch nie habe ich mich von jemandem so verstanden gefühlt."

Jetzt bin ich wirklich berührt und auch verblüfft. Ja, ich konnte sein Wesen gut fühlen, das hatte ich zumindest immer geglaubt, aber ich hatte nicht verstanden, warum er sich von mir abgewendet hatte, nachdem wir uns so nahegekommen waren.

„Du hast dich sicher gefragt, warum ich damals die Beziehung abgebrochen habe", sagt er.

Mir wird bewusst, dass ich jetzt vielleicht eine Antwort bekomme auf eine Frage, die mich zwei Jahre lang beschäftigt hat. Mir wird auch bewusst, dass sich jetzt vielleicht eine Tür zu seinem Herzen öffnet, an die ich sehr lange angeklopft habe. Mir wird bewusst, dass es vielleicht nicht nur seine Arbeit gewesen war, die ihn davon abgehalten hat, mich zu kontaktieren.

Ich sinke in das Polster und mein Blick versinkt im Meer. Ich habe nicht nur ein Paar Ohren, sondern ein hundert.

Patrick erhebt die Stimme: „Alles, was ich mit dir erlebt habe, war wunderschön. Ein Traum. Du hast mich sehr glücklich gemacht. Jamaica. Es waren die schönsten Tage und Wochen meines Lebens. ... Aber jedes Mal kam am Ende der Abschied. ... Ich weiß nicht, ob du das verstehst: Mir fällt das Abschiednehmen schwerer als anderen Menschen. Vielleicht weil ich so lange allein gelebt habe. Als ich dich nach diesem Winter am Flughafen verabschieden musste, war ich danach so niedergeschlagen, dass ich wusste, ich kann das nicht noch einmal. Aber wie sollte ich es dir erklären? Du würdest denken, dass ich dich unter Druck setzen will, dass ich dir deine Freiheit nehmen will. Denn ich hätte dir sagen müssen: Alles oder nichts. Wie hätten wir unsere beiden Leben zusammenbringen können, du in Deutschland, ich in Jamaica? Ich wusste einfach keine Lösung. Ich wollte, dass du frei bist."

Auf einmal ist er nicht mehr der charismatische Anführer, der gewandte Redner, sondern ein verletzter Mann, der sich entschieden hat, seinen Schmerz für sich zu behalten, weil er ihn mir nicht hatte aufladen wollen.

Seine Antwort ist wie ein Schock für mich. Monatelang hatte ich mich gefragt, warum er nicht antwortete. Immer hatte ich gespürt, dass es einen Grund gab, dass es keine Lieblosigkeit war.

Es ist ein Wahrheitsschock. Etwas tief in mir sagt: Ja, ich verstehe.

Patrick steht auf und verschwindet im Wohnzimmer. Ich bin froh, einen Augenblick allein zu sein. Zwei Jahre habe ich in dieser Unklarheit verbracht, zwei Jahre lang bin ich dieser Unklarheit begegnet mit meiner puren Liebe und jetzt fällt auf einmal alles an seinen Platz. Als wäre die Welt aus einer Schieflage in ihr Gleichgewicht zurückgekehrt. Mir ist ein wenig schwindelig.

Patrick kehrt wieder zurück. Er hat einen Umschlag in der Hand und entnimmt ihm zwei Dokumente. Eines davon reicht er mir.

„Lies es dir durch", sagt er mit einer milden Stimme.

Ich werfe einen flüchtigen Blick darauf und sehe, dass es sich um einen Vertrag handelt, womöglich einen Ehevertrag. Ich denke an meine Freundin Felicia. Und an meinen Traum von den zwei Verträgen. Ich denke an Erzengel Michael. Ich spüre eine innere Aufregung, die ich immer verspüre, wenn ich die Stimme der höheren Intelligenz sprechen höre.

„Ich möchte dir etwas zeigen", sagt Patrick. „Komm mit." Seine Miene hellt sich auf und ich kann plötzlich den Schalk eines kleinen Jungen in seinem Gesicht lesen. Da ist er wieder, der charismatische Mann, nur diesmal auf eine sehr verspielte Art.

Er nimmt mich an der Hand und führt mich hinter das Haus. Dort sehe ich einen Zaun und ein kleines Holzhaus mit einem ca. zwanzig Zentimeter hohen Eingang.

„Ich möchte gerne Tiere haben, ich möchte das hier in ein richtiges Zuhause verwandeln", sagt Patrick und ist so lebendig, wie ich ihn selten erlebt habe.

Es gibt Augenblicke, da gibt es dem Geschehen nichts hinzuzufügen. Dies ist ein solcher Augenblick.

Ich lehne mich an Patricks Schulter an und seufze tief.

Ich zähle.

Es sind fünf.

Hühner.

KAPITEL 19 – IN DIE ESSENZ KOMMEN

Ich wache auf mit einem Gefühl von tiefem Frieden in meiner Wellblechhütte. Ich bin jetzt wieder hier auf Annandale. Ich habe keinen Vertrag unterschrieben und ihn auch nicht gelesen.

Meine Augen sind noch geschlossen, aber ich rieche den tiefen feuchten Geruch von Jamaica, von Annandale, der alles durchtränkt, der mich durchtränkt ganz und gar. Ich treibe durch die Zeit, ich treibe durch mein Leben in einem endlos ausgedehnten Raum. Schon am Morgen ist es so warm, dass ich schwitze. Ich habe hier einen anderen Körper und ich mag den Körper, den ich hier habe. Er ist warm und weich. Seine Bedürfnisse sind ganz einfach. Ein Glas Wasser, das Schnattern der Gänse, der Blick in die unendliche grüne Weite. Schreiben.

Ich fühle, wie ich mich immer weiter entferne von dem, wo ich herkomme. Ich denke an meinen verstorbenen Mann, der ein Doppelleben hatte in Marokko. Ist er einer ähnlichen Leidenschaft gefolgt? Habe ich jetzt auch ein doppeltes Leben? Eines in Deutschland und eines in Jamaica? Eines in der Realität und eines im Traum?

Ich denke an das Gespräch mit Patrick gestern. Zwei Jahre habe ich gewartet auf eine Antwort von ihm. Und gestern habe ich sie bekommen: Er kann sich nicht verabschieden und deshalb lässt er sich gar nicht erst auf eine Beziehung ein. Und ich? Ich kann mich auch nicht verabschieden, denn mein Herz hing noch zwei Jahre an ihm. Als ich ihn dann schließlich loslassen konnte, kam er wieder. Es ist nicht das, was wir uns wünschen würden. Wir wünschen uns, dass unsere Liebe, unserer Sehnsucht erfüllt werden. In Wirklichkeit geschieht etwas anderes. Wir erleben uns selbst. Die Sehnsucht nach Patrick, die mich zwei Jahre im Griff hatte, hat mich so viel über die Liebe gelehrt, dass ich Daniel kennenlernte und sofort wusste, dass ich mit ihm überall hingehen würde und glücklich wäre.

Ich brauche keine Zeit mehr zum Nachdenken. Ich muss auch keinen Ehevertrag lesen. Ich muss auch keine Entscheidung treffen. Ich vertraue dem Leben und gehe, wohin es mich führt. Vielleicht führt es mich in eine neue unerfüllte Sehnsucht, eine dramatische Liebe voller Schmerz oder in ein glückliches, erfülltes Leben hier oder irgendwo, mit oder ohne einen Mann.

Meine Geschichte könnte hier zu Ende sein, aber Erzengel Michael und sein himmlischer Trupp sehen das anders. Ich habe eben eine Textnachricht von Daniel bekommen: ‚Kommst du zu den Pferden?'

Kann ich da Nein sagen?

Und gerade noch eine Textnachricht von Patrick: ‚Kann ich mit dir reden?'

Kann ich da Nein sagen?

Ich muss an Grandpa denken, den Spirit, der mich nach Jamaica rief. Und wieder kommt die Frage: Warum ich?

Grandpa ist ein uralter afrikanischer Spirit. Was habe ich mit Afrika zu tun? Ich denke an die Rastafari-Bewegung. Eine Bewegung von Menschen, die ihrer Heimat entrissen wurden, die auf Schiffen verschleppt wurden und als Sklaven ausgebeutet wurden. Die wieder zurück wollen zu den afrikanischen Wurzeln. Deren Messias Heile Selassie ist, ein äthiopischer Kaiser. Was hat das mit mir zu tun?

Warum hängen mein Herz und meine Seele jetzt an zwei Männern, deren Ahnenlinie weit nach Afrika zurückreicht?

Gestern war ich wieder im Gottesdienst der Sieben-Tages-Adventisten. Sie veranstalten gerade eine Pilgerreise, so nennen sie es: Crusade.

Der Gottesdienst findet nicht in ihrer Kirche statt, sondern in einem sehr großen Zelt. Dort lerne ich Mike kennen, einen Mann in meinem Alter, groß, athletisch, geschmackvoll gekleidet. Wir kommen schnell ins Gespräch. Menschen, deren Herz offen ist, brauchen keine Floskeln. Wir nähren uns gegenseitig mit Worten und Gesten und Blicken, mit einer Zärtlichkeit, die nichts Anzügliches hat, eine reine Seelenbegegnung, wunderschön. Er sagt diesen einen Satz, der bei mir hängen bleibt: „Wenn ich spüre, dass etwas von Gott kommt, dann höre ich auf zu fragen."

Der Prediger, Romaine, schreit seine Predigt zwei Stunden lang. Seine Stimme ist so laut und eindringlich, dass ich spüre, wie mein innerer Widerstand schmilzt und auch der aller anderen Kirchenbesucher.

In Deutschland bin ich wohlgesetzte, amtlich absegnete Prediger und Predigten gewohnt. Warum finde ich

Romaine jetzt so spannend? Allein diese Frage legt meinen Verstand lahm.

Die Predigt geht über die Geschichte von Jesus, der mit seinen Anhängern in einem Schiff unterwegs ist. Er schläft im hinteren Teil des Schiffes, bis seine Jünger ihn besorgt aufwecken, weil das Schiff kurz davor ist, unterzugehen. Jesus wacht auf und fordert den Sturm freundlich auf, sich zur Ruhe zu legen. Dann sagt er zu den Jüngern: Was seid ihr feige? Habt ihr keinen Glauben?

Ich glaube, so etwas Ähnliches passiert gerade in meinem Leben. Ich bin nicht Jesus, aber ich schlafe im hinteren Teil des Schiffes und wenn der Sturm kommt, bitte ich ihn, sich zu beruhigen. Ich bin nicht Jesus, aber ich sehe jetzt, dass wir alle das können. Dieses Wissen kommt aus der Vergangenheit, aus der afrikanischen, der indianischen, der asiatischen, der keltischen, der griechischen, der jüdischen, der christlichen, und letztlich aus der Natur. Aus der Liebe.

Ich spüre, dass ich immer tiefer in diese Wahrheit hineinrutsche. Die zwei Jahre, in denen ich mich nach Patrick gesehnt habe, das war, wie wenn ein Spirit mich bewohnt hätte. Es war schön, aber ich war auch gefangen. Mein Leben war gesteuert von dieser Sehnsucht. Und diese Sehnsucht war wiederum eine Antwort darauf, dass ich mein Leben höheren Mächten in die Hand gegeben habe. Sie haben mich gelehrt, was mich wirklich bewegt. Ob ich Liebe suche oder Glauben oder Glück. Wir alle wissen, dass wir den Sturm bitten können, sich zu legen, auch wenn er gerade unser Schiff untergehen lässt.

Wir alle wissen, dass die Liebe so mächtig ist, dass sie unser Herz in Bann schlagen kann. Dass die Liebe wie ein mächtiger höherer Wille zu uns kommt, dass wir uns gegen sie wehren und dass sie uns schließlich weich macht.

Der Spirit, der Patrick und mich zusammengeführt hat, ist nicht mehr da. Meine Seele hat ihn, ganz ohne mein Zutun losgelassen.

Merkwürdig, wie manchmal etwas vollkommen klar ist und wie diese Klarheit plötzlich da ist. Vielleicht auch nicht merkwürdig. In der Kirche gestern waren alle Menschen auf der Suche nach dieser Klarheit. Der Prediger hat zwei Stunden lang mit Worten auf uns eingehämmert, um uns in diese Hingabe zu führen. Und wir fanden sie, sind hinterher getränkt und genährt hinausgegangen.

Wenn ich hier bin, in diesem Frieden, in dieser Klarheit, fühle ich, worum es geht. Und indem ich es fühle, wird es Wirklichkeit. Der Sturm legt sich.

Patrick, glaube ich, braucht mich nur noch, um seiner Angst vor dem Abschied zu begegnen. Und ich möchte gerne wissen, was es mit den fünf schwarzen Hühnern auf sich hat. Mit Daniel aber gibt es eine Zukunft. Eine ganz und gar ungewisse Zukunft.

Und das wollen die Engel wohl von mir: dass ich ihnen vertraue. Dass ich mich schlafen lege, wenn ich müde bin und keine Angst habe vor dem Sturm.

Eine meiner Freundinnen aus Deutschland fragte mich heute in einer E-Mail, was mich so anziehen würde an Jamaica. Diese Frage hat mich lange bewegt. Ich glaube, ich will noch viel tiefer hineingehen in diese Kraft, die den Sturm legen kann. Ich will noch viel mehr diese Essenz finden. Und das kann ich hier. Hier ist der Vorhang offen und dahinter ist alles sichtbar. Hier kann ich nicht ausweichen. Egal wie schmerzhaft oder wie schön es ist, es ist wahr und es ist stark.

Am Nachmittag gehe ich hinunter zu Daniel und den Pferden. Er umarmt mich und wieder ist da dieses innige Gefühl, als würde ich ihn schon sehr lange kennen.

„Ich habe dich so vermisst", sagt er. „Ich habe den ganzen Tag an nichts anderes gedacht als daran, wann du kommen würdest."

Es tut mir weh, dass ich nicht früher gekommen bin. Es tut mir weh, dass er leidet. Ich leide mit ihm mit.

„Hast du mich vermisst", fragt er.

Habe ich – ein wenig, aber nicht den ganzen Tag. Es tut mir leid. Er hat so viele Gefühle für mich und ich? Es tut mir weh. Ich habe nicht an ihn gedacht, weil ich geschrieben habe. Ich weiß jetzt nicht, was ich sagen soll.

„Was macht die Stute", frage ich. Sie steht neben ihm, ihr Blick ist aufmerksam auf ihn gerichtet.

„Sie hört uns zu", sagt er. „Als ich vor drei Tagen angefangen habe, mit ihr zu arbeiten, war sie gegen alles. Ich dachte, dass es schwierig werden würde. Jetzt ist sie ganz sanft. Das liegt an dir." Er nimmt meine Hand und zieht mich zu sich heran.

Ich spüre die Weichheit der Stute und wie sie in seinen Händen schmilzt.

In diesem Augenblick verstehe ich etwas, das mir noch

nie so klar war, in all den Jahren, in denen ich mit Pferden arbeite. Pferde sind sehr sensible Tiere, ihre Wahrnehmung ist sehr fein. Der einzige Weg, wie wir ihr Vertrauen gewinnen, ist, dass wir sensibel werden. Dass wir fein werden wie sie. Ich glaube, deswegen fühle ich mich mit Daniel so verwandt. Wir sind uns ähnlich in unserer Feinheit.

Daniel legt einen Arm um meine Taille und fragt mich: „Wo bist du?"

Dann küsst er mich.

Der Kuss ist so weich, dass die Stute auch ganz weich wird. Ihr Auge ist jetzt sehr mild und nach innen gekehrt. Daniel und ich, wir küssen uns, ich fühle wie unsere Körper sich berühren, aber es sind nicht nur die physischen Körper. Unsere Energie berührt sich. Das habe ich noch nie so gefühlt wie mit Daniel. Die Stute fühlt es auch.

Ich kann es fühlen, weil Daniel es fühlen kann. Wenn er es nicht auch fühlen könnte, wäre ich ganz allein damit. Ich kann mit Daniel viel mehr fühlen, als ich allein fühlen könnte. Ein Raum tut sich auf, den ich nicht gekannt habe und auch wenn alles ganz körperlich ist, fühlt es sich doch an, als würden mein Körper und sein Körper hinausfliegen in einen Raum, wo immer neue Türen aufgehen, während wir gleichzeitig ganz und gar hier sind. Und die Stute, das fühle ich, sie ist auch ganz und gar hier und sie fliegt gleichzeitig mit uns mit.

Jamaica
ONE LOVE – ONE HEART

Kapitel 20 – Ärger im Paradies

Heute Morgen wache ich auf mit diesem Gefühl von schlimmer Vorahnung. Ich habe viele Erklärungen, warum ich so aufwache. Ich komme aus einer Welt, in der es Freud (Sigmund) gibt, die Psychologie, die Spiritualität, Bibliotheken voller Erklärungen, warum ich heute Morgen mit Angst aufwache und zittere.

Gestern, mit Daniel, habe ich tiefe Berührung erlebt, meine Seele fand eine Antwort in einem anderen Menschen. Einem Mann. Das hat mich so sehr erstaunt. Ich wusste nicht, dass das möglich ist, aber ich habe es gefühlt. Die Antwort, das waren keine Worte ... ich meine Worte, die mal so und mal so ausfallen können. Das war etwas in seiner Seele und in meiner Seele. Das war ... meine ganze Seele – nicht nur der schöne Teil, auch der Schmerz, die Angst, alles, alles war dabei. Wir waren beide an diesem Ort, an dem alles da ist.

Ich habe mich dann gefragt, ob es immer so ist, dass ich, wenn ich etwas Schönes erlebe, ob dann immer etwas Schmerzvolles folgen muss. Ob das ein Gesetz der Natur ist. Ob die Engel sagen: Jetzt kommt die nächste Prüfung.

Um halb zehn heute Morgen erhalte ich einen Anruf. Ich glaube, jeder Mensch hat das schon einmal erlebt: „Die plötzliche Nachricht."

„Dein Mann und deine Familie sind bei einem Unfall ums Leben gekommen." – „Du hast Krebs und keine

Überlebenschance." – „Du wirst für diesen Job nicht mehr gebraucht."

Manchmal sieht man es kommen, manchmal nicht. Aber immer ist das Leben danach ein ganz anderes.

Heute Morgen ist es eine Stimme, die gebrochen Englisch spricht, eine harte Stimme, eine Frauenstimme.

„Hello."

Schweigen.

Ich: „Hallo, wer ist da?"

Rauschen in der Leitung. Ich hatte gesehen, dass es eine internationale Vorwahl war: 212. Ich habe keine Ahnung, zu welchem Land sie gehört.

Sie sagt etwas wie „Schiefer", aber das ist kein englisches Wort.

„Es tut mir leid, ich verstehe dich nicht", sage ich.

Sie wiederholt „Schiefer ... Schiefer." Dann sagt sie: „Hast du meinen Brief bekommen?"

Der Akzent in ihrem Englisch ist mir nicht vertraut. Ich kann ihn nicht einordnen.

„Brief ... welchen Brief?"

„Oliver."

Schlagartig zieht sich alles in mir zusammen. Mir wird übel. Ich habe das Gefühl, ich muss mich gleich übergeben. Ich ahne jetzt, dass es Charifa ist, die Frau aus Marokko, mit der mein verstorbener Mann ein Kind hat.

„Ja", sage ich. Ich bin jenseits aller Worte.

„Ich brauche deine Hilfe", sagt sie.

Ich verstumme.

„Dein Sohn ist krank", sagt sie. Ich wundere mich,

warum sie „dein Sohn" sagt. Sie fährt fort: „Ich habe meine Arbeit verloren. Ich muss nach *meinem* Sohn schauen. Er braucht mich. Deshalb kann ich nicht arbeiten."

„Mein Sohn? Wieso mein Sohn? Er ist nicht mein Sohn. Er ist der Sohn von Oliver und dir."

„Er ist dein Sohn."

„Nein."

„Du bist die Einzige, die ihm helfen kann. Oliver hat uns immer geholfen. Wir sind sehr arm hier."

„Das ist nicht mein Problem."

„Wenn du uns nicht hilfst, wird er vielleicht sterben."

„Ich kenne dich nicht. Ich weiß nicht einmal, ob das alles stimmt. Oder ob du eine Betrügerin bist."

Stille in der Leitung. Lange Stille.

„Dein Herz ist kalt", sagt sie dann. „Deswegen hat dein Mann eine andere Frau gesucht. Oliver hatte ein gutes Herz. Voller Liebe. Er hat mir immer geholfen. Du bist reich und du hilfst anderen nicht, wenn sie in Not sind. Du hilfst nicht deinen Kindern. Du hast keine Kinder mehr. Gott hat sie genommen."

Ich höre ein Tuten in der Leitung. Sie hat das Gespräch beendet.

Nach dem Gespräch bin ich wieder genau dort, wo ich war, als ich vor drei Jahren auf dem Hochhausturm in Frankfurt stand. Damals wollte ich springen, um meinem Leben ein Ende zu bereiten.

Jetzt habe ich das Gefühl, ich stehe auf einem Gerüst, das aus vielen Ebenen besteht, ich breche ein, ich lande auf der nächst tieferen Ebene, sie bricht ein, ich falle in die nächst tiefere Ebene, sie bricht ein ... so lange bis ich ganz unten angekommen bin.

Ich liege auf dem Bett in meiner Wellblechhütte und weine. Die Tränen laufen aus meinen Augen, ohne, dass ich etwas dagegen tun kann. So wie damals als die Nachricht kam. wochenlang, monatelang.

Ich sage: „Ihr Engel, ihr habt mir doch versprochen, dass ihr auf mich aufpasst. Gehört das hier auch dazu? Damit wollt ihr mich beeindrucken? Mich überzeugen, dass das Leben hier lebenswert ist?"

Die Engel antworten nicht. Wahrscheinlich kam meine Frage nicht bei ihnen an.

Mein Körper fühlt sich an, als wäre ich wirklich viele Meter in die Tiefe gefallen. Ich kann mich nicht rühren, so sehr tut mir alles weh. Das Schlimmste ist der Vorwurf, dass ich kein Herz habe. Dass Gott mir deswegen meinen Mann und meine Kinder genommen hat. Vielleicht stimmt es ja. Vielleicht lebe ich in einer Welt, in der alle ein Herz haben, nur ich nicht. Vielleicht fehlt mir einfach ein entscheidendes Organ. Ich meine zum Fühlen. Vielleicht habe ich auch nur nicht verstanden, was andere unter Herz oder Liebe verstehen.

Ich weiß nur eines: Es tut sehr weh.

Über drei Jahre lang habe ich jetzt getan, was ich konnte, um wieder auf die Füße zu kommen. Um die Liebe wiederzufinden. Ich bin nirgendwohin gekommen. Ich habe kein zu Hause gefunden in der Welt. Vielleicht ist es für mich einfach nicht vorgesehen.

Ich schaue auf die Uhr. Verdammt ... Felicia kommt

heute am Flughafen an. Ich muss einen Fahrer finden. Ich muss Felicia um 19.30 Uhr in Montego Bay abholen.

Ich greife nach meinem Handy und sehe die neuen Nachrichten.

Patrick fragt, ob wir uns heute Abend treffen können. Ich schreibe ihm, dass ich Besuch bekomme und mich melden werde.

Daniel schreibt, dass er mich vermisst und fragt, wann ich zu den Pferden komme. Ich weiß nicht, was ich antworten soll. Ich fühle mich verloren. Ich schäme mich, ich will nicht, dass er mich so sieht. Ich weiß nicht, ob er verstehen würde, warum ich so niedergeschlagen bin. Vielleicht würde er sagen, dass ich der Frau und ihrem Kind helfen muss, weil ich ja mehr Geld habe als sie.

Ich finde einen Fahrer, der mich später abholen wird und mich nach Montego Bay fährt. Ich mache mit ihm aus, dass ich unten am Tor auf ihn warte, dann muss er nicht die Auffahrt hochfahren. Ich werde hinunterlaufen.

Ich tauche auf wie aus tiefem Wasser. Ich schaue auf die Uhr. Ich habe noch Zeit. Auf dem Weg nach unten könnte ich bei den Pferden vorbeischauen.

Ich habe Angst, Daniel zu begegnen. Ich habe Angst, dass er mich so nicht mögen wird. So schwach, so hilflos. Ich schaffe es nicht, mich so schnell wieder in eine heitere Stimmung zu bringen und den Sturm zu bitten, er soll sich verziehen. Ich komme aus dieser Stimmung nicht heraus. Ich glaube, die Engel wollen das auch gar nicht. Sie wollen, dass ich leide. Sie wollen, dass ich fühle, wie es ist, hier auf der Erde zu sein. Sie wollen, dass ich die Liebe auch im Schmerz finde. Weil ich nur dann all die Liebe finden kann, die es hier gibt. Weil ich nur dann wieder fühlen kann, was sie für mich tun. Aber vielleicht ist das auch nur ein blöder menschlicher Gedanke.

Ich sehe Daniel inmitten der Herde stehen, er ist ganz und gar versunken in etwas. Die Pferde haben sich um ihn herum angeordnet. Von Weitem sieht es aus wie ein wunderschönes Bild. Ich habe das schon öfters gesehen: Wenn ein Mensch ganz und gar zu sich kommt, entsteht eine Harmonie, die größer ist als alle Harmonie, die Menschen erschaffen können. Der Mensch wird dann ein Teil von etwas größerem Ganzen und die Tiere, die Bäume, die Wolken, alles antwortet auf ihn und er antwortet auf alles. Wie ich Daniel so sehe, erinnere ich mich, dass es das ist, was auch ich bin. Dass dies mein Zuhause ist. Als ich Daniel sehe, kehrt diese große Ruhe wieder.

Ich weiß nicht, ob er mich schon bemerkt hat. Vielleicht, ... er bewegt sich nicht. Ich bin noch viele Schritte entfernt und fühle seine Umarmung, schon bevor ich bei ihm bin. Langsam kann ich mich wieder fühlen, meinen Atem, meinen Körper.

Daniel schaut zu mir herüber und ich fühle seine Weichheit.

Er umarmt mich und in seiner Umarmung ist alles aufgehoben.

„Du bist traurig", sagt er.

Meine Tränen fließen lautlos.

Ich schaue auf die Pferde und ich spüre, dass sie tiefes Mitgefühl haben. Nicht nur die Pferde, alles um mich herum hat dieses tiefe Mitgefühl. Meine Tränen fließen und fließen. Ich verstehe jetzt, dass nichts, was Daniel sagen oder tun könnte, etwas ändern würde. Es ist sein Wesen, das mich berührt und ruhig macht, nicht seine Worte, nicht seine Taten. So wie das Wesen der Pferde und der Bäume, die ja auch keine Worte haben. Meine ganze Traurigkeit, mein ganzer Schmerz, meine Hilflosigkeit, für die ich mich so schäme, sie haben hier Platz. Alles ist hier aufgehoben.

Ich kann wieder tief atmen. Die Erinnerung kehrt zurück an all die Momente, in denen ich das schon gefühlt habe. In der Natur, bei den Pferden.

Das erste Mal, seit der Unfall passiert ist, kann ich an meine Kinder denken. Zuvor war mir das unmöglich. Ich hatte nicht die Kraft. Einen kurzen Augenblick lang, kann ich die Erinnerung an sie zulassen.

Es ist, als hätte das Leben mir Daniel geschickt, um mich zu erinnern, dass ich nicht allein bin. Und dann Charifa, deren Anruf mein Herz aufgerissen hat, um all den Schmerz, der da ist, hinausfließen zu lassen. So fühlt es sich an.

Ich kann das Mitgefühl fühlen und den Schmerz, zur gleichen Zeit. Und ich fühle, dass Heilung stattfindet. Mitgefühl und Schmerz.

Es war mein Mitgefühl, das mich so heruntergezogen hat. Mein Mitgefühl hat dazu geführt, dass ich mich schuldig fühle. Mein Mitgefühl möchte mit aller Macht verhindern, dass andere leiden. Ich möchte nichts so sehr, als dass sie glücklich sind. Und wenn es ihnen nicht gut geht, glaube ich, ich bin schuld. Weil ich mich so sehr verbunden fühle mit ihnen, glaube ich, dass ich die Quelle ihres Unglücks bin. Dabei fühle ich nur mit.

Gott hat mir meine Kinder nicht genommen, weil ich herzlos bin. Es ist herzlos, mir so etwas zu sagen. Aber Charifa handelt ja auch nur aus Schmerz. Ihr Schmerz und mein Schmerz sind sehr ähnlich.

Daniel und ich stehen bei den Pferden. Daniel ist wie die Pferde. Er bewegt sich mit dem, was ist. Daniel ist wie die Bäume, wie der Wind. Er ist Teil davon. Er fühlt mit.

Ich verstehe jetzt auch die Geschichte von Jesus und dem Sturm auf dem Meer besser. Jesus hatte so großes Mitgefühl mit allem, dass er vor nichts Angst hatte. Auch nicht vor dem Sturm,

Es gibt nur eine Angst: die Angst allein zu sein. Aber allein sind wir nur, wenn wir unser Mitgefühl verlieren. Das alles verstehe ich jetzt nicht nur, ich fühle es.

Ich muss Daniel nichts erklären. Er fühlt es.

„Ich werde immer für dich da sein", sagt er. Er sagt es so, dass ich es ihm glaube.

Ich schaue ihm in die Augen und ich schaue mich um unter den Pferden.

Ihre Blicke sind auf Daniel und mich gerichtet.

Es sind Blicke voller Liebe.

Ich schaue wieder Daniel an.

Ich sage: „Ich glaube, du bist ein Engel."

Daniel sagt: „Ich glaube, du bist ein Engel."

Kapitel 21 – Felicia – Die Liebe findet immer einen Weg

Gestern habe ich geschrieben, dass sich nichts verändert hat in meinem Leben seit dem Tag, an dem ich auf dem Hochhausturm stand – aber du weißt ja: In solchen Momenten geht die Welt vollkommen unter – mit Betonung auf vollkommen. Danach kann sie dann wieder aufgehen, früher oder später ... vollkommen. So wie es mir gestern passiert ist. Mit Daniel und den Pferden.

Gestern habe ich auch noch Felicia vom Flughafen abgeholt. Und heute muss ich dir erzählen von Felicia. Heute ist der Tag gekommen. Denn das Eine, das sich wirklich geändert hat in meinem Leben, ist, dass Felicia in mein Leben kam.

Vielleicht hast du das schon erlebt: Du bist ganz ganz unten. Du bist so verletzt, dass du dich windest wie die Schlange im Maul des Löwen. Der Schmerz ist so unerträglich, dass du nur eines willst: ihn beenden. In solchen Situationen reichen uns die Engel die Hand, aber wir sind blind, blinder denn je. Sie zeigen uns den Ausweg, aber wir glauben ihnen einfach nicht. Wir glauben, dass wir nicht so naiv sind, darauf reinzufallen. Wir glauben, dass *nichts* uns helfen kann.

So ging es mir. Als ich ganz ganz unten war, sah ich vor meinem inneren Auge das Bild einer Frau mit braunen Haaren und ihre Augen ... ihre Augen waren voller Liebe. Ich konnte ihre Liebe aber nicht fühlen, damals. Jede Art von Gefühl hätte mich umgebracht. Ich konnte aber dieses Bild sehen. Es war so eindrücklich, dass ich es bis heute sehen kann. Ein Bild, das in der Galerie meiner inneren Welt hängt. Ich sehe diese Frau, sie nimmt meine Hand und sagt: „Du bleibst jetzt bei mir. Ich sorge für dich."

Neun Monate später, neun Monate nach der Nacht auf dem Hochhaus, lerne ich Felicia kennen. Bei einer Veranstaltung, wo ich als Rednerin eingeladen bin. Wir kommen ins Gespräch, wir reden über Pferde. Ein paar Tage später bekomme ich Post von ihr, ein Päckchen mit kleinen Geschenken. Ich wundere mich ein wenig. Ihre Worte in dem Brief, der dabei liegt, sind sehr liebevoll und persönlich. Ich wundere mich und ich bedanke mich. Immer wieder schickt sie mir E-Mails und kleine Geschenke. Da ich in der Öffentlichkeit stehe, nehmen viele Menschen Kontakt mit mir auf, oft mit persönlichen Anliegen. Mit Felicia ist es anders. Sie will nichts von mir. Sie sagt mir nur immer wieder, dass sie da ist für mich.

„Ich will nur, dass du glücklich und geborgen bist", sagt sie.

Ich lerne Felicia besser kennen.

Ich habe noch nie einen Menschen in meinem Leben gehabt, der so sehr um mein Wohlsein bemüht war. Sie scheint immer genau zu wissen, wann es mir nicht so gut geht und dann schreibt sie mir – genau die Worte, die ich brauche.

Eines Tages denke ich plötzlich: Sie ist die Frau mit den braunen Haaren!!! Felicia hat tatsächlich braune Haare. Und ihr ganzes Wesen ist Liebe.

Ich bin auch jetzt sehr berührt, wo ich von ihr schreibe. Felicia wurde mir ganz sicher von den Engeln geschickt. Ich kenne niemanden, der so sehr an die Liebe glaubt wie Felicia. „Die Liebe findet immer einen Weg", das sagt sie oft. „Die Liebe schafft das."

Ich fühle mich von ihr gesehen – in meinem Hunger nach Liebe. Dass sie so viel von mir weiß, das nutzt sie nie aus, verwendet es nie gegen mich oder manipuliert mich, um etwas für sich zu gewinnen. Ich möchte ihr immer meine Liebe schenken, einfach weil sie mir so viel pure Liebe schenkt. Mit ihr lerne ich die Liebe kennen. Ich lerne, dass man es nicht allein kann, dass man es zusammen tun muss.

Mein Leben heute ist nicht mehr wie zuvor, weil Felicia in mein Leben kam, so wie die Engel es mir in dem Bild gezeigt haben.

Ich habe gelernt, dass menschliche Beziehungen, Freundschaften und Liebesbeziehungen viel tiefer sein können, als ich es kannte. Ich wusste nicht, dass das möglich ist.

Ich verstehe jetzt, warum die Engel wollen, dass ich hier auf der Erde bleibe. Sie wollen, dass ich das erlebe. Sie suchen einen Weg, es mir zu zeigen. Sie schicken Felicia, sie schicken Patrick, sie schicken Daniel und vielleicht haben sie auch Charifa geschickt.

All das hätte ich nicht planen und nicht suchen können, denn ich wusste ja gar nicht, dass es das gibt. Erst als es in mein Leben kam, habe ich gestaunt. Es ist jedes Mal eine Überraschung.

Felicia nennt es Wunder. Wunder heißt, dass das Leben uns etwas schenkt. So wie das Leben mir Felicia schenken wollte oder Patrick oder Daniel.

Wunder öffnen mein Herz. Wenn mein Herz offen ist, dann sieht die Welt ganz anders aus. Dann hat sie Farben.

Vielleicht gehörst du wie ich zu den Menschen, die immer stark sind und tragen, was es zu tragen gibt. So war es immer. Aber nach allem, was passiert ist, kann ich nicht mehr alles tragen. Etwas anderes kenne ich aber nicht. Als Felicia kam, wollte ich natürlich auch alles tragen, was es zu tragen gibt. Aber sie sagte: „Nein, nein, nein ... ich trage mit dir ... und ich trage, wenn du nicht mehr tragen kannst ... immer und für immer." Es gibt keine Bedingungen bei Felicia. Ihre Liebe kommt von Gott.

Ich kenne Gott auf meine Art und Weise, aber ich lerne ihn erst richtig kennen durch die Menschen, die er mir schickt. Ich sage zu Erzengel Michael: „Ich bin jetzt in Frieden mit allem, ich habe keine Angst mehr allein zu sein."

Und er schickt mir Daniel und Felicia und sagt: „Schau, das ist das, was du brauchst – diese Engel in Menschengestalt, die habe ich für dich geschickt. Du bist jemand, der braucht Menschen und ich schicke dir die richtigen Menschen."

Felicia ist der Grund, warum ich in Jamaica bin. Als ich sie damals besser kennenlernte, erzählte ich ihr von der wunderschönen Liebesgeschichte mit Patrick, die so unglücklich geendet hatte. Da sah sie mich an und sagte: „Die Liebe findet immer einen Weg."

Und etwas später sagte sie: „Wir fahren nach Jamaica."
Felicia ist nicht nur eine Frau der Worte, sondern auch eine Frau der Taten. Sie hat viel Liebesmut. Wenn sie fühlt, dass etwas aus Liebe geschehen soll, dann reist sie bis ans Ende der Welt. So wie jetzt, so wie gestern.

Seit Felicia und ich das erste Mal nach Jamaica gereist sind, sind viele Wunder geschehen. Jamaica hat sich als das Land der Wunder entpuppt.

Gestern habe ich sie vom Flughafen abgeholt. Sie umarmte mich und sagte: „Die Reise geht weiter."

Gairy hat uns abgeholt, wie schon viele Male zuvor. Wir sitzen hinten auf der Rückbank und ich habe wieder das Gefühl, dass ich genau richtig bin. Die Engel haben einen Weg für mich geschlagen durch den Dschungel von Angst und Liebe. Einen Weg, den es nur für mich gibt, einen Weg, den noch niemand zuvor gegangen ist und den niemand nach mir gehen wird.

Manchmal verliere ich mich, manchmal vergesse ich, manchmal möchte ich weglaufen. Aber jetzt, wo Gairy uns durch das dunkle Jamaica fährt auf dem Weg von Montego Bay nach Ocho Rios, wo ich die Menschen am Straßenrand sehe, in ihren farbigen Kleidern, in den grell bemalten kleinen Bars, wo ich die feuchte Nachtluft rieche, wo wir eine Polizeikontrolle passieren, wo der Ozean am linken Straßenrand sich ins Unendliche ausbreitet – jetzt ist alles wieder gut.

Wir reden über den Anruf von Charifa, dass ihre Worte mich sehr verletzt haben. Dass sie gesagt hat, mein Herz wäre kalt und dass Oliver deshalb eine andere Frau gesucht hat. Dass Gott mir deshalb meinen Mann und meine Kinder genommen hat.

„Vielleicht haben wir, die wir im Wohlstand leben, wirklich nicht genügend Herz", sage ich. „Wir merken es nur nicht. Wenn wir mehr Herz hätten, würden wir nicht andere Länder und Menschen ausbeuten. Dann würde Charifa nicht sagen, dass ich anderen nicht helfe, die in Not sind."

„Mhm", sagt Felicia.

Als hätte Gairy unser Gespräch auf deutsch verstanden, sagt er: „Wusstet ihr, dass genau an dieser Stelle Christopher Columbus gelandet ist, als er das erste Mal nach Südamerika kam?"

Ich schaue aus dem Fenster und erkenne ein Stück befestigte Mauer im Meer und eine halb verfallene Hütte.

„Nein, das wusste ich nicht."

„Es war hier", sagt Gairy.

Ich stelle mir vor, wie das wohl gewesen ist: Christopher Columbus genau hier, zwischen Montego Bay und Ocho Rios.

Ich denke daran, dass Christopher Columbus als Inbegriff des Menschen gilt, der ins Unbekannte segelt und eine neue Welt findet. Ein bisschen wie Felicia und ich.

Ich erzähle Felicia von einem Vortrag eines jamaicanischen Historikers, den ich vor ein paar Tagen auf YouTube gefunden habe. Da ging es um Christopher Columbus. Er sagt, dass Columbus im Auftrag des Papstes gereist ist, dass Columbus ein Massenmörder war, der die einheimische Bevölkerung vollkommen ausgelöscht hat.

Ich kann mich nicht erinnern, dass das im Geschichtsunterricht vorkam. Dass Columbus im Auftrag des Papstes alles Gold aus Jamaica ausgegraben hat, um damit den Reichtum der römisch-katholischen Kirche zu mehren. Die Spanier haben alles Gold aus Jamaica mitgenommen. Das sind Tatsachen. Die einheimische Bevölkerung von Jamaica, die Taino, haben nicht überlebt.

Ich muss Felicia meine ganzen verwirrenden Fragen erzählen. „Gehen unsere Freundschaften und Ehen kaputt, weil wir die Nachfahren dieser herzlosen Geschichte sind? Weiße Ausbeuter? Und ist es heute immer noch so? Deswegen will Daniel mich heiraten und mit mir nach Deutschland kommen? Weil er auf ein besseres Leben hofft? Ist meine Liebe zu ihm dann Illusion? Ist es nur die Träumerei einer weißen Frau?"

Felicia hört sich alles an und sagt nichts und wartet. Sie ist wunderbar.

„Und noch so was", fahre ich fort. „John hat mir kürzlich erzählt, als er das erste Mal mit seiner Frau auf Barbados, ihrer Heimatinsel war, sagten ihre Verwandten, ‚Pass bloß auf, John ist Jamaicaner. Pass auf, dass er dich nicht umbringt'."

Felicia kennt John und weiß, dass das vollkommen absurd ist, denn John ist einer der friedlichsten Menschen überhaupt. Warum denken die in Barbados so was?

„John hat mir erzählt, dass die Sklaven starke junge Männer waren, und dass sie in Jamaica die Stärksten unter ihnen an Land gebracht haben. Und dazu kommt, – das hat mir John aber nicht erzählt, sondern ich habe es in einem Buch gelesen, das er mir gegeben hat. In dem Buch stand, dass die Plantagenbesitzer mit den Sklaven gezüchtet haben, wie mit den Tieren. Sie wollten starke Arbeiter, weil das mehr Ertrag brachte. So wurden die Sklaven behandelt und auch genannt: *Stock – Tierbestand.* Und die Börse wird auch heute noch *stock exchange* genannt, weil sie das ursprünglich war: ein Handelsplatz von Tieren und Sklaven.

Gestern war ich in Port Royal, der ehemaligen Hafenstadt, in der die Schiffe mit den Sklaven vor vierhundert Jahren ankamen und mit ihnen auch Menschen, die aus ihren Ländern fliehen mussten, Glaubensflüchtlinge, politische Flüchtlinge und alle Arten von Kriminellen. Die Stadt galt damals als die sündigste Stadt der Welt und als in einem Taifun fünftausend von sechstausend Bewohnern zusammen mit der Halbinsel im Meer untergingen, glaubte man, dass es die Strafe Gottes war. Wohin ich mich auch umdrehe, hier in Jamaica ist alles voller Geschichten und nicht alle sind schön. Okay, ich höre auf, nur das noch: Ein Taxifahrer hat mir vorgestern erzählt, dass eine Bekannte von ihm mit einem Auftragskiller zusammenlebt, einem Mann, der sein Geld mit Morden verdient. Und heute lese ich in den Nachrichten, dass in Freiburg eine Mutter zusammen mit ihrem Lebensgefährten ihren 9-jährigen Sohn für Tausende von Euro an 60 verschiedene pädophile Männer verkauft hat. Ist es also in Deutschland besser?"

Ich höre auf zu reden. Felicia hat einen Elf-Stunden-Flug hinter sich, auf ihrer inneren Uhr ist es 4 Uhr morgens.

Sie schweigt. Nach einer ganzen Weile sagt sie: „Ich weiß, du bist verletzt, weil diese Frau aus Marokko dich herzlos genannt hat. Das macht dir Kummer."

„Ja."

„Ich kann alle diese politischen Fragen über Columbus und Sklaven nicht für dich beantworten. Aber ich will dich etwas fragen." Sie legt mir die Hand auf den Arm. „Sag mir: Bin ich herzlos?"

„Nein!", erwidere ich empört.

„War Oliver, war dein Mann herzlos?"

„Nein."

„Deine Kinder?"

„Nein!"

„Du kennst viele Menschen, die nicht herzlos sind?"

„Ja."

„Wenn sie nicht herzlos sind, bist du auch nicht herzlos."

Ich seufze.

„Glaubst du wirklich, dass Gott dir deine Kinder und deinen Mann genommen hat, weil du herzlos bist?"

„Nein ..."

„Wir wissen nicht, warum bestimmte Dinge passieren", sagt Felicia. „Es liegt nicht in unserer Hand. Ich weiß nur eines: Dass die Liebe immer einen Weg findet."

Ich muss grinsen. Da ist sie wieder, Felicia, genau so ist sie.

„Und was diese Frau aus Marokko betrifft", fährt sie fort. „Woher weißt du, dass die ganze Geschichte stimmt? Vielleicht ist sie eine Frau, die dein Mann auf dem Gemüse-

markt kennengelernt hat, vielleicht ist ihm seine Visitenkarte aus der Tasche gefallen. Vielleicht ist diese Frau gar
keine Frau, sondern du hast es mit einer Bande von Betrü-
gern zu tun. Eines ist sicher: Ich bin nicht herzlos und du
auch nicht. Wie könnten wir sonst zusammen hier sein?
Wir sind hier, weil die Liebe immer einen Weg findet."

Ich atme tief aus. Diese ganzen politischen Fragen, die
mich umtreiben, bleiben unbeantwortet, aber jetzt im
Augenblick fühle ich Frieden. Und ich denke, dass ich mir
diese Fragen nur dann anschauen sollte, wenn ich dieses
Gefühl von Frieden habe, denn dann werde ich vielleicht
auch Antworten finden, die Frieden bringen.

„Ich bin so froh, dass du gekommen bist", sage ich
zu Felicia und umarme sie. „Mir geht es einfach besser,
wenn du da bist. Deswegen haben die Engel dich ja auch
geschickt, weil sie das wissen."

Felicia lächelt und dann schläft sie ein bisschen, und
ich genieße die Dunkelheit von Jamaica.

ONE LOVE – ONE HEART

Kapitel 22 – Wake up and live – Wach auf und lebe

Warum revoltiert mein Magen? Meine beste Freundin, Felicia, ist hier, ich bin nicht allein, ich fühle mich der Liebe näher als je zuvor. Ich bin zurück in Te Moana, die Sonne lässt jedes Blatt, jede Blüte in ihrer tiefsten kostbarsten Farbe leuchten, das Meer breitet sich wie ein hellblauer Kristall vor mir aus, die Luft fühlt sich an, als würde sie atmen.

Nur mein Magen schmerzt und drückt, als hätte ich einen Hummer verschluckt.

Ich werde von Wellen voller Sinnlichkeit durchflutet. Und von hinter dem Gartenzaun klingt Reggae aus einem Radio. Es ist diese spezielle Jamaica-Mischung, die es nirgendwo sonst gibt.

Nur in meinem Magen schneiden ein paar Messer Gemüse.

Mein Körper ist mal wieder schneller und sensibler als mein Geist, denke ich. Und mein Körper sagt, dass ich zu viel verschluckt habe und dass er Zeit braucht zum Verdauen. Oder vielleicht auch etwas ganz anderes.

Da kommt eine Text-Nachricht von Patrick. Ob ich zum Frühstück kommen möchte.

Es ist neun Uhr. Sein Fahrer würde mich abholen. Ich hatte vor, mit Felicia zu frühstücken.

„Siehst du, mein Leben ist schon wieder zu schnell", sage ich zu ihr.

„Sag ihm, dass du am Nachmittag Zeit hast."

„Er hat keine Zeit am Nachmittag", sage ich.

„Wenn er dich sehen will, wird er sie sich nehmen", erwidert sie. Felicia ist da ganz klar.

Aber ich auch. „Er hat keine Zeit am Nachmittag", sage ich.

„Hat er das geschrieben? Oder woher weißt du das?"

„Ich weiß so was." Es stimmt, ich weiß solche Dinge. Schon als Kind wusste ich solche Dinge ... und meistens trifft es zu.

„Frag ihn wenigstens."

Ich frage ihn. Er hat keine Zeit. Er schreibt: „Ich muss mit dir sprechen."

Ich sehe Felicia tief in die Augen. Sie sagt: „Dann geh. Ich werde mich so lange mit dem Kolibri unterhalten." Sie wird es tun und das Ergebnis wird wahrscheinlich erstaunlich sein.

Patricks Fahrer, Mark, steht zwanzig Minuten später mit seiner schwarzen Limousine vor der Tür. Mark hat hier in Jamaica schon viele reiche und prominente Menschen gefahren und er erzählt mir immer neue Geschichten.

Heute erzählt er mir, dass gestern der erste legale Laden für den Verkauf von Marihuana in Ocho Rios eröffnet hat. Offiziell ist der private Besitz erlaubt, drei Unzen, ungefähr hundert Gramm und das kann man jetzt offiziell in dafür eingerichteten Läden kaufen. Außerdem ist der Anbau von Marihuana für medizinische Zwecke jetzt erlaubt und Mark ist sicher, dass es das neue große Geschäft in Jamaica wird. Allerdings nur für die Reichen, denn die Einstiegshürden sind wie immer hoch. Man braucht Geld und Papiere. Man braucht alle möglichen Genehmigungen, die man nur bekommt, wenn man die Beamten schmiert, sagt Mark. (Ich gebe hier nur seine Meinung wieder. Diese Meinung bezüglich offizieller Papiere teilen allerdings viele Jamaicaner und ich wäre wahrscheinlich die Einzige, die anderer Meinung ist, wenn man eine Umfrage machen würde.)

Und man braucht Geld, nicht nur für die Pflanzen und die Gewächshäuser, sondern auch für die hohen Sicherheitszäune und die Überwachungskameras und das Personal, sagt Mark. Wieder so ein Business, wo Geld zu noch mehr Geld kommt. Das scheint ein Grundgesetz in Jamaica. Seit Christopher Columbus hier gelandet ist, füge ich noch in Gedanken hinzu.

Das Tor zu Patricks Villa öffnet sich automatisch und Mark fährt den asphaltierten Weg zum Parkplatz hinunter. Durch ein von Palmen gerahmtes Tor betrete ich den Garten der Villa. Wieder werde ich empfangen von einer stillen Schönheit, ähnlich wie in Te Moana. Nur ist hier alles noch reiner, die Farben und die Formen und die Ordnung. Schneeweiße Mauern hinter denen rote Hibiskusblüten emporwachsen, ein weißer Pavillon mit einem weißen Tisch, weißen Stühlen und einem freien Blick auf das glitzernde Meer.

Patrick kommt mir aus der Verandatür entgegen. Sein Erscheinen lässt mein Herz wild schlagen. Mein friedliches, entspanntes Selbst vom Morgen wird wie ein kräftiger Windhauch weggetragen. Ich stolpere über eine Stufe, die ich übersehen habe und fange mich gerade noch rechtzeitig.

Ja, ich weiß, warum ich ihm zwei Jahre lang Liebesbriefe geschrieben habe. Es ist Patricks Mischung aus einem vollkommen freien, selbstbestimmten Geist und einer untröstlichen Einsamkeit, die dahinter liegt.

Er umarmt mich. „Es ist gut, dich zu sehen", sagt er. Seine Stimme ist mild und jedes Wort ist ganz und gar wahr.

Jetzt, in diesem Moment, weiß ich wieder, was uns verbindet. Es ist seine Geschichte, die ihn geprägt hat.

Patrick wuchs auf in den ärmsten Vierteln von London, seinen Vater kannte er nicht, seine Mutter ging anschaffen. Er lebte die meiste Zeit bei Onkel und Tante. Schon früh lernte er, kleine Geschäfte zu machen, fuhr mit dem Bus in die Viertel der Wohlhabenden, mähte ihren Rasen, erledigte Einkäufe für ältere Ladys und führte Hunde spazieren. Er erwarb sich schon als Junge einen exzellenten Ruf als zuverlässiger Dienstleister. Seine Arbeitsmoral war unübertroffen: pünktlich, bescheiden, sauber.

In der Schule schloss er mit hervorragenden Noten ab, der einzige Schüler mit dunkler Hautfarbe an seiner Schule. Er ging seinen Weg ganz allein, ohne einen einzigen Vertrauten. Als er das erste Mal einem Menschen vertraute, einer Frau, musste er feststellen, dass er sich getäuscht hatte. Es endete mit einer schmerzhaften Scheidung, die ihn sein halbes bis dahin erworbenes Vermögen kostete.

Patrick sieht mich an, sein Blick ist klar und offen, und

ich bin sofort ganz und gar eingenommen von ihm. Ich wollte darüber schreiben, was mich mit ihm verbindet ... es fällt mir schwer, in seiner Gegenwart bei mir zu bleiben ... auch ich habe mich aus einem einsamen Außenseiter-Sumpf herausgearbeitet und ich kenne das Gefühl.

Ich bin ziemlich sicher, dass es mein Hunger nach Liebe war, der meinen Mann in die Arme einer anderen Frau getrieben hat. Ich bin zu einsam und zu unersättlich. Und ich höre auf niemanden, nicht einmal auf Gott. Wenn ich dann aber einen Menschen wie Patrick treffe, und wenn wir uns in unserer Einsamkeit treffen, dann lässt etwas in mir los. Es ist nicht so einfach für Menschen wie Patrick und mich, Nähe zu finden, denn die Nähe, die wir brauchen, ist sehr tief.

Auf der Veranda ist der Tisch gedeckt. Martha, die für Patrick kocht und sich um den Haushalt kümmert, serviert uns ein Frühstück aus Rührei, Calalou (jamaicanischer Spinat) und gebratenen Plantain (Kochbananen, sehr lecker und nahrhaft). Auf dem Tisch steht schon ein Teller mit aufgeschnittenen Papaya, Mango, Ananas und Star Apple. Einer der Gründe, warum ich mein Leben in Jamaica verbringen würde, ist, dass das Essen hier einmalig gut und sehr gesund ist. Kommt der Blue Mountain Coffee aus einer speziellen Plantage in den Blue Mountains hinzu und ein Gefühl von: Besser geht's nicht.

„Es gibt etwas, worüber ich mit dir reden möchte", sagt Patrick. Seine Stimme ist jetzt ungewöhnlich gefühlvoll und ich bin sofort davon angesteckt. Oft ist Patrick unerreichbar und obwohl er auch dann anziehend ist, macht es mich eher traurig und ohnmächtig. Aber jetzt ist er ganz da.

„Ich habe nie viel Liebe in meinem Leben gehabt", sagt er. „Mein Leben war Arbeit und Überleben. Ich habe dir erzählt, was passiert ist, als ich das erste Mal einer Frau wirklich vertraut habe. Ich gebe ihr keine Schuld. Ich konnte nicht sehen, wer sie ist und was sie sich wünscht. Ich kannte keine engen Beziehungen. Ich hatte Affären und Sex, und das war's.

Ich weiß nicht wirklich viel über Frauen, außer dem, was ich in Büchern gelesen habe." Er lächelt ein wenig verlegen. „Ich wusste nicht, dass es so tiefe Beziehungen geben kann, wie du sie kennst. Ich war verwirrt, als ich dein erstes Buch bekommen habe. Ich wusste einfach nicht, was ich damit anfangen sollte. Es hat mir Angst gemacht."

Er hält inne und ich kann seine Verwirrtheit fühlen. Ich bin selbst verwirrt. Mit dieser Reaktion von ihm habe ich nicht gerechnet. Ich erlebe Patrick immer als so souverän, so selbstbewusst ... aber dann bin ich auch wieder nicht überrascht, denn während ich ihm all diese Liebesbriefe geschrieben habe, habe ich immer gefühlt, dass ich zu einem sehr verletzlichen Teil von ihm spreche.

Und mir selbst geht es nicht anders. Ich bin selbstbewusst und souverän in den meisten meiner Beziehungen, aber wenn es um eine wirklich tiefe Beziehung geht, bin ich unsicher und verwirrt.

Wieder wird mir das helle Licht bewusst, das uns hier umgibt und das unserer Verletzbarkeit etwas Reines verleiht.

Wieder genieße ich, wie das Licht alle Farben in ihrer Essenz hervorbringt, das Hellblau des Vorhangs, das Gelb der Kaffeekanne, das Rot der Hibiskusblüten, das Türkisblau des Meeres und die unendlich vielen Grüntöne der Palmblätter, des Rasens, des Avocadobaumes, des Mango-Baumes, der Aloe Vera-Pflanzen. Wieder rieche ich den unvergleichlich feuchten, leicht modrigen Geruch und fühle das unbändige Wachstum, das in jeder Zelle spürbar ist.

„Woran denkst du?", fragt Patrick.

„Es ist schwer, in Worten auszudrücken", sage ich. Ich strecke die Hand aus nach ihm und seine Hand öffnet sich, um meine zu empfangen. „Ich fühle mich einfach ... so lebendig."

Er lächelt. „Wir sind bis hierher gekommen, richtig? Einen recht langen Weg."

Ich nicke.

Ich denke daran, dass ich gestern noch Daniel umarmt habe. Dass ich Daniel versprochen habe, ihn mit nach Deutschland zu nehmen und ihn zu heiraten und dass ich jetzt gegenüber Patrick dieselbe Wärme und Nähe fühle. Dass ich meinen Mann, Oliver, verurteilt habe, weil er zwei Frauen in seinem Leben hatte und dass ich jetzt zwei Männer in meinem Leben habe und meine Gefühle für beide ganz und gar wahr sind.

„Ich habe dir all das geschrieben, all meine Liebe und Sehnsucht, weil ich nichts zurückhalten wollte. Ich wollte, dass du weißt, wie sehr du geliebt wirst. Ich wollte, dass du mir vertraust, dass meine Gefühle echt sind."

„Hast du heute immer noch die gleichen Gefühle?",
fragt er mich. „Nachdem du nie eine Antwort von mir
bekommen hast." Sein Blick richtet sich auf das Meer. Er
lässt mir alle Freiheit für die Antwort.

Ich weiß nicht, wie ich ihm antworten soll. Ein „Nein"
wäre zu hart.

Ich sage: „Durch das Schreiben habe ich meine Gefühle besser kennengelernt und dadurch haben sie sich verändert."

„Das verstehe ich", sagt er und ich bin froh, dass er
nicht enttäuscht oder verletzt ist. „Meine Gefühle ändern
sich auch", sagt er. „Sie wachen auf. Das ist ein sehr schönes Gefühl. Ich möchte, dass du weißt: Ich erwarte nichts
von dir. Ich bin einfach nur gern mit dir zusammen ...
jetzt in diesem Augenblick. Und ich lerne so viel von dir.
Durch dich. Durch deine Liebe. Denn ich kann sie jetzt
fühlen. Sie macht mir nicht mehr so viel Angst. Das ist es,
was mich im Augenblick am glücklichsten macht und mir
Kraft gibt. Und ich möchte dir danken, dass du gekommen bist. Und ich möchte dich bitten, Geduld mit mir zu
haben."

Die Wärme und die Liebe, die ich jetzt für Patrick
empfinde, ist wunderschön. Ich lasse alle Gedanken fallen, alle Urteile, alle Ängste. Ich fühle nur Patricks Hand
in meiner und das Fließen der Gefühle. Sie sind ganz rein,
ganz wahr und ganz da. Ich habe viele sehr berührende
Momente der Nähe mit Patrick erlebt. Ich habe mich lange nach ihm gesehnt und jetzt ist sie wieder da, die Verbindung zwischen uns. Er schließt seine Augen und ich

schließe meine und der Augenblick dehnt sich aus in die Unendlichkeit. Ich fühle das Licht von Jamaica in meinem Innern. Ich fühle, wie meine Seele strahlt, wie mein Herz sich öffnet. Und all die Blüten und ihre Düfte und die süße Luft der Insel kommen in mein Herz machen es hell und leicht und frei.

Kapitel 23 – Kann man nur einen lieben?

Die Sonne. Es ist die Sonne, die mich hier in Jamaica so glücklich macht. Aufzuwachen und in dieser Flut von strahlendem, warmem Licht zu sein. In Jamaica wird alles einfach: die Sonne und die Liebe.

Felicia ist dabei, Rühreier und Plantain zu braten. Der Blue Mountain Coffee läuft durch die Kaffeemaschine.

Wir sitzen auf der Terrasse in Te Moana und mein Blick ruht auf dem silbernen Meer. Ganz ruhig ist es heute wie eine glänzende Decke aus flüssigem Licht. Das Blau des Himmels ist mehr als eine Farbe. Es ist eine Antwort auf eine tiefe Sehnsucht in mir. Wenn ich in den Himmel schaue, kann ich sie fühlen – in mir.

„Ich habe gestern den Kolibri gesehen", sagt Felicia.

„Was hat er gesagt?"

„Ich wollte wissen, was es mit diesem „One Love" auf sich hat. Ich war auf Wikipedia und habe gelesen, dass genau zu diesem Datum gestern, am 22. April 1978, also gestern vor genau vierzig Jahren in Kingston, Jamaica, das *One Love Peace Concert* stattfand mit Bob Marley und den ganzen Reggaegrößen. Damals gab es in Jamaica bürgerkriegsähnliche Zustände und Bob Marley hat es fertiggebracht, die Vertreter der beiden verfeindeten Parteien auf die Bühne zu holen und sich die Hand zu reichen ... das war die Botschaft des Kolibri."

In diesem Augenblick erlebe ich so etwas wie einen

Bewusstseinsschock. Ich weiß nicht, warum gerade jetzt. Es hat sich angebahnt und Felicias Geschichte vom Kolibri hat das Tor vollends geöffnet. Mir ist, als könnte ich plötzlich durch alles hindurchschauen, als hätte ich Röntgenaugen. Ich sehe aber nicht die materiellen Dinge, sondern die Energie. Da ist diese vollkommene Klarheit plötzlich. Ich atme tief ein.

Ich erzähle Felicia davon. Sie lächelt. Sie lächelt wie eine Freundin, die sagt: „Das kenne ich doch von dir."

Ich bin wirklich froh, dass sie hier ist, denn diese Momente machen mir auch Angst, auch wenn sie voller Schönheit sind.

„Bob Marley hat gesagt ..., das fällt mir gerade ein, er hat gesagt, wenn die Musik da ist, gibt es keinen Streit. ... Und so ist es für mich mit der Sonne in Jamaica. Wenn die Sonne da ist und der blaue Himmel, dann ist alles im Frieden. Vielleicht hat er das gemeint mit One Love."

Ich erzähle Felicia von meiner Begegnung mit Patrick gestern. „Gestern habe ich gemerkt, dass die Liebe etwas ist, das sich andauernd bewegt. Ich hätte sie gerne festgehalten, aber das ging nicht. Also habe ich sie losgelassen und sie ist gewachsen."

„Dann geht es also gar nicht um die beiden Männer oder um die Frage, welcher von beiden der Richtige ist?", sagt Felicia.

„Nein, darum geht es nicht." Ich bin selbst ein wenig erstaunt über meine Worte. „Es geht nur um die Liebe selbst. One Love. Darum, wo ich sie finde."

„Aber wird man dann nicht dauernd untreu?", fragt

Felicia. „Wenn die Liebe mal hierhin und mal dahin schweift? Wird sie dann nicht beliebig?"

„Ich verstehe deine Frage. Ich habe schließlich selbst viele Jahre in einer treuen Beziehung verbracht, aber das hat auch nichts gebracht, denn am Ende war die Treue eine Illusion. Meine Frage ist: Werde ich einem anderen Menschen untreu oder der Liebe?"

„Für mich wird die Liebe immer schöner, wenn ich treu bin, wenn ich jemanden immer besser kennenlerne", sagt Felicia.

„Darf ich dann keine zwei Männer besser kennenlernen? Patrick und Daniel? Darf ich Daniel dann nicht wiedersehen, weil Patrick ja früher da war? Oder darf ich Patrick nicht wiedersehen, weil ich Daniel geküsst habe? Muss ich Patrick sagen, dass ich Daniel geküsst habe? Oder gilt das alles nur als Flirt? Und ab wann ist es mehr als ein Flirt?"

Felicia verschwindet in die Küche. Sie kommt wieder mit einem Teller, auf dem sie aufgeschnittene Papayastücke in einem Kreis angeordnet hat, das intensiv orangefarbene Fruchtfleisch und in der Mitte liegt eine weiße Blüte.

Mir wird bewusst, dass sich die Antwort auf meine Frage verändert, dadurch, dass Felicia diesen Teller mit den Papaya-Stücken gebracht hat. Dass die Antwort auf alle Fragen davon abhängt, in welchem Wetter, mit welchem Appetit und in welcher Stimmung wir sie stellen und wer unsere Antwort hört.

Ich verstehe, dass dies die Antwort von Felicia ist: ein Teller mit Papaya-Stücken und einer weißen Blüte. Und dass vor vierzig Jahren am 22. April das One Love Peace Konzert mit Bob Marley stattgefunden hat und dass ihr der Kolibri das eingeflüstert hat.

„Man kann die Realität nicht auf einfache Regeln reduzieren", sage ich. „Ab und zu spuckt sie Momente der Klarheit aus. Das ist dann, wie wenn man eine Papaya isst."

Ich habe wieder dieses merkwürdige Gefühl, dass mein Leben eigentlich schon vorbei ist. Dieses Leben, das ich mir einmal gewünscht habe, mit einem Mann und Kindern, einer Familie und einem Zuhause. Felicia hat dieses Leben noch. Sie hat einen Mann und Kinder und ein Zuhause. Mein Zuhause ist jetzt die Sonne und der blaue Himmel und dieses Gefühl, dass ich fast wie die Engel alles ganz klar sehen kann. Da bin ich jetzt.

„Der Kolibri", ruft Felicia begeistert.

Jetzt sehe ich ihn auch. Diesen winzigen Vogel, so klein, als würde er in eine Welt gehören, die wir Liliput nennen. Und seine Flügel so schnell, dass wir sie nur als Schwirren sehen können, nicht als fest umrissene Form.

So ist es immer mit Felicia und mir. Wenn wir zusammen sind, ist es immer ein wenig, als würde die Realität eine Haut abwerfen und dahinter wird ein Zauber-Paradies sichtbar. Es würde mich nicht wundern, wenn aus irgendeiner Ecke ein Löwe auftauchen würde und ein Lamm und sie sich nebeneinander hinlegen würden.

„Lass uns nach Annandale gehen", sage ich. „Ich möchte gern, dass du Daniel kennenlernst."

Ihre Miene verfinstert sich, nur einen Hauch, aber ich bemerke es.

„Was ist?", frage ich.

„Ich weiß nicht, ob ich Daniel kennenlernen möchte."

Das erstaunt mich. „Warum nicht?"

„Ich möchte es nicht."

Da ist er wieder der Moment, den ich so gut kenne. Ich entdecke eine neue Ecke des Paradieses und meine beste Freundin sagt mir, dass sie da nicht mitkommt, dass ich da allein hingehen muss. Ich schaue wieder auf das Meer. Der Frieden ist äußerlich noch da, aber in mir tobt ein Taifun. Ein vollkommen harmloser Satz meiner Freundin Felicia, und ihr gutes Recht, hinzugehen, wohin sie möchte. Und ich fühle mich, als wäre ich tatsächlich von dem Hochhausturm in die Tiefe gestürzt. Aber anstatt, dass ich tot bin und alles vorbei ist, fühle ich brutal den Schmerz.

Ich fühle den Schmerz mit all der kristallklaren Wahrheit, mit der ich eben die Energie der Dinge gesehen habe. Ein Teil von mir möchte bei Felicia bleiben, dort wo ich Wärme und Liebe finde und ein anderer Teil möchte gehen ... *Und immer ist es so, dass ich allein gehen muss,* denke ich. Als Kind war ich immer allein, obwohl ich von vielen umgeben war. Und das Gefühl hat sich bis heute nicht geändert.

Eine große Traurigkeit erfasst mich. Ich fühle es jetzt so gut, all die Wege, die ich allein gegangen bin. Mir wird so ganz und gar bewusst, dass ich mich immer dafür entschieden habe, den Weg zu gehen. Ich musste ihn gehen, allein oder nicht allein. Aber am Ende allein. Ich wandere wirklich ganz allein auf diesem Planeten Erde.

Dass Oliver und die Kinder mir genommen wurden, das ist wohl nur der riesige Stempel, den das Leben mir aufgedrückt hat, damit dieses Eine vollkommen klar ist: ‚Du wirst immer allein gehen.'

Nachdem ich so oft allein gegangen bin, kam noch ein Stempel drauf: Und wenn du geglaubt hast, dass du einmal nicht allein warst, dann sagen wir dir jetzt, dass es keine Familie gab. Es war eine Illusion. Das ist dein Leben. Wach auf!

Wo ist sie jetzt, die Liebe? Die One Love? Ich bin traurig.

„Warum willst du Daniel nicht kennenlernen?", frage ich Felicia.

„Ich habe Angst, dass ich dich verliere", sagt sie, „denn ich fühle, dass du ihn sehr magst."

Das erstaunt mich.

„Warum verlierst du mich, wenn ich Daniel mag?"

„Ich weiß es nicht, es ist ein Gefühl."

Ich nehme sie ernst. Ihre Gefühle sind ihre Gefühle. Und vielleicht mag ich Daniel mehr, als mir bewusst ist und sie spürt es.

Trotzdem, ich möchte mich verteidigen, möchte ihr sagen, dass ich doch sie und Daniel zugleich gernhaben kann. Dass ich doch Gefühle für mehr als einen Menschen haben kann. Aber dann kommt eine große Müdigkeit über mich. Ich habe mich schon oft verteidigt und es hat nie etwas genützt. So kommt es mir jedenfalls vor. Ich merke, wie ich innerlich aufgebe. Ich habe keine Energie mehr, mich zu erklären oder jemanden zu überzeugen von etwas, das ich nicht in der Hand habe.

Ich sage: „Okay, ich gehe allein nach Annandale."

Ich sehe den erschrockenen Ausdruck auf Felicias Gesicht. Ich fühle, dass meine Entscheidung sie verletzt. Aber ich kann nichts tun. Ich kann nichts tun. Es ist immer so: Ich muss gehen. Irgendwohin: in den Himmel oder nach Jamaica oder nach Annandale.

Ich rufe Mr. Johnson, den Fahrer an. Er sagt, dass er in einer halben Stunde da sein kann.

Ich höre Felicia zu. Sie spricht von ihrer Angst, geliebte Menschen zu verlieren. Die genauso groß ist wie meine. Ich höre es, ich erkenne es, ich verstehe es. Aber ich fühle es nicht. Mein Herz hat sich verschlossen.

Dies eine verstehe ich jetzt: In solchen Momenten habe ich, anstatt mein verschlossenes Herz zu fühlen, immer die Gefühle der anderen gefühlt. Ihre Angst, ihre Sehnsucht, ihr Bedürfnis. Und dann habe ich versucht, sie glücklich zu machen. Und das hat sich für mich wie Liebe angefühlt: Die Gefühle der anderen fühlen und sie glücklich machen. Ich bin ihnen gefolgt, und sie nicht mir. Ich habe immer geglaubt, dass es unmöglich ist, mir zu folgen, weil meine Wege so einsam sind.

Ich könnte Felicia jetzt glücklich machen, indem ich nicht mehr über Daniel spreche und auch nicht versuche, ihn zu sehen. Aber das habe ich schon zu oft gemacht.

Das Leben, das mich so unsanft aufgeweckt hat aus meinem Traum von der heilen Familie, von der perfekten Liebe, dasselbe Leben hat mir meine Freiheit gezeigt.

Ich habe jetzt die Freiheit, die Liebe nicht in den Gefühlen der anderen zu suchen, sondern in meinem verschlossenen Herzen. Ich möchte herausfinden, warum ich solche Angst habe, allein zu sein.

Ich lehne mich zurück auf der Gartenbank und schaue wieder in den blauen Jamaica-Himmel. Er berührt mich wieder auf dieselbe Weise. Kurz habe ich mich verloren, aber jetzt bin ich wieder da. Ich erinnere mich, dass es früher umgekehrt war: Kurz war ich da und dann war ich lange weg.

Der Himmel, die Sonne, das Meer, wie sie mit einer so feinen Schwingung durch alle Dinge hindurch rollen, auch durch mich, weil ich ein Teil von allem bin ... das fühle ich jetzt. One Love – vielleicht hat Bob Marley das gefühlt, als er den Song schrieb: One Love – One Heart.

„Weißt du", sage ich zu Felicia, „ich liebe dich nicht weniger, wenn ein neuer Mensch in mein Leben kommt oder ein neuer Weg. Ich habe vielleicht neue Gefühle und neue Farben in meinem Leben, aber die Liebe hängt doch in allem davon ab, ob ich den Himmel, die Sonne und das Meer durch mich hindurch rollen lassen kann. Und das kann ich jetzt."

Auch wenn Felicia und ich, jede für sich, auf etwas gestoßen sind, das uns wehtut und das wir nicht so leicht überwinden können, so können wir doch hier auf der Terrasse von Te Moana sitzen und diesen Augenblick teilen unter dem blauen Himmel von Jamaica mit dem silbernen Meer vor uns. Genau das macht Freundschaft so kostbar.

„Ich werde mitkommen nach Annandale", sagte Felicia. Ihre Stimme klingt versöhnlich.

Ich jedoch habe kein gutes Gefühl. Ich könnte ‚Ja' sagen

und denken, dass alles gut ist. Das habe ich bisher immer getan. Jetzt sage ich: „Nein, ich werde allein gehen."

„Okay", sagt Felicia.

Ich habe das Vertrauen, dass unsere Freundschaft das aushält. Ich merke, dass mein Bild von Felicia sich ändert. Bisher war sie diejenige, die immer zu mir gehalten hat und die mir neuen Lebensmut gegeben hat, als ich ihn brauchte. Jetzt bin ich nicht mehr das kleine Mädchen, das Schutz braucht. Jetzt kann auch Felicia einfach ein Mensch sein mit Gefühlen und Ängsten.

Ich höre ein Auto in die Einfahrt rollen, die Hunde bellen. Mr. Johnson ist da.

„Wann kommst du wieder?", fragt Felicia.

„Ich weiß nicht", antworte ich. In meiner Tasche sind Kleider zum Wechseln und mein Waschbeutel mit der Zahnbürste. Genau so muss es sein: Der Weg muss offen sein. Vielleicht erlebe ich ja diesmal, dass ich ihn gehen kann und dabei nicht allein bleibe.

Eine halbe Stunde später fahre ich die Auffahrt hinauf nach Annandale und habe wieder dieses Gefühl wie ein Kind in ein Paradies einzutauchen: Dort stehen Baumriesen, die mich beschützen, dort dehnen sich Wiesen endlos aus, die ich entlanglaufen kann, ohne je einem Zaun zu begegnen. Ich kann durch Täler wandern und Hänge hinaufklettern und Kühen, Pferden, Hunden, Vögeln begegnen. Und in diesem Traum werde ich von niemandem gestört. Ich sehe die Pferde von Annandale am See stehen und grasen, eines der Pferde steht im Wasser. Ich halte Ausschau nach Daniel, aber ich sehe ihn nicht.

Oben angekommen begrüße ich Monika. Wir plaudern ein wenig, trinken einen Kaffee. Sie sagt, dass mein Zimmer bereitsteht. Ich danke ihr, dass sie mir diese Möglichkeit gibt, zu schreiben, im Paradies.

„Wo ist Daniel?", frage ich sie schließlich.

„Er ist heute nicht zur Arbeit gekommen", antwortet sie.

Ich muss lächeln. Habt ihr gut gemacht, ihr Engel, denke ich und schicke einen Gruß nach oben. *Hier unten, auf der Erde,* denke ich, *brauchen die Dinge Zeit.*

Ich setze mich zu den Pferden und schaue ihnen beim Grasen zu. Ich beobachte, wie sie sich bewegen, jedes Pferd für sich und doch immer als Teil der Herde. Sie können das, was uns Menschen so schwerfällt: für sich sein und doch nicht allein. Zusammen sein und doch frei.

Kapitel 24 – Ich empfange die Geschenke des Himmels

Heute Morgen wache ich wieder auf mit dieser unglaublichen Sehnsucht, die mich überfällt wie ein hungriges Tier. Ich bin unendlich traurig, es ist die Traurigkeit, die immer wieder kommt, schon mein ganzes Leben lang. Aber jetzt ist sie endgültig aus dem Schatten getreten. Und dann bin ich plötzlich unendlich glücklich. Dankbar, riesig glücklich. Das ist Jamaica.

Ich bin absorbiert von der Wärme, der Feuchtigkeit, den Geräuschen. Draußen treibt Nick eine Herde Rinder vorbei, ich höre das Trampeln ihrer Hufe und seine Stimme „Hüaah!" in rhythmischen Abständen. „Hüaah! ... Hüaah!" Sie hallt über das Tal und zusammen mit dem Muhen der Rinder wird sie zu einem Gesang, einer strahlenden Musik.

Im Nebengebäude bereitet Omar den Raum für die Gäste vor. Aus dem Radio schreit die eindringliche Stimme eines Predigers, wie ein tobendes Meer, das in immer neuen Wellen ans Ufer bricht, „Jesus!!" – „Our Saviour!" – „oh Lord, oh Lord ... have Mercy", eine schrille, vibrierende Stimme, die das Umfeld zu einem heiligen Raum macht.

Mir wird bewusst, wie sehr Menschen überall auf der Welt nach Nahrung für ihre Seele suchen. Und dass ich selbst so ein Mensch bin.

Als ich vorbeilaufe, die Hunde an meiner Seite, sagte Omar „Ist das dein neuer Bodyguard?"

Er meinte Crystal, die größte unter den Hunden. Ich lache und sage „Ja."

„Ich bin eifersüchtig", erwidert er. „Du hast mich verlassen und hast einen neuen Bodyguard."

Omar eben.

Ich lasse mich fallen in die Sehnsucht. Hier in JA kann ich nicht anders als in die Arme der Sehnsucht fallen. Sie macht mich weicher und weicher, sie macht einen weichen Menschen aus mir.

Ich kenne diese Sehnsucht aus Tagträumen, die ich auch in Deutschland habe. Ein Tagtraum in Deutschland ist anders als ein Tagtraum in Annandale. In Deutschland ist er umhüllt von einem Raum der Sicherheit, in den ich jederzeit zurückkehren kann und der sofort wieder da ist, wenn ich aufhöre zu träumen. Dort muss ich mir die Zeit zum Träumen nehmen oder sogar stehlen. Hier, in JA, ist es genau andersherum. Es ist anstrengend zur Routine zurückzukehren, zum Planen und zum Aufgaben erledigen. Zu anstrengend. Also treibe ich weiter durch meinen Traum.

Heute Morgen als ich aufgewacht bin, fühlte ich, wie jemand mich von hinten umarmt hat. Diese Umarmung war so eindringlich, dass ich einen Augenblick lang geglaubt habe, sie wäre echt.

Später kommt Felicia nach Annandale. Ich bin froh, dass sie da ist. Alles ist gut. Durch ihre Freundschaft und Liebe kann ich weitergehen auf meinem Weg. Felicia erlaubt mir alles. Das habe ich noch nie erlebt, eine so große Freiheit. Ich kann sein, wie ich bin und ich werde trotzdem geliebt. Unsere Freundschaft ist frei. Ich war nicht frei, ich wusste nicht, dass es so eine Freundschaft geben kann, in der ich frei sein kann und trotzdem geliebt. Oh, diese Freiheit, sie macht mich stark. Ich möchte die ganze Welt umarmen, so glücklich macht sie mich.

Felicia und ich sitzen auf der Mauer in der Sonne. Ich erzähle Felicia von der Umarmung, die ich heute Morgen beim Aufwachen gefühlt habe. „Ich frage mich, wer mich da umarmt hat?", sage ich zu ihr.

„Ich weiß es nicht, du musst es wissen. Wer war es?", antwortet sie.

Das liebe ich an Felicia. Sie sagt mir nicht, wer ich bin und was ich fühle. Sie ist nur neugierig. Das macht die Liebe: Dass man wissen möchte, wer der andere ist. Das ist die Liebesneugier. Das ist auch wie eine Umarmung.

Ich sage: „Es war keine einzelne Person. Es war Gott oder die Liebe oder es waren die Engel, die mich umarmt haben. Es war Annandale und die Natur oder ... ich weiß nicht, es hat keinen Namen. Manchmal spüre ich diese ganze Traurigkeit, die in den Menschen ist, die ist so groß und schwer und dann fühle ich diese Kraft, sie zu über-winden. Und hier in Jamaica spüre ich das so sehr."

Es gibt eine Gruppe von drei Bäumen auf Annandale, nicht weit vom Herrenhaus, deren Stämme sind so groß, dass man darin sitzen kann wie in einem Sessel. Es sind Baumstämme, die überwachsen sind von Schlingpflan-zen in großen Strängen und dadurch entstehen diese Ausbuchtungen, in denen man sitzen kann.

Felicia und ich wir sitzen öfters dort, denn wenn man

dort sitzt, ist es, als säße man im Baum selbst. Als ich das erste Mal dort drinsaß, war ich überwältigt von der pulsierenden Energie. Ich saß mittendrin in diesem Energiestrom, wow, das hat mich vollkommen überrascht. Weil die Bäume hier so groß sind, haben sie so viel Energie, die man spüren kann.

Als Kind habe ich mir immer gewünscht, in so einem Baum drin zu sein, und hier in Annandale, in Jamaica, da geht das.

Ich habe schon früher Bäume sprechen hören, aber hier in diesem Baum sitze ich wie auf einem Marktplatz der Bäume, dort wo alle miteinander sprechen. Es ist schön, eine Freundin wie Felicia zu haben, die auch die Stimmen der Bäume hört oder die Stimmen der Engel. Wir sitzen im Baum und manchmal reden wir darüber, aber manchmal sitzen wir auch ewig und sagen nichts, und wenn wir dann nachher reden, lachen wir, weil wir sehr ähnliche Dinge erlebt haben, dort im Baum.

Ich glaube früher oder später werden wir alle diese Fähigkeit wieder lernen, es wird für uns ganz selbstverständlich sein, Bäume sprechen zu hören. Sie werden uns nützliche Dinge sagen. Wir werden lernen, dass unsere Intuition viel intelligenter ist als unser Verstand. Ab dem Moment, wo uns das klar wird, werden wir es lernen wollen. Ich kenne viele, die es gelernt haben, ich habe es selbst gelernt, man muss nicht besonders begabt sein, man muss es nur lernen wollen, dann lernt man es auch.

Aber im Moment sind Menschen wie Felicia und ich noch Pioniere. Wir werden belächelt oder für ein wenig schräg gehalten oder einfach nicht für ernst genommen. Aber das ändert nichts daran, dass die Bäume mit uns sprechen. Sie tun es, weil sie es schon immer getan haben und hier in Jamaica tun sie es lauter als in Europa, so viel kann ich für mich sagen. Vielleicht einfach, weil sie so groß sind. Deshalb fühle ich mich hier so zu Hause und deshalb haben mich die Engel vielleicht hierher gebracht und Grandpa, der uralte afrikanische Spirit.

Wenn ich die Natur sprechen höre, einen Baum oder ein Pferd, dann ist das so ähnlich, wie wenn ich einen Song von Bob Marley höre. Ich fange hier von Bob Marley an, weil Bob Marley das in die Welt gebracht hat, das, was man hier in Jamaica findet, den Spirit. Das, was die Bäume erzählen. Von ihm kommt *One Love – one Heart*. Sein Song *One Love* wurde von der BBC zum *Song of the Century"* zum *Song des Jahrhunderts* gewählt.

Bob Marleys Leben ist ein Beispiel dafür, dass man *bitter in süß* verwandeln kann, wie die Jamaicaner sagen. Sein Erfolg ist ein Beispiel dafür, dass die Menschen auf aller Welt sehr wohl verstehen, dass man *bitter in süß verwandeln* muss. Bob Marley erinnert sie daran. Bob Marley als die Stimme von Jamaica.

Genau das fühle ich, als ich in diesem Baum sitze. Meine Sehnsucht, meine Traurigkeit, der Baum verwandelt sie. Es sind Worte, die bei mir ankommen, aber vor den Worten passiert etwas anderes. Seine pulsierende Energie ist wie ein strömendes Feld und dieses strömende Feld antwortet auf meine Traurigkeit. Es sind die Schmerzen und das Leid der Menschen, die mich so mitnehmen. Es ist meine Sehnsucht, das zu verwandeln, und der Baum hilft mir dabei.

Und dann erzählt er mir von all den Bäumen, die ich in Jamaica schon begrüßt habe. Ich begrüße Bäume wie Menschen oder Tiere. Und er weiß davon. Das macht mich glücklich. Er sagt mir, dass er sich sehr geehrt fühle, dass ich all seine Brüder und Schwestern hier in Jamaica besuche, so geehrt. Ich fühle mich jetzt wirklich wohl und zu Hause, denn es geht dem Baum wie mir: Er fühlt, wie es anderen geht, auch wenn er sie nicht sieht. Er spricht nämlich von den Bäumen im botanischen Garten, im Shaw Park Garden in Ocho Rios, die ich vor einer Weile besucht habe. Dort habe ich viele viele Baumarten und Pflanzen kennengelernt, die es hier gibt. Und dieser Baum spricht von ihnen. Es ist so, wie wenn ich einen Freund besuche und wir sprechen von all den Freunden, die wir gemeinsam kennen.

Als Kind habe ich das sehr gut fühlen können, die Bäume, die Tiere, die Menschen, wie sie untereinander verbunden sind. Später habe ich dann öfters geglaubt, dass das eine Einbildung ist, weil in der Schule die Sicht der Wissenschaft gelehrt wurde. Jetzt weiß ich, dass es andersherum ist: Es ist eine Einbildung, dass Bäume und Tiere und Menschen getrennt voneinander sind.

Meine ganze Traurigkeit kommt daher, dass die Menschen es nicht fühlen können, diese Verbindung. Wenn sie es fühlen könnten, wüssten sie, dass hier nur Gutes zu erwarten ist. Ich kann es jetzt fühlen, diese große Freude des Baumes, darüber, dass ich da bin und diese Liebe der Bäume untereinander: One Love. Nicht nur der Bäume untereinander, ich gehöre genauso dazu. Meine Traurigkeit ist jetzt ganz verschwunden.

Ich erzähle Felicia davon.

„Ich muss nicht traurig sein", sage ich. „Ich weiß, dass es all diese Traurigkeit gibt, aber ich selbst bin nicht traurig. Ich war sehr sehr traurig als Kind und ich war sehr, sehr traurig, als ich meine Familie verloren habe. Aber die Engel haben mir gezeigt, dass ich mehr bin als all die Traurigkeit, dass hinter all der Traurigkeit, dass ich da bin wie der Baum: eine Schwester von allen Wesen. Auch wenn ich älter werde, wachse ich. Ich wachse hinein in das Süße, das kommt, wenn man das Bittere verwandelt."

Es ist wirklich ruhig und schön zwischen Felicia und mir. Felicia ist auch ein Baum wie ich. Oder ein Pferd oder eine Wolke. Sie versteht wie ich, dass die Dinge hier auf der Erde alle eins sind. One Love. Und dass dadurch alles Bittere süß wird.

Bob Marley beschäftigt mich, seine Geschichte ... weil er so unglaublich das Bittere in das Süße verwandeln konnte. Er wuchs auf in einem kleinen Dorf auf dem Land, in Nine Miles, im mittleren Norden der Insel und kam als Teenager nach Trench Town, dem Ghetto von Kingston. Sein Vater war ein 60-jähriger englischer Militärangehöriger, den er selten sah, seine Mutter eine 18-jährige Jamaicanerin. Er hatte wenig Schulbildung und wenn er seine Songs schrieb, fragte er seine Frau Rita, ob die Rechtschreibung richtig war. Er hatte keinen Musiklehrer oder Gitarrenlehrer oder Gesangslehrer. Er hatte kein

Geld, um eine Schallplattenproduktion zu bezahlen, ihm fehlte oft das Geld zum Essen. Trotzdem war seine Musik so stark, dass er damit schließlich Menschen auf aller Welt erreichte. Das Magazin *Rolling Stone* erteilte ihm Platz elf unter den hundert besten Musikern aller Zeiten. Bob Marley hatte die Gabe, *bitter in süß* zu verwandeln, nicht nur für sich, in seinem persönlichen Leben, sondern für die Menschen überall.

Er erlebte Glück und Schmerz, Liebe und Verrat wie alle Menschen. Er hatte nur wenige Jahre. Er starb mit sechsunddreißig Jahren an Krebs, sieben Jahre nachdem er den Durchbruch als Musiker erlebte. Was er in den wenigen Jahren erschuf, berührt auch heute noch die Menschen überall. Für mich ist seine Geschichte ein Beispiel dafür, dass alles, was wir für so wichtig halten: Geld, Unterstützung, Ausbildung, Perfektion, Geborgenheit nicht so wichtig sind wie das Eine: die Gabe, *sauer in süß* zu verwandeln. Bob Marley arbeitete unermüdlich an seiner Musik. Und genau das passiert, wenn man diese Gabe in sich findet. Man wird wie der Baum, der pulsiert und dessen Vibes so stark sind, dass sie jeden verwandeln, der damit in Berührung kommt.

Hier in diesem Baum finde ich meinen Weg wieder. Ich kann diesen ganzen Schmerz nehmen und ihn hier ablegen und da liegt er und der Baum macht etwas daraus, das wächst und grüne Blätter hervorbringt und Kohlenstoffdioxid in Sauerstoff verwandelt.

Die Bäume verwandeln nicht nur die Abgase unserer Autos in frische Luft, sondern auch die Angst unserer Herzen in Mut. Dafür brauchen wir die Bäume mehr als alles andere, denn wenn unsere Herzen pur wie Bäume werden, werden wir mit unserer Erde respektvoller umgehen. Hier, zu Füßen des Baumes, kann ich auch meine große Angst ablegen, dass ich meine Freunde und geliebten Menschen verliere, wenn ich auf meinem Weg weitergehe.

„Es gibt nur eine Liebe", sagt mir der Baum. „Es gibt Licht und Schatten – und wir Bäume wachsen zum Licht."

In diesem Augenblick sehe ich Daniel den Weg zu den Pferden hinunterlaufen. Er schaut herüber und winkt. Sein Winken ist so sanft, wie ich es noch selten bei einem Mann gesehen habe. Ja, diese Sanftmut, die ist ..., die berührt mich. Etwas in mir schmilzt. Die harte Schale, die ich erworben habe, weil ich mich schützen wollte. Gegenüber Daniel muss ich mich nicht schützen. Ich winke zurück. Mit Daniel kann ich so weich sein, wie ich will, da muss ich nicht hart sein.

Daniel antwortet genauso auf mich wie ein Baum. One Love.

Felicia sagt: „Ich glaube, hier wartet eine Umarmung auf dich."

Daniel bleibt stehen und wartet auf mich. Während ich aus dem Baum herausklettere, habe ich das Gefühl, dass ich nicht nur auf dem Weg zu einer Umarmung mit einem Mann bin. Nach allem, was in den letzten Jahren passiert ist, haben die Engel mir einem Mann geschickt, der mich an mein Wesen erinnert, das ich bin hinter all dem Schmerz. An meine Baumnatur. Daniel ist so süß wie der Baum. Ich kann mir vorstellen, dass es auch in seinem Leben viel Schmerz gegeben hat. Aber das hat sein Wesen nicht berührt. Ich weine ein wenig, während ich den Hang hinunter laufe zu ihm, in meinem Rücken Felicia, die mich frei lässt, ohne dass ich sie verliere.

Dieses merkwürdige Gefühl begleitet mich, dass ich nicht nur Daniel umarme, sondern etwas Größeres. Auch wenn Daniel und ich ganz irdische Menschen sind, ist es doch so, als ob wir in einem größeren Raum sind, der daran teil hat.

Ich kann das jetzt fühlen, diese pure Begegnung zwischen Daniel und mir und das große Ganze. Ich kann fühlen, dass das meine Sehnsucht war, Teil zu sein von diesem großen Ganzen, und dass meine Sehnsucht erfüllt ist.

Das eine hat sich wirklich verändert in meinem Leben: Meine Sehnsucht ist nicht mehr etwas, vor dem ich davonlaufen muss. Etwas, das mich quält, ein ewiger Hunger. Die Sehnsucht verwandelt sich von *bitter in süß*. Und dann wird sie so stark, dass sie nicht nur mich verwandelt, sondern auch andere um mich herum. Es kann ja sein, dass die Sehnsucht überhaupt nur deshalb gekommen ist. Damit sie sich in etwas Süßes verwandeln kann. Und dazu braucht es nichts von all den Dingen, die man allgemein für wichtig hält, wie Geld und Besitz.

Daniels Umarmung ist die süßeste Umarmung, die ich kenne. Sie ist sanft und stark. Und es passiert, was im Baum passiert ist: Eine Energie umarmt die andere.

KAPITEL 25 – WAS ALLES PASSIERT IN SIEBEN MONATEN

Sieben Monate lang habe ich nicht geschrieben. Ich habe gelebt. Jetzt sitze ich wieder im Flugzeug nach Montego Bay, Jamaica. Ich schreibe wieder. Ich lebe jetzt wieder im Schreiben. Vor einem Jahr habe ich begonnen mit dieser Geschichte. Wie viel sich verändern kann in einem Jahr. Vor einem Jahr saß ich im Flugzeug nach Montego Bay, so wie jetzt. Jetzt bin ich eine andere Frau. Deutschland verlassen: Vor einem Jahr war das ein Gefühl wie der Hölle entkommen. Ich erinnere mich genau an das Gefühl.

Vor einem Jahr wollte ich nichts anderes als: Entkommen. Heute, mein Gefühl: Deutschland verlassen ist ein Gebet. Dankbarkeit ... für alles, was ich gefunden habe in diesem Jahr. Als hätten die Menschen in Deutschland, Frankreich, Österreich, der Schweiz, Italien, all den Ländern, in denen ich in diesem Jahr war, sich verabredet. Ohne dass es ihnen vielleicht bewusst war. Sie haben sich verabredet, zu lieben. Sie haben mich geliebt wie verrückt. Mein Hunger nach Liebe, egal wie groß er wurde: Sie fanden ein Stück Brot, einen Apfel, ein Himmelreich um ihn zu stillen. Ich bin so satt von Liebe, dass ich das erste Mal in meinem Leben fühlen kann, wer ich bin hinter all den Bildern. Ein geliebtes Wesen.

Es ist beängstigend. Es ist beängstigend, geliebt zu werden, ohne dass ich etwas dafür getan habe. Die Liebe wird mir geschenkt.

„Die Liebe ist eine Gnade", das sagt man so dahin, aber wenn sie kommt ... So sehr habe ich sie gesucht, aber jetzt, wo sie da ist ... bin ich zu klein für sie. Ich muss wachsen. Die Liebe ist da, sie umhüllt mich, sie ist in mir, über mir, unter mir wie eine süße, schwimmende Substanz, ein süßes Brot, das ich nie aufessen kann, eine unsichtbare Nahrung, die mich so satt macht, dass ich nichts mehr will.

Ich trinke von dieser Quelle und je mehr ich trinke, desto größer wird meine Angst: Die Liebe, sie könnte plötzlich wieder weg sein. Und dann? Dann kommt ein Hunger, der mich umbringen wird. Genauso wie sie kam, ohne mein Zutun, die süße Liebe aus allen Himmelsrichtungen, genauso kann sie wieder verschwinden und ich kann nichts tun. Sie kann so plötzlich verschwinden wie Oliver und die Kinder. Und wenn es wieder passiert? Was mache ich dann?

Ein Baum, den der Wind schon halb zerbrochen hat. Der nächste große Wind wird auch die andere Hälfte zerbrechen. Sag mir: Ist es klug, sich so sehr auf die Liebe einzulassen? Die Liebe ist ein Sturm.

Hier sitze ich im Flugzeug über dem Atlantik, die Stewardess trägt ein lila Kleid. Ihr Gesicht, das einer Müllerin aus einem Märchen der Gebrüder Grimm, ihre Sprache ein piepsiges Amerikanisch. Ihr Kopf zuckt wie der eines Vogels. Ihre Urgroßmutter war vielleicht eine deutsche Müllerin und hielt den Kopf ganz still in die Frühlingssonne, wenn die ersten Krokusse kamen.

Ich fühle mich so ruhig wie diese Müllerin, aber der

Sturm der Liebe kann jeden Augenblick aus irgendeinem Winkel hervorbrechen. Das vergesse ich nie.

Ist das die Liebe? Die Menschen sehen, dass da kein ganzer Baum mehr da ist. Sie sehen mich. Die einen sehen den zerbrochenen Baum und lieben mich. Die anderen sehen den zerbrochenen Baum und haben Lust, mehr zu zerbrechen. Viele sehen nichts. Die Tiere sehen alles.

Die Tiere lieben immer. Die Menschen könnten es lernen. Ich könnte es lernen. Lieben trotz der Angst. Mit Angst, ohne Angst.

Zumindest weiß ich jetzt, dass es meine Angst ist, wegen der ich die Liebe nicht finden kann, wenn sie mal wieder weg ist. Es ist nicht Deutschland, es sind nicht die anderen. Die Liebe, das bin ich, die nach der Liebe sucht. Ich, das ist die mit der riesengroßen Sehnsucht. Das weiß ich jetzt. Ich, die geliebt wird und die liebt bis zum Verrücktwerden.

Ich bin froh, bald wieder in Jamaica zu sein. In Jamaica ist alles größer als ich. Da finde ich die Liebe und alles, was dazu gehört.

Gott lebt in Jamaica, sagt Gentleman, ein Reggae Musiker, der aus Deutschland kommt. Gott und der Teufel. Da bin ich zu Hause. Die Liebe ist sehr groß und sie macht sehr viel Angst. Da wo die Angst echt ist, ist auch die Liebe echt.

Das ist passiert in den letzten sieben Monaten: Die Angst ist jetzt echt. Sie ist nicht mehr außerhalb von mir. Sie ist in mir.

Das kam durch die Liebe. Es gab Menschen, die haben

die Angst in mir gesehen und mich trotzdem geliebt. Dadurch konnte ich die Angst fühlen. In mir. Nicht außerhalb. Allein hätte ich das nicht geschafft. Das ging nur mit der Liebe. Solange die Angst außen war, war auch die Liebe außen. Jetzt ist beides in mir.

Patrick ist aus meinem Leben verschwunden. Manchmal denke ich noch an ihn. In meinen Träumen taucht er nicht mehr auf. Ich habe ihn ein letztes Mal getroffen im September in Paris. Er nahm dort an einem Kongress teil und ich hatte gerade einen Workshop beendet. Wir trafen uns zum Abendessen in einem Restaurant am Montmartre. Ich war vor ihm da, nippte an einem Martini. Er kam durch die Tür und sofort war dieses warme Gefühl da, diese Stille, diese Anziehung. Er umarmte mich zur Begrüßung. Wieder dachte ich: Ich muss ihn heiraten. Er legte einen braunen Umschlag auf den Tisch. Den kannte ich schon. Mit Kuli waren dort ein paar unleserliche Buchstaben notiert.

„Wie geht es dir?", fragte er.

Ich dachte daran, dass Daniel mich nie „Wie geht es dir" fragte. Er fragte: „Was geht?"

Ich dachte, dass ich mit Patrick wie mit einem Menschen rede und mit Daniel wie mit einem Pferd. Ich glaube, in diesem Augenblick war alles vorbei. Dieser Gedanke war das endgültige Aus. Die Wahrheit zwischen Patrick und mir war so groß geworden, dass ein Gedanke sie auf den Punkt bringen konnte. Wenn so ein Gedanke erst einmal da ist, geht er nicht mehr weg.

„Es geht mir gut", sage ich. Und im gleichen Atemzug

beschließe ich, dass ich nicht mehr so viel mit Menschen sprechen werde. Ich werde aufhören mit der menschlichen Sprache. Und damit auch mit Patrick. Patrick würde die Sprache der Tiere nicht verstehen. Er würde auch nicht verstehen, was ich meine, wenn ich es ihm erklären würde.

„Was ist in dem Umschlag?", frage ich.

„Ein Vertrag."

Ich denke an das letzte Mal, als er einen Vertrag auf den Tisch gelegt hat. Ich frage mich, ob es derselbe ist. Merkwürdig, denke ich. Es passt. Beziehungen sind für ihn Verträge. Es macht Sinn, das ist die Welt, in der er lebt. Geschäftsführung. Corporate Management.

Patrick setzt sich und studiert die Speisekarte. Er bestellt Hühnchen mit Brokkoli. Ich habe einen Knoten im Magen und keinen Appetit, bestelle einen Salat, weil ich nicht sagen will, dass es mir den Appetit verschlagen hat.

„Ich habe dich vermisst", sagt Patrick.

Ich wollte etwas erwidern, aber da war kein Raum für ein Gefühl. In diesem Restaurant am Montmartre, in dem es nach Knoblauch und Rotwein roch. Leise Stimmen, die durch den Raum perlten, französisch, da war kein Raum für Gefühle. Etwas lag in der Luft wie unsichtbares Blei. Blei, das sich an die Gefühle hängt und sie schwer macht, nach unten zieht. Dort werden sie zu Schlick und Schlamm. Ich hatte das Gefühl, dass ich meine Zeit verschwende.

Patrick erzählte mir, was er in der letzten Zeit getrieben hatte.

Ich studierte fasziniert die Tischlampe mit dem rosa Lampenschirm, der an einen Faltenrock erinnerte. Patrick jettete in der Welt umher und machte Verträge. Ich dachte, dass ich nie einen Faltenrock tragen würde. Wenn Patrick mich eines Tages darum bitten würde, hätte ich ein echtes Problem. Ich würde es tun. Ich kann nicht Nein sagen. Aber ich würde mich verlieren.

Ich hörte mir selbst zu, wie ich ein vollendetes Gespräch führte mit Patrick.

Zum Nachtisch gab es eine Creme brûlée. Patrick übernahm die Rechnung.

Er lud mich in sein Hotelzimmer ein. Ich konnte nicht Nein sagen. Auf dem Weg dorthin suchte er in einem Supermarkt, der um die Uhrzeit noch offen hatte nach einer bestimmten Sorte Kaugummi, grün. Der Verkäufer sah so müde aus wegen der Uhrzeit und wegen der Heimatlosigkeit. Ich weiß nicht, woher er kam, aber seine Heimat war nicht Frankreich. Vielleicht Algerien oder Marokko. Dieser Kaugummi in der grünen Verpackung, nachts um zehn, in einer fremden Stadt in einem fremden Supermarkt bei einem Verkäufer, der in der Fremde lebt, das machte mich auf einmal weich.

Das kenne ich. Das ist der Moment der Heimatlosen. Der Moment, den alle Heimatlosen kennen und teilen. Der Moment, in dem ein Heimatloser Heimat findet. Er findet den Kaugummi, den er kennt. Den Grünen. Das ist Heimat.

Da war mir Patrick ganz nahe. Wir schliefen miteinander, es war so fein und einfühlsam. Ich liebte Patrick, ich fühlte sein Wesen, er hielt es nicht zurück. Meine Gedanken wanderten zu Daniel. Patrick berührte mich und es fühlte sich an wie die Berührung eines Menschen. Ich sehnte mich nach der Berührung von Daniel. Sie fühlte sich an, wie wenn ein Pferd mir den Kopf auf die Schulter legte. Ich wurde sehr traurig. Ich konnte Patricks Seele spüren, aber in mir verschob sich etwas. Ich war auf einen anderen Weg gerufen. Ich kannte den Weg nicht, ich fühlte nur dieses Hinausgeleiten aus einer alten Welt und einen Ton in meinem Innern, einen Klang von weit her, der mich rief wie der süße Ton einer Flöte.

Ich dachte, ich könnte Patrick vielleicht mitnehmen. Vielleicht würde es seine Traurigkeit auflösen. Vielleicht könnten wir zusammen diesen neuen Weg gehen, auf dem die Seele froh wird. Vielleicht war es das, was das Leben von uns wollte. Warum es uns zusammengebracht hatte. Zwei Heimatlose.

Am Morgen beim Frühstück im Hotel, sagte er: „Du hast gefragt, was in dem Umschlag ist. Es ist ein Angebot an dich." Er schob mir den Umschlag zu.

Ich versuchte, in seinen Augen zu lesen. Da war nichts Erwartungsvolles. Sein Routine-Ich hatte sich das ausgedacht. Er ruhte in sich, in seiner Souveränität, Corporate Management.

Ich mag die Croissants in Frankreich. In Frankreich sind sie knuspriger, dunkler, mehr Mantel, weniger Teig. In den Hotels am Frühstücksbuffet gibt es diese kleinen Croissants. Aprikosenmarmelade. Da fühle ich mich sicher. An fremden Orten ein Zuhause finden. Frei sein. In jedem Augenblick gehen können.

Ich holte mir Kaffee am Kaffeeautomaten, ohne Kaffee schmeckt das Croissant zu trocken. Zu dem Umschlag sagte ich nichts. Ich hätte Patrick gern geliebt, so ganz, mit meinem ganzen Sein. Aber ich glaube, darum ging es nicht in dem Umschlag.

Am Tisch nebenan saß ein älteres Ehepaar, sie sprachen Französisch. Sie trug einen Faltenrock, cremefarben. Er trug ein weißes Hemd mit kleinen schwarzen Knöpfen und einer auffälligen schwarzen Naht am Kragen. Mein Blick fiel auf die goldenen Ringe an ihren Fingern. Sie sprachen mit gedeckten Stimmen.

Der Umschlag, die Erscheinung dieses Ehepaars, Patrick, der mir gegenüber saß mit einer Rolex am rechten Handgelenk, und ich, mit diesem Zuhause-Sein in der Fremde.

Es hätte anders kommen können zwischen Patrick und mir. Ich fühlte seine Seele. Seine Sehnsucht. Sie machte mich unendlich traurig und mir wurde bewusst, dass ich dasselbe Gefühl gestern Abend gehabt hatte. Dass es mir auf den Magen geschlagen war. Jetzt nicht mehr. Jetzt genoss ich mein Croissant, ich war wieder zu Hause. Patrick hatte sich entschieden, der Sehnsucht keinen Raum zu geben. Das stand in dem Umschlag.

Ich nahm ihn und öffnete ihn mit einem frischen Messer, das ich vom Buffet holte. Ich zog ein geheftetes Dokument von ein paar Seiten heraus. Ich sah Patrick fragend an.

„Ich habe einen Vertrag aufgesetzt", sagte er. „Lies ihn durch."

„Jetzt?"

Er zuckte mit den Schultern. Er war ganz ruhig. Er nahm die Situation vollkommen ernst.

„Du kannst die Details später lesen: Du verwaltest meine Villa in Jamaica. Du kannst dort leben und schreiben. Ich werde hin und wieder Gäste mitbringen. Du organisierst das Essen und die Übernachtung für sie, alles, um ihren Aufenthalt angenehm zu machen. Du kümmerst dich um das Personal, den Gärtner, den Fahrer, die Reinigungshilfe. Du bekommst ein Auto, und ein Gehalt."

"Steht da drin, wie oft wir Sex haben?", fragte ich.

Patrick lachte. Ich hatte ihn tatsächlich zum Lachen gebracht.

Da war es wieder, was ich so an ihm geliebt hatte: Was uns verband. Unsere Seelen hatten sich berührt. Ich wurde sehr traurig. Das war nicht seine Traurigkeit, es war meine. Wir hatten zu früh aufgegeben. Er und ich auch. So war das mit den Heimatlosen: Zu früh aufgeben. Immer weiterziehen. Immer dem nächsten süßen Klang einer Flöte folgen.

Ich wurde sehr müde, obwohl ich gerade erst aufgestanden war. Ich würde es nicht schaffen, ihn an seine Seele zu erinnern, es war zu schwierig für mich.

Ich sah lange hinaus durch die voll verglaste Wand des Frühstücksraums. Im Innenhof plätscherte ein Springbrunnen. Ich musste mit Erzengel Michael sprechen, ihn fragen, was ich tun sollte. Ich war ratlos. Ich war verloren.

War dies der Weg, den sie oben für mich vorgesehen hatten? War es meine Aufgabe, Patrick an seine Seele zu erinnern und darin mein eigenes Seelenheil zu finden?

Erzengel Michael antwortete nicht. Er war da, er hörte mich, aber seine Antwort war, dass er diese Totenstille verbreitete. Ich kannte das. Das machte er mit Fragen, von denen er dachte, dass ich sie mir selbst beantworten konnte.

Ich dachte nur: Da ist irgendwo ein Fehler im System. Womöglich bin ich der Fehler. Ich steckte das Dokument in den Umschlag zurück und sah ihn mir von allen Seiten an. Dann sah ich Patrick an.

"Ich suche die Liebe", sagte ich. "Das hier ist ein goldener Käfig."

Wir verabschiedeten uns. Ich weinte. Ich konnte nicht alle Tränen weinen, in diesem Augenblick. Ich musste schauen, dass ich nichts vergaß. Der Moment der Abreise ist kritisch. Da vergisst man wichtige Dinge wie Handykabel oder das Akkuladegerät, das man braucht, um das Handy so weit aufzuladen, dass man am Flughafen das Ticket aufrufen kann. Ich rief mir ein Taxi zum Flughafen.

Kein Kommentar, hörte ich Erzengel Michael sagen. Ich hatte das Gefühl, dass es gut war für den Augenblick. Auch wenn die Liebe eine Chance verpasst hatte.

Jamaica

ONE LOVE - ONE HEART

Kapitel 26 – Atmen und Lieben

Es ist der 1. Januar 2019. Jamaica. Das Morgenlicht fällt in Streifen durch die Fenster auf den gefliesten Boden. Ein Hahn kräht hinterm Haus, die Stimmen von vielen Vögeln, hohe, tiefe, schwere, leichte, gequetschte, singen um mich herum. Die Hügel um mich herum sind bedeckt von großen, dichten Bäumen. Die Bäume in Jamaica wirken immer, als würde eine explosive Kraft langsam von innen nach außen wachsen. Die Sonne malt die Formen der einzelnen Blätter heraus.

Ich bade in der warmen, feuchten Luft und der Musik, die jemand in der Nachbarschaft angestellt hat, um das neue Jahr zu begrüßen. „Hallelujah, Hallelujah, Hallelujah". Jede Silbe ist lang hinausgezogen, so lang, bis sie im letzten Winkel meines Körpers angekommen ist.

Ich bin angekommen in Jamaica. Ich, die Heimatlose.

Ich bin so gerne hier, weil das Leben mich hier umhüllt wie eine große Mutter. Ich fühle ihre Arme, ihre Beine, ihren Schoß, ihre zarten und zugleich kräftigen Hände überall: in den Farben, in der feuchten Luft, im Bellen der Hunde, in der Weichheit des Blicks, wenn ich den Menschen in die Augen schaue. Ich kehre in das Reich meiner Kindheit zurück. Ich fühle mich wie in einem Traum, aus dem ich nicht aufwachen muss. Es ist kein friedlicher, glatter Traum, keine Betäubung. Es ist ein Traum voller großartiger Schönheit und zugleich voll von echtem

Schmerz. Es ist das pure Leben. Hier bin ich zu Hause. Hier gibt es viele halb zerbrochene Bäume wie mich, viele ganz zerbrochene und viele ganz junge, vor Kraftstrotzende. Hier fühle ich mich nicht fremd.

Es gibt noch eine andere Geschichte, die passiert ist, in den letzten sieben Monaten. Das Leben hat so seine Art, alles Falsche, das ich mir angeklebt habe, wegzureißen, alle Illusionen. Es macht mich unerbittlich nackt. Das gilt besonders, seit ich unterwegs bin. So lange ich in einem Haus gelebt habe, mit einer Familie, mit einer gleichmäßigen Arbeit, da fühlte sich das Leben so an wie eine fest gebaute Welt. Als sie dann weggefetzt wurde, stand ich auf dem Hochhausdach zusammen mit meinen verzweifelten Kumpels, um mein Leben zu beenden. Ich konnte mir nicht vorstellen, dass außer der fest gebauten Welt noch eine andere existierte. Dann haben die Engel mich aufgehoben und weitergehen lassen, und dann fing das an ... dass alles wegfällt, was nicht wahr ist.

Ich wollte es wissen. Sie kennenlernen, die Frau, mit der mein Mann viele Jahre ein Doppelleben geführt hat. Ich wollte wissen, wie groß die Illusion war, in der ich gelebt hatte. Ich wollte wissen, ob das Leben, das ich mit ihm gelebt hatte, die Liebe, die ich mit ihm geteilt hatte, es wert waren, auf dem Hochhausdach zu stehen und mein Leben beenden zu wollen.

Marrakesh, die Souks, Jutesäcke bis oben hin gefüllt mit gelben, roten Gewürzen, Safran, Curry, Paprika, Kümmel, getrocknete Minze, Knoblauch. Tee in einer metallenen Kanne, der in einem langen dünnen Strahl in Gläser mit Goldrand fließt. Der Geruch von Dreck, verbranntem Fleisch, süßen Räucherdüften und Verfaultem. Raue Männerstimmen, laut und gefühllos, Musik aus kleinen Radios oder Handys. Ein Gefühl von Untergang. Das alte Marokko, das langsam untergeht, wie überall die alten Welten untergehen. In den Souks bewegen sich, außer den Händlern und Handwerkern, hauptsächlich Touristen. Die Jungen holen ihren Chai Latte bei Starbucks und ihre Chicken Wings bei einer Burgerkette.

Sie ist schön, weich, hat lange schwarze Haare, eine helle Haut, große schwarze, geschwungene Augenbrauen. Ein runder, fülliger Körper in einem hellgrünen kaftanähnlichen Gewand mit dicken goldenen Armringen. Im Vergleich zu vielen einheimischen Frauen hier hat sie einen eigenen Stil und strahlt eine europäische Feinheit aus.

Es war ein dummer Fehler, hierherzukommen. Ich merke, wie sich mein Magen verknotet. Wir sitzen in einem der kleinen Läden, der ihrem Onkel gehört, einem Schuster, der aber ganz gut Englisch kann, weil er öfters bei Verwandten in England ist. Sie hat mich hierhergeführt. Sie reicht mir einen Tee.

„Zucker?", fragt sie mich in gebrochenem Englisch.

„Nein, danke."

Das Gefühl ist wieder da, genau wie an diesem Abend auf dem Hochhausdach. Da wusste ich noch nichts von ihrer Existenz. Meine Knie werden weich. Nichts hat sich verändert, denke ich. Die gleiche Verzweiflung ist immer noch da. Die Engel haben nichts erreicht, gar nichts. Illusion.

Sie sieht mich voller Mitgefühl an, ihre dunklen Augen ein Meer in der Nacht. Ich ahne, dass sie etwas sagen wird, das mich verletzen wird. Auch wenn das vielleicht nicht ihre Absicht ist. Ich habe keine Kraft wegzulaufen. Sie wird es sagen, ohne zu wissen, was sie damit anrichtet. Sie wird glauben, dass es richtig ist, die Wahrheit zu sagen. Das ist es nicht. Sie sieht mich an mit diesem Mitgefühl, aber es reicht nirgendwo hin, es ist nur eine Gewohnheit. Was sie wirklich fühlt, scheint verborgen.

Ein Junge erscheint am Eingang. Das Licht in seinem Rücken zeichnet seinen Körper nach, sein Gesicht kann ich nicht sehen – und doch erkenne ich seinen Vater in ihm – Oliver, meinen Mann.

Es wird dauern, bis ich ein Gefühl habe zu dieser Situation. Im Moment bin ich einfach nur weggeblasen. Der Junge sagt etwas zu seiner Mutter auf Arabisch, dann verschwindet er wieder. Ich habe immer noch kein Gefühl, aber einen Gedanken: Die ganze Geschichte ist wahr, der Junge existiert und er sieht seinem Vater ähnlich. Ich habe sein Gesicht gesehen, als er in den Raum trat. Dieses zweite Leben von Oliver, das gab es wirklich.

Oh, Mann. Ich habe das Gefühl, mich aufzulösen. Es war ein Riesen-Fehler, hierher zu kommen. Ich schaue auf meine Füße, ich kralle meine Zehen in den Boden, in die Sohle der Ledersandalen, die ich anhabe. Ich muss irgendwie in mich selbst zurückkehren, denn im Moment fliege ich irgendwo im Raum herum. Vielleicht an der Decke.

Sie redet jetzt. Ich kann sie nicht aufhalten.

Ich atme den Geruch von Leder, Leim und einer Art Weihrauch ein. Ich studiere die gestickten Ornamente auf den Schnabelschuhen, die der Onkel anfertigt. Vor vielen Jahren war ich mit Oliver in Marrakesh und habe ein paar solche Schuhe bei genau so einem Schuster gekauft. Ich verliere mich vollkommen in den Ornamenten auf den handgemachten Schuhen, ich studiere die unterschiedlichen Formen, die kleinen Abweichungen, ich bin besessen davon.

Der Onkel stellt mir eine Schale mit Pistazien hin, er murmelt: „Iss etwas, du siehst blass aus."

Etwas essen? Wie kann ich etwas essen, wenn da gar kein Körper vorhanden ist, der etwas essen könnte. Aber das sage ich natürlich nicht. Ich muss jetzt nur irgendwie diese Situation überstehen, ohne dass die Wände über mir hereinbrechen oder etwas anderes passiert, das mich davon spült.

Ich schaue in ihre brennenden Augen. Ich sehe ein Feuer darin, das so gar nichts Weiches und Liebliches hat. Was hat Oliver nur bei ihr gesucht?

Als könnte sie meine Gedanken lesen, sagt sie: „Vielleicht fragst du dich, warum Oliver glücklich war mit mir? Mehr als mit dir."

Ich ahnte, dass es genau darum gehen würde. Diese Hexe hatte es nur darauf abgesehen, mich fertigzumachen, und ich war so dumm gewesen, das selbst alles einzufädeln. Wie dumm! Wie dumm! Jetzt wache ich wieder auf. Mich über mich selbst zu ärgern ist immer noch ein gutes Mittel. Nein, ich schiebe es nicht den Engeln in die Schuhe, dass ich jetzt hier sitze und untergehe. Das geht auf mein eigenes Konto.

Und ehrlich, ich will es jetzt wissen. Ich will wissen, warum die marokkanische Schlampe glaubt, dass sie Oliver glücklicher machen konnte als ich.

„Deutschland ist kalt", sagt sie. Ich stöhne innerlich laut auf. Sehr laut. So laut, dass man es durch die ganzen Souks hören kann. Das ist wirklich das Allerletzte: das kalte Deutschland. Ich fühle, wie mich der Bumerang trifft. Laufe ich nicht seit einiger Zeit durch die Welt und posaune in die Welt, dass Deutschland kalt ist? Oliver ist schon früher darauf gekommen. Scheiße! Deutschland ist schuld!

„Du meinst, ich bin kalt, weil ich Deutschland bin?", frage ich. „Du bist warm, weil du Marokko bist?"

„Ich habe ihn geliebt", sagt sie und es klingt so schwer und süß wie die arabischen Honig-Blätterteig-Nuss-mischung-Baklavas.

Ich habe ihn auch geliebt, du blöde Schlampe, denke ich, aber das sage ich nicht laut. Ich schweige einfach. Ich bin jetzt allerdings wieder ganz da. Bereit durch den marokkanischen Fleischwolf gedreht zu werden.

„Oliver sagt, du keine gute Mutter, du keine gute Ehefrau, du immer schreiben Buch und immer in andere Welt unterwegs, du nicht gut kümmern um ihn."

Sie kennt meinen Waffenschrank nicht. Sie kennt nicht meine Revolver, meine Pistolen, meine Halbautomatischen und meine Automatischen, die von selbst feuern, wenn sie einmal losgegangen sind. Sie weiß nicht, dass ich von jetzt an alles tun werde, um sie zu vernichten. Einfach nur, weil sie mit diesem Gedanken durch die Welt läuft, dass ich nicht gut bin, keine gute Mutter, keine gute Ehefrau, keine gute Alltagstauglichkeit. Ich kann mich nicht gut um andere kümmern. Herzlos. Kalt. Egoistisch. Ich bin selbst schuld, dass mein Mann einer pathetischen marokkanischen Schlampe in die Hände gefallen ist.

Ich stehe auf und beim Aufstehen fällt das Schälchen mit den Pistazien vom Tisch. Ich weiß nicht, wie ich das geschafft habe, denn es stand auf dieser silbernen gravierten Servierplatte mit dem erhobenen Rand, wo nichts so leicht herunterfallen kann. Es liegt wohl an der emotionalen Bombe, die in mir gerade hochgegangen ist.

Der Onkel zuckt nicht mal mit der Wimper. Ich bücke mich, ganz deutsch, um die Pistazien aufzulesen. Sie wischt meine höfliche Geste großspurig beiseite.

„Lass es einfach", sagt sie und weist mit der Hand zum Ausgang.

Ich bin so wütend, dass ich kaum einen Fuß vor den anderen bringe. Aber irgendwie auch froh, dass ich nicht länger an der Decke schwebe. Das ist das Gute daran, wenn man es wissen will, die Wahrheit: Vorher hat man wahnsinnige Angst vor dem, was kommt und wenn es kommt, ist die Welt in Trümmern, aber man hat dann wenigstens dieses Gefühl von Ehrlichkeit.

„Du bist eine verdammte Schlampe", sage ich zum Abschied zu ihr. (Auf Englisch klingt das besser: bitch!) „Und ich will dich nie wiedersehen oder von dir hören!

Und frag mich nie wieder nach Geld. Verreck in deinem verranzten Marokko mit deiner eiskalten Liebe. In Deutschland fallen wir nicht so schnell um. Phhhhh. Wir wissen, wie man aus Trümmern etwas aufbaut."

Puh, denke ich, *irgendwie schwachsinnig und zugleich smart!*

„Salemaleikum!", füge ich noch hinzu. Ich weiß nicht, ob das irgendeinen Sinn macht, ist auch egal.

Ich wühle mich durch die überdachten Gassen, drehe mich um. Sie ist hinter mir her wie ein Hund. Ich scheuche sie davon.

„You bloody bitch!", fahre ich sie an. Sie klebt an mir. Ich habe sie vielleicht wütend gemacht, in ihrer Ehre gekränkt, sie will es mir zurückzahlen. Ich bin stärker. Sie hat mich gerade an den Wurzeln herausgerissen. Was glaubt sie denn, was dann passiert?

Ich glaube, ich bin noch nie so wütend gewesen. Ich schnappe einen Besen von einem der Verkaufsstände, handgemacht, und hole nach ihr aus. Das ist das Gute an Marokko, es kümmert keinen, dieser Ton scheint hier üblich zu sein.

Sie beschimpft mich jetzt auf Arabisch.

„Ich weiß, warum du so wütend bist", sage ich. „Du hast gedacht, du kannst mich ganz klein hacken mit deinen Sprüchen – und dann werde ich aus lauter Verzweiflung ein Konto einrichten für dich und deinen Sohn, nur damit du eines Tages zu mir sagen kannst: ‚Du hast so ein großes Herz. Du hast unser armes Leben gerettet. Du bist nicht mehr kalt. Oliver hatte unrecht, du hast ein gutes

Herz und du hast so viel Liebe.' Du glaubst, dass ich mich von dem kalten Herz freikaufen will. Aber das werde ich nicht tun!"

„Er ist Olivers Sohn, du hast ihn selbst gesehen", schreit sie. „Du bist herzlos, wie ich es gesagt habe."

„Pech für dich", sage ich. „Und die falsche Strategie."

„Du bist dafür verantwortlich", schreit sie mir hinterher.

Ich schlage wieder mit dem Besen nach ihr – gar nicht so einfach, denn jetzt bin ich in der Hauptschlagader der Souks angekommen und ich will mit meinem Besen keines der älteren deutschen Ehepaare treffen, das hier die Marokko-Exotik genießen will.

Ich fürchte aber, dass ich sie gar nicht so schnell loswerde, denn es geht anscheinend tatsächlich um Geld. Ihr Überlebenskonzept baut darauf auf, dass ich das Leben ihres Sohnes finanziere, weil er ja Olivers Sohn ist – und ihr Leben gleich mit.

„Hier kommt deine Lektion in Sachen in seiner eigenen Welt unterwegs sein", brülle ich sie an. Ich will, dass sie jedes Wort versteht. Die Weißhäutigen und Englisch-Sprechenden unter den Soukflanierern beäugen uns interessiert. Vielleicht kommt man ja deshalb in die Souks, wegen solcher Echtzeit-Szenen.

„Fang mal schön an, in deiner eigenen Welt zu leben", schreie ich. Ich finde mich irgendwie originell dabei. Ich bin jetzt auch nicht mehr so mörderisch wütend. Mir geht es nur um eines: Möglichst viele von den Dolchen, die sie in mich gestoßen hat, zurückzuwerfen.

„Fang mal schön damit an, eine gute Mutter zu sein!

Und dich richtig zu kümmern um deinen Kleinen", brülle ich.

Hey, ich will nachher nicht voller blutiger Eingeweide in mein Leben zurückkehren. Die Dolche kriegst du zurück.

„Du bist nicht zu seiner Beerdigung gekommen", schreit sie. „Du hast kein Herz."

„Und ich weiß auch warum. Oliver war ein verdammtes Arschloch. Er hat mich belogen und betrogen, viele Jahre. Als die Nachricht von seinem Tod kam, konnte ich wochenlang nicht aus dem Haus gehen, weil ich von innen heraus verbrannt bin. Ich weiß jetzt warum. Ich wusste, dass er ein Zerstörer ist. Warum soll ich ein Herz haben für einen Mann, der mich von vorn bis hinten betrügt?"

„Er hat dich nicht geliebt, weil man kann dich nicht lieben", sagt die Schlampe. Das ist zu viel. Ich treffe sie am Kopf und sie jault auf. Es war keine Absicht.

„Es ist mir scheißegal, ob du krepierst", brülle ich. „Verschwinde!"

Ich muss ehrlich sein, ich will eigentlich, dass sie noch ein wenig hinter mir herläuft, und ich sie noch ein wenig anbrüllen kann. Aber genug ist genug.

Ein starker Arm entreißt mir den Besen. Ich schaue in das Gesicht eines muskulösen jungen Mannes, durchtrainiert, vielleicht von der Army. Er hat wohl das mit dem Besen an ihrem Kopf gesehen.

„Es ist genug", sagt er. „Hört auf!"

„Halt sie von mir fern", schreie ich.

Er versteht sofort. Er stellt sich in den Weg, breitet die

Arme aus, zwei eiserne Schranken, an denen sie abprallt.

Ich renne zum Ausgang.

Draußen flutet mich das Sonnenlicht und der Gesang des Muezzins aus den Lautsprechern der Moschee.

Wieder einmal ist der Moment da, wo ich ein Taxi zum Flughafen brauche. Ich muss weg von hier, so schnell wie möglich. Mehr von dieser Wahrheit verkrafte ich heute nicht mehr.

Kapitel 27 – So küssen Engel

Ja, ich lebe in meiner eigenen Welt. Ich bin Schriftstellerin. Manchmal bin ich sehr einsam darin. Ich brauche das Schreiben, aber mehr noch als das Schreiben brauche ich die Liebe. Ich brauche die Liebe für das Schreiben. Nachdem die Marokkanerin mir vorgeworfen hat, dass mein Mann mich betrog, weil ich zu viel in meiner eigenen Welt unterwegs war – seither bin ich verloren. Heute Morgen sind meine Ohren zu, ich kann kaum etwas hören. Das kommt, weil ich gestern darüber geschrieben habe. Ich bin in meiner eigenen Welt gefangen. Ich will da raus. Ich muss die Liebe finden, die Liebe.

Solange ich die Liebe nicht finde, geht gar nichts. Wenn ich denke, wie wütend ich war, so wütend, dass ich diese Frau sogar verletzt habe. Das bin nicht ich. Aber es ist in mir. Ich kann einfach nicht glauben, dass ich schuld bin, ein Leben in der Lüge gelebt zu haben. Und doch, wenn ich es höre … dieses Urteil, dass ich nicht für andere da sein kann, weil ich zu sehr in mir gefangen bin. Da ist etwas in mir, das glaubt, dass das stimmt.

Ich bin wütend, aber mehr noch, ich bin vollkommen ohnmächtig. Habe ich kein Recht zu lieben? Muss ich für immer allein bleiben? Werde ich immer wieder von anderen betrogen werden, zurückgewiesen, verletzt? Weil ich in meiner eigenen Welt lebe?

Ich wohne hier in einem Airbnb in einem Stadtviertel von Ocho Rios, wo die Einheimischen wohnen. Der Betreiber Marc ist so ein Dauernd-unterwegs-Typ wie ich, wir haben uns gleich verstanden, auch wenn er eher im Umkreis von 10 Meilen unterwegs ist und nicht im Umkreis von 5000. Er scheint jeden zu kennen, der hier einmal gehustet hat. Ich wollte wieder nach Te Moana, aber war ausgebucht und wird es wohl bleiben, die nächsten Jahre. Ist einfach zu gut.

Jedenfalls spielen sie hier in der Nachbarschaft gute Musik, viel Rap, Reggae, Soul, die Hunde führen ein Dauergespräch, so wie die Vögel. Nebenan ist eine Schule. Jeden Morgen singt dort eine Lehrerin ein Gospel über den Lautsprecher. Mama Jamaica nimmt mich in den Arm mit ihren Klängen, – und mit ihrem unendlichen Vorrat an Sonnenschein.

Heute Nacht habe ich von einer Stute geträumt, ich ritt sie ohne Sattel, ohne Zaum. Sie fühlte sich so weich an, so vertraut. Sie passte auf mich auf, machte keine falsche Bewegung. Alle ihre Bewegungen waren darauf ausgerichtet, dass ich sicher auf ihrem Rücken sitzen konnte. Ich hielt mich mit einer Hand an ihrer Mähne fest. Mit meinen Beinen und Füßen konnte ich ihre Schulter in die eine oder andere Richtung bewegen. Jetzt wo ich es schreibe, merke ich, wie die Wände meiner inneren Welt bröckeln und ich ein wenig besser hören kann.

Fürsorge, sich um den andern kümmern, für den andern da sein. Das hat die Stute letzte Nacht im Traum für mich getan. Und ich für sie? Habe ich nicht auch alles getan, damit ich sanft bin und weich und mit allen ihren

Bewegungen mitfließe, um sie nicht zu stören? War ich nicht genauso für sie da? Bin ich wirklich so unfähig, für andere da zu sein?

Es fängt jetzt an zu regnen, der Garten von Mama Jamaica wird gegossen. Ich höre jetzt den Klang des Regens, ein sanftes Rauschen. Ich kann wieder hören, ich bin wieder aufgewacht aus meinem inneren Gefängnis. Ich mache mir ein Sandwich mit Erdnussbutter, mache Kaffee aus den Kaffeebohnen aus den Blue Mountains, die Marc mir dagelassen hat. Ich mahle die Bohnen und brühe den Kaffee frisch auf. Er ist weich und süß und voll. Meine Gedanken wandern zu Daniel. Ich habe oft an ihn gedacht. Ein paar Mal war ich kurz davor, ihn anzurufen, etwas hielt mich zurück. Aber jetzt muss ich wissen: Bin ich wirklich so herzlos? Gibt es keine Liebe für mich?

Es war nicht nur die Marokkanerin, die mir das gesagt hat. Oliver selbst hat es mir viele Male vorgeworfen. Nicht nur er: Schon als Kind haben sie zu mir gesagt: Du träumst zu viel. Wach auf und mach dich nützlich.

Deshalb wurde ich so wütend, in Marrakesh. Seither finde ich keinen Frieden. Bin ich nicht liebenswert, nur weil ich eine eigene Welt habe, eine eigene Fantasie? Diese Frage bringt mich um. Diese Angst hat mich einst auch auf den Hochhausturm gebracht. Ich will mein Leben nicht in Einsamkeit verbringen. Lieber will ich tot sein.

Diese Sehnsucht danach, die Liebe zu finden. Sie ist zu groß für ein einfaches Menschenherz. Ich weiß einfach nicht, wie ich da herausfinde. Ich kann doch meine Fantasie nicht einfach abstellen. Das kann ich nur, wenn ich mich selbst abstelle. Manchmal fühle ich mich so außerhalb von allen Menschen, von dem was andere Menschen wollen und fühlen, dass ich aufgebe. Ich suche die Liebe nicht mehr.

Ich hole das Handy mit der jamaicanischen SIM-Karte aus dem Koffer und suche nach Daniels Nummer. Ich wähle, mein Herz klopft bis zum Hals. Jetzt gleich, seine Stimme zu hören – oder nicht? ... Fehlermeldung. Was?!!! Das gefällt mir jetzt überhaupt nicht. Ich muss mich jetzt doch mal ernsthaft mit Erzengel Michael und seinen Praktikanten unterhalten. „Was wollt ihr von mir? Dazu habt ihr mich jetzt vom Hochhausturm geholt zurück in dieses Leben, wo die Liebe einfach nicht existiert?"

Natürlich antwortet Michael nicht auf so banale Beschwerden. Ich kann mir da höchstens selbst antworten. Nur weil die SIM-Karte meines Handys nicht funktioniert, will ich schon wieder auf den Hochhausturm? Das ist mein ganzer Edelmut?

Mir fällt der Handyvertrag ein, in dem steht, dass die Nummer nach sechs Monaten erlischt. Deshalb also. No way, wie ich Daniel jetzt erreiche.

Ich stehe auf, gehe ans Fenster, und merke, wie das ganze Elend zurückkommt. Der Dolch. Ich habe es immer geahnt, oder nicht? Ein ganzes Leben in einer Illusion verbracht. In mir blutet es, wie es schon immer geblutet hat. *Warum?*, rufe ich, nach außen hin stumm, aber innen drin sehr laut. *Warum?*

Auf der Straße fährt ein Lieferwagen vorbei. Ich lese die Aufschrift: *DANIEL'S PLUMBING SERVICE*.

Ich muss lachen. *Daniels Klempner-Service?* Warum fährt ausgerechnet jetzt dieser Lieferwagen vorbei? War das Erzengel Michael? Hat er doch die ganze Zeit zugehört? Lieben sie mich? Die Engel?

Ich fühle mich schon ein wenig besser. Mir fällt ein, dass ich Daniel ja auch von meinem deutschen Handy aus anrufen kann. Das kostet zwar 2,99 Euro pro Minute, aber das ist ja völlig egal. Die Engel lieben mich. Zumindest schauen sie nach mir. Zumindest lassen sie es so aussehen. Ich bin nicht allein.

Ich wähle Daniels Nummer. Mein Herz schlägt mir bis zum Hals. Es klingelt und klingelt und klingelt. Niemand hebt ab. Ich probiere es wieder. Vergeblich.

Jetzt kommt meine wahre Natur zum Vorschein. Nein, ich bin nicht hochbegabt, nein, ich bin nicht die einzige wahrhaft Liebende auf dem Planeten. Ich bin maßlos, ungeduldig, herrisch, haltlos, selbstzerstörerisch, egozentrisch und wenn ich etwas will, muss ich es sofort bekommen. Gefühllos habe ich noch vergessen. Würde es mir wahrhaft um Liebe gehen, würde ich mein Handy streicheln und geduldig neben ihm sitzen bleiben, ich würde es immer wieder probieren, bis Daniel schließlich drangehen würde, heute, morgen oder erst in zehn Jahren. Meine Liebe würde die Zeiten überdauern, ich würde nie aufgeben. Ich kann jetzt auch nicht mehr schreiben. Ich bin 100 % blockiert.

Keine Ahnung, wie der Tag vorbeiging. Ich war in irgendeinem schwarzen Loch, in das auch kein Engel mehr vordringen konnte.

Am Abend klingelt mein Handy. Daniel.

„What's up?", sagt er.

„Kann ich dich sehen?", frage ich.

„Wo?"

„Irgendwo."

„Wo bist du?"

Das Adrenalin strömt durch meinen Körper. Ich treibe auf einer Welle, die sich riesig hoch aufbäumt und jeden Moment brechen kann. Aber sie bricht nicht. Ich bin in diesem Zustand und er dauert endlos an. Ich denke an die Stute aus dem Traum von heute Nacht. Das Gefühl auf ihrem Rücken. Die Wärme ihres Körpers, ihr weiches Fell.

Daniel hat mir ein Taxi vorbei geschickt, ein Freund von ihm. Ich bin jetzt bei Daniel zu Hause. Es ist dunkel draußen, die Jamaica-Insekten-Musik ist laut hier draußen auf dem Land. An der Decke dreht ein Ventilator und bringt frische Luft in die feuchte Hitze. Daniel brät in Scheiben geschnittene Plantains auf einem Gasherd. Jetzt wo er da ist, werde ich vollkommen ruhig. Ich fühle die Liebe ganz und gar. Er stellt den Teller mit den Plantains und einem Stück gebratenem Fisch auf den Tisch. Er schneidet eine Papaya auf, entfernt die Kerne. Er tut dies mit einer Ruhe, die Menschen haben, die mit Pferden arbeiten.

Wir essen zusammen von einem Teller. Es gibt nichts Fremdes zwischen Daniel und mir. Wir haben uns sieben Monate nicht gesehen und wir kennen uns eigentlich kaum und doch fühle ich mich ihm näher als manchen Menschen, die ich schon Jahrzehnte kenne.

„Es ist gut, dich zu sehen", sagt er. „Warum bist du zurückgekommen?"

Ich schiebe mir ein Stück Papaya in den Mund. Das Fleisch der Papaya ist süß und weich, es schmeckt wie Jamaica, denke ich.

„Weil ich dich liebe", sage ich.

Er fährt mit der Hand durch mein Haar. Sein Körper ist muskulös. Aber seine Berührung ist so sanft wie das Maul eines Pferdes, das mir seinen Atem in die Haare bläst. So sanft wie die Bewegungen der Stute letzte Nacht in meinem Traum. Ich bin jetzt in meiner eigenen Welt, aber ich bin dort nicht allein. Daniel ist dort mit mir. Er legt einen Arm um mich, mein Körper gibt nach. Die Welle bricht. In meinem Körper ist nicht der geringste Widerstand gegenüber seinem Körper. Unsere Körper bewegen sich als wären wir Tänzer, die schon viele Jahre zusammen tanzen. Ich bin nicht mehr allein, nicht mehr gefangen in meiner eigenen Welt.

Jemand ist zu mir gekommen und mit ihm zusammen fühle ich mich, wie ich mich nie zuvor gefühlt habe. Ich bin ein sehr weiches Wesen, sehr nachgiebig. Wie Wasser. Ich weiß, dass ich nicht auf andere zugehe und mich um andere kümmere, wie andere Frauen das tun, wie eine Krankenschwester oder eine Pflegerin oder eine marokkanische Vollblutfrau.

Hier mit Daniel bin ich ganz da – für ihn. Alles in mir neigt sich ihm zu – und es kommt einfach so aus mir. Ich fühle, dass es meine Natur ist, denn mein Körper, mein ganzes Sein dehnen sich aus zu ihm und ich fühle so viel

Freude, da zu sein mit ihm und für ihn. Einfach *Da-Sein*.

Daniel nimmt meine Hand und führt mich durch einen Vorhang in einen Raum mit einem Bett und einem Schrank. Das Bett hat vier Bettpfosten, an denen Vorhänge aufgehängt sind, um die Stechmücken fernzuhalten. Die Wände sind türkis und hellbraun gestrichen. Durch die Fliegengitter an den Fenstern weht ein leichter Wind und bläht die Vorhänge auf. Ich fühle mich wie in einem Dschungel. Wie in einer Welt, die ich als Kind bewohnt habe. Auf dem Bett nur ein dünner weißer Bezug und ein dünnes weißes Laken.

Ich weiß nicht, wie wir auf das Bett gekommen sind, ich liege neben ihm. Wir sehen uns an als wären wir die ersten Menschen auf dem Planeten Erde. Adam und Eva. Mann und Frau. Wir sind keine Namen, keine Geschichten, wir sind nicht Hautfarbe, Sprache, wir sind nur da. Mann und Frau. Wenn wir uns berühren, ist das, als würden wir die ganze Welt berühren. Sie ist unendlich weit, alles dort ist lebendig. Tiere leben dort, fantastische Pflanzen wachsen dort, große Wolkenschiffe schweben vorbei.

Daniel und ich wandern durch diese Welt, wie durch unser Zuhause. Es ist ein Liebesspiel, wie ich es kenne und wie er es kennt, denn jeder von uns hatte andere Liebhaber und jeder von uns weiß, was den Körper von Mann und Frau erregt. Und doch ist es viel mehr.

Ich verliere mich in Daniels Berührungen. Alles was ich bin und was ich war, verschwindet hier.

Er zieht mein T-Shirt über meine Arme und meinen Kopf. Er zieht meinen Slip meine Beine hinunter. Er streift selbst alle Kleider ab. Es ist nichts Sensationelles, nackt zu sein. Es geht nicht darum, mit einem Mann zu schlafen. Es geht um dieses Sein, in das Daniel und ich eintreten, mit unseren Körpern, sein männlicher Körper, mein weiblicher Körper. In diesem Raum bin ich nie zuvor gewesen mit einem Mann. Ich wusste nicht einmal, dass es ihn gibt.

Hier mit Daniel bin ich zu Hause. Sein Körper und mein Körper, sie sind wie perfekt gemacht füreinander. Die richtige Größe, die richtige Energie. Ich finde mich selbst in Daniel wieder. Und doch ist er ein anderer, ein Mann. Ich eine Frau.

Wir verbringen die ganze Nacht in dieser Umarmung. Als ich am Morgen aufwache, ist er immer noch da.

Die Engel, denke ich, haben mir diesen Mann geschickt. Jetzt will ich nicht mehr zurück auf den Hochhausturm. Ich habe auch keine Angst mehr, dass ich nicht genügend da sein kann für andere. Es müssen nur die richtigen Anderen sein.

Ein Gefühl von tiefem Frieden erfüllt mich. Dankbarkeit.

Ich fühle die Gegenwart von Erzengel Michael jetzt ganz stark. Tränen laufen mir über die Wangen.

„Warum weinst du?", fragt Daniel.

„Ich habe Gott berührt", sage ich.

Er küsst mich, ein Kuss wie der Hauch eines Schmetterlingsflügels.

So küssen Engel, denke ich.

Kapitel 28 – Hab einen Tag mit den Engeln verbracht

Gott lebt in den Tieren. Das weiß ich. Das ist meine Arbeit, mein Leben. Mit den Tieren finde ich die Liebe immer. Mit den Menschen ... hmmm

Mit Daniel finde ich sie. In mir finde ich sie. – Nicht immer.

Seit ich mit Daniel zusammen war, bin ich ganz ruhig.

Gestern habe ich nicht geschrieben.

Gestern habe ich einen Tag mit den Engeln verbracht.

Daniel hat ein Frühstück gemacht, dann musste er weg. Das Taxi brachte mich zurück ins Airbnb, ich duschte, ich zog mir ein hellrosa Kleid mit kleinen dunkelrosa Blumen an. Ein Kleid mit enger Taille und Schuhe mit Absatz. Und eine Perlenkette, die Patrick mir einmal geschenkt hat.

In der Kirche von Joy, wo ich hingehe, um die Engel zu treffen, gibt es nicht wenige Frauen – egal, in welchem Alter -, die High Heels tragen, richtige High Heels mit bleistiftdünnen Absätzen. Sie tragen Kleider und Röcke wie eine zweite Haut. Und Hüte. Meine High Heels sind nicht dünn, ich fühle mich auch ein wenig ungewohnt in meiner so weiblichen Erscheinung, aber ich möchte schön sein – für die Engel und für die Menschen dort.

Neben mir auf der Kirchenbank sitzt ein Mädchen, vielleicht acht Jahre alt. Sie schaut mich an wie eine Fremde. Ich bin die einzige Weiße in der Kirche und wahrscheinlich sieht sie nicht viele Weiße aus der Nähe, so wie jetzt, wo ich neben ihr sitze.

Joy, die links von mir sitzt, sagt: „Das ist das Mädchen mit dem rosa Kleid, das dir letztes Mal so gefallen hat." Ich schaue das Kleid an, das sie heute trägt: Es ist weiß mit feinen rosa Streifen und kleinen Blumen. Ich zeige mit dem Finger ganz sanft auf das Rosa in ihrem Kleid und dann auf das Rosa in meinem Kleid. Sie schaut mich ein wenig erschrocken an. Dann zeige ich ganz sanft auf die kleinen Blumen auf ihrem Kleid und dann auf die kleinen Blumen auf meinem Kleid. Sie lächelt und ich lächle. Jetzt bin ich ihr nicht mehr so fremd und sie mir auch nicht mehr.

Sie fragt mich nach meinem Namen. Ich sage, „Viola."

Ihr Name ist Ariana.

Ich bin froh, dass ich das rosa Kleid angezogen habe.

Ich merke, wie jemand von hinten auf meine Schulter fasst und den Träger meines BH unter das Kleid schiebt. Auf beiden Seiten. Ich sehe die Person nicht, ich warte, bis sie fertig ist. Dann drehe ich mich um. Eine Frau in meinem Alter lächelt mich an, für sie ist es völlig selbstverständlich, dass man das macht. Sie findet mich kein bisschen fremd.

„Danke", sage ich.

Ich mag es, so nah zu sein unter den Menschen. *Genauso*, sage ich mir, *fühlt es sich an, unter Engeln zu sein.*

Joy habe ich seit April, als ich das letzte Mal in Jamaica war, nicht mehr gesehen, wir umarmen uns innig zur Begrüßung, es fühlt sich an, als hätten wir uns erst gestern verabschiedet. Joy ist mir kein bisschen fremd und ich ihr auch nicht. Sie ist wie immer ein Energiebündel, fast achtzig Jahre alt, aber sie hat doppelt so viel Energie wie ich.

Ich bin wieder im Haus der Engel und es ist so himmlisch hier. Zum Gebet halten sich die Menschen in kleinen Gruppen an den Händen und dann betet jemand aus der Gruppe und die Worte sind keine vorgefertigte Formel. Sie kommen einfach aus dem Herzen. Manche Menschen hier sind sehr scheu, sie würden mir nie in die Augen schauen. Aber ich fühle auch so, dass sie ganz nah sind und sie fühlen, dass ich ganz nah bin.

So fühlt es sich an unter Engeln, man redet von Herz zu Herz, auch wenn man kein einziges Wort sagt.

Es gibt einen Chor, der jetzt auf das Podest nach vorne kommt. Er ist ganz schön groß geworden, der Chor, seit ich das letzte Mal hier war. Bestimmt dreißig Sängerinnen und Sänger. Die Farben ihrer Kleidung, das sind diese intensiven Jamaica-Farben. Ich mache keine Fotos in dieser Kirche, niemand macht hier Fotos. Man kann über die Engel schreiben, aber fotografieren, das fühlt sich nicht gut an. Die Farben also, monochrom, ich weiß nicht, ob sie das so abgesprochen haben, aber da ist kein einziges Kleidungsstück, das Streifen hat oder Blumen oder einen Adidas Schriftzug. Pure Farben, dunkelgrün, maisgelb, violett, wolkenhellblau, erdbraun, orange, flieder, blutrot, dunkelblau. Lange ruht mein Blick auf diesen Farben und dem Zusammenspiel dieser Farben. In Jamaica gibt es Farben und Kombinationen von Farben, die kenne ich von nirgendwo sonst. Doch, ich kenne sie aus meiner Kindheit, da habe ich stundenlang Karten mit Farben angeschaut und es waren genau solche Farben und solche Kombinationen, dunkelrosa und türkis.

Ich schließe die Augen, um den Gesang zu hören. Ich habe noch nie so einen Chor gehört. Die Chöre, die ich kenne, hören sich an, als würden sie lange üben, um einen Gleichklang zu finden. In diesem Chor klingen die Stimmen nicht nach Übung. Es sind Stimmen von jungen Frauen und jungen Männern und alten Frauen und alten Männern und allem dazwischen. Manchmal rutscht ein Ton ab. Manchmal ist eine einzelne Stimme sehr laut, sehr rau. Wenn die Männer singen, klingt das sehr ungeschliffen. Manchmal packt jemand einfach das Mikrofon und singt aus voller Kehle. Trotzdem ist da ein Gleichklang, der immer da ist. Er ist wie ein Klangteppich, der alles trägt, obwohl niemand diesen Klangteppich singt, er ist von selbst da. Als würden die Engel mitsingen. Dieser Klang ist so stark, dass ich weine. Die Menschen singen nicht mit Stimmen, denke ich, sie singen mit dem Herzen. Sie singen nicht allein, sie singen zusammen, zusammen mit dem Herzen. Das Herz ist nicht versteckt, man kann es hören in ihrer Stimme. Es gibt kein Richtig und kein Falsch in den Stimmen, die mit dem Herzen singen.

Eine junge Frau tritt an das Pult und begrüßt die Gemeinde. Das Haus ist voll. Es sind vielleicht zweihundert Menschen. Sie spricht in ein Mikrofon, sie redet mit den Menschen, als würde sie ihre besten Freunde begrüßen, mit denen sie auf einer Wiese sitzt und plaudert. Ihre

Stimme, ihre Haltung haben nichts Offizielles, nichts Formelles, sie hat keine Angst, vor so vielen Menschen zu sprechen. Nach dem Gottesdienst steht sie am Ausgang und verabschiedet die Menschen, da sage ich zu ihr, dass es mir gut gefallen hat, wie sie geredet hat, und wie selbstsicher sie ist. Sie schaut mich an und versteht nicht, was ich meine. Sie weiß nichts über ihr Talent.

Bei ihrer Begrüßung begrüßt sie auch die *visitors*, die Besucher. Sie bittet die Besucher sich zu melden und dann bittet sie jemanden, der neben dem Besucher sitzt, den Besucher vorzustellen. Mit „Besucher" sind Menschen gemeint, die von anderen Orten kommen. So wie ich. Es werden eine Handvoll Besucher vorgestellt, sie kommen aus anderen Städten in Jamaica. Eine Frau, die eine Reihe vor mir sitzt, stellt mich vor.

„Das ist Viola aus Deutschland", sagt sie. Die Sprecherin lacht und sagt: „Oh, she is a regular." (Sie ist bekannt hier). Das haut mich um. Ich fühle mich dermaßen willkommen, klar, ich falle hier mit meiner weißen Hautfarbe auf, trotzdem, man hätte mich ja auch als Fremdkörper empfinden können, wie es den Menschen mit dunkler Hautfarbe so bei uns ergeht.

Joy, die mich mit hierher gebracht hat, kippt auch schier um vor Lachen. Bei den Engeln bin ich also nicht mehr ganz unbekannt.

Wir singen alle zusammen, ich kann hier plötzlich singen, obwohl ich überhaupt nicht gern singe. Das stimmt nicht ganz, ich singe gern, aber bin überzeugt, dass ich nicht gut singe. Ich bin hier so *Ich-selbst*, wie ich es sonst nur bin, wenn ich allein bin oder mit Daniel oder mit sehr guten Freunden.

Es geht mir einfach gut. Ich bin nicht allein, in meiner Welt gefangen. Ich bin in meiner Welt, aber in meiner Welt sind noch viele andere, die mir überhaupt nicht fremd sind.

Meine Welt ist keine Welt, die nur ich kenne. All die Menschen hier kennen diese Welt, sie sind genauso gern hier wie ich. Deshalb sind sie hier, in diesem Haus der Engel, glaube ich.

Ich denke wieder an die junge Frau, die Rednerin. Ihr Talent ist ein seltenes Talent, das denke ich, weil ich Schauspieler ausgebildet habe, weil ich Seminare über Charisma gebe, weil ich weiß, wie schwer es ist, einen guten Redner oder Schauspieler auszubilden und wie selten natürliches Charisma ist. Sie ist sich nicht bewusst über ihr Talent – und anscheinend auch niemand in ihrer Umgebung so richtig. Sonst hätte es ihr jemand gesagt, sonst wäre sie sich darüber bewusst.

Die Predigt beginnt, ich kenne den Prediger vom letzten Jahr. Das letzte Mal erzählte er, dass sein Baby, das gerade geboren war, mit dem Überleben kämpft, dass es zu früh auf die Welt kam, dass es im Inkubator liegt. Die ganze Gemeinde betete für das Baby. Heute erzählt er, dass seine Frau gerade das zweite Kind zur Welt gebracht hat. Sie wurde kurz darauf wieder schwanger. Dem Baby aus dem Inkubator geht es gut, das erfahre ich später von Joy.

Er spricht von zwei jungen Männern aus der Gemeinde, die vor kurzem im Meer ertrunken sind. Von den Kindern, die sie hinterlassen, davon wie er die Familien besucht hat. Ein tragischer Unfall. Diese jungen Männer haben ihre Fähigkeit, im offenen Meer zu schwimmen, überschätzt. Ich denke daran, dass die meisten Jamaicaner nicht schwimmen können, obwohl sie auf einer Insel im Meer leben. Sie lernen es nicht in der Schule und auch nicht in ihren Familien.

In der Predigt geht es um einen Text aus Hebräer 12, , es geht um das Laufen mit Geduld. „Lasst uns laufen mit Geduld, in dem Kampf, der uns bestimmt ist." Der Prediger erzählt von Usain Bolt, dem jamaicanischen mehrfachen Sprint-Weltmeister, von seinem harten Training, dass er weiter machte, auch wenn er völlig am Ende war und sich übergeben musste vor lauter Erschöpfung. Warum? Warum hat er weitergemacht? Er war fünfzehn Jahre alt als er international bekannt wurde.

Wie viel Spirit muss ein 15-Jähriger haben, um so motiviert zu sein? Seine erste Goldmedaille gewann er mit zweiundzwanzig Jahren, bei einem Rennen, bei dem seine Schnürsenkel offen waren.

Ich lausche mehr der Stimme des Predigers als dem Inhalt. Je länger er redet, desto leidenschaftlicher wird die Stimme, desto lauter und eindringlicher. Er redet davon, dass das Böse sich besonders gern über die Unschuldigen hermacht. Dass der Glauben immer Opfer verlangt. Dass diejenigen, die den leichten Weg suchen, untergehen. Seine Stimme, seine Worte sind wie ein Wasserfall, unter dem ich stehe, das Wasser klatscht auf meinen Kopf, ich halte mir die Hände vors Gesicht, um es zu schützen. Es klatscht auf meinen Rücken, ich fühle die ganze Macht des Wassers.

Die Welt um mich herum verschwindet, die Welt, die ich einmal bewohnt habe. Ich bin jetzt in einer anderen Welt, ich bin zu Hause. Ich bin in der Welt, von der der Prediger spricht. Sie ist in seiner Stimme, in seinem Herzen, sie ist in ihm, sie füllt den ganzen Raum. Sie ist in den Herzen aller, die hier sind. Sie ist so stark, dass alle hier Zuflucht suchen, wie bei einer großen Mutter, die alle beschützt, egal ob sie Gott heißt oder sonst wie. Wir sind ihre Kinder.

Ariana, das Mädchen neben mir, legt ihren Kopf in meinen Schoß. Ich wiege sie mit dem Wippen meines Schenkels. Wir alle werden gewiegt von der großen Mutter.

Ich höre, wie der Prediger von der Ohnmacht spricht, von der Hoffnungslosigkeit, vom Aufgebenwollen und davon, weiterzulaufen mit Geduld – wie Usain Bolt. Dass dann die Hoffnungslosigkeit verschwindet. Ich fühle es, Ariana fühlt es, alle um mich herum fühlen es. Ich bin nicht mehr in der fremden Welt, in der ich allein sein muss. Ich bin jetzt zu Hause. Ich bin nicht mehr allein. Ich weiß jetzt, dass ich nicht allein sein muss. Es gibt viele, die hier mit mir sind. Vielleicht könnten alle Menschen dort sein, in diesem Zuhause. Wenn sie das Fremde hinter sich lassen. Dann sind alle Menschen hier, im Schoß der großen Mutter. Die Menschen hier in Ocho Rios sind Menschen, wie es sie überall gibt: jung, alt, Mann, Frau, gebildet, ungebildet, dick, dünn, gesund, krank, gläubig, ungläubig, arm, reich. Sie sind auf der Suche nach dem Zuhause.

Ich glaube, wenn man läuft wie Usain Bolt, oder wenn man singt wie der Chor in dieser Kirche oder redet wie die junge Frau, dann sind es die Engel, die einem das einflüstern. Dann gewinnt man eine Goldmedaille mit offenem Schnürsenkel. Dann singt man keinen falschen Ton. Dann redet man zu Menschen wie zu Freunden.

Nach dem Gottesdienst suche ich nach John, der uns von der Kirche abholt. Ich steige zu ihm ins Auto, wir umarmen uns und müssen erst mal eine Portion lachen, einfach weil wir so glücklich sind, uns zu sehen. Dann entspinnt sich sofort eine lebhafte Diskussion – ist immer so mit John und mir. Eine Bekannte kommt vorbei, grüßt ihn, er fragt nach ihrem Sohn. John erzählt mir, dass sie lange gekämpft hat, zwei Kinder allein großgezogen, aber jetzt hat sie etwas aus sich gemacht, ist zur Schule gegangen und ist Krankenschwester. Schon reden wir darüber, dass alles jetzt besser ist für die Frauen – einfacher als früher – und darüber, warum Gott eigentlich männlich ist. Dass in der Kirche nur Männer predigen. Ich denke daran, dass in den ganzen dreitausend Jahren der Philosophie, die ich einmal an einer deutschen Universität studiert habe, kein einziger Text von einer Frau vorkam. Und wie die Welt aussehen würde, wenn die Talente der Frauen genauso Platz hätten wie die der Männer.

Ich bin nicht einverstanden, wenn im Bibeltext des heutigen Tages wieder das Beispiel vorkommt mit dem Züchtigen. Dass der Vater den Sohn schlägt, weil er ihn liebt. Daniel hat mir gestern Morgen erzählt, dass sein Onkel, bei dem er aufgewachsen ist, ihn seine ganze Kindheit lang geschlagen hat. Dass er von morgens bis abends gearbeitet hat, und dann trotzdem noch Schläge bekam, dass er kein einziges Spielzeug hatte und nur hin und wieder in die Schule durfte. Das ist auch Jamaica, denke ich. Das Böse macht sich besonders gern über die Unschuldigen her. In einer deutschen Kirche habe ich das noch nicht gehört. Erlebt habe ich es aber schon oft. Aber noch nie jemanden darüber reden hören, außer hier in Jamaica. Da ist das Böse ganz real. Armut, Ausbeutung, Prostitution, Kriminalität. In den deutschen Reisebüros werden die Leute vor Jamaica gewarnt.

Wenn Frauen die Bibel mitgeschrieben hätten, wenn es weibliche Prophetinnen gegeben hätte und eine Tochter Gottes neben dem Sohn – dann stünde in der Bibel vielleicht, dass man keinen Schmerz braucht und keine Schläge, um die Liebe zu finden. Keine Züchtigung. Kein Anbrüllen. Keine Krankheit. Dass eine Umarmung genügt.

„Gott lebt in Jamaica", sagt der italienische Reggae Musiker Alborosie in einem Interview, das ich kürzlich gesehen habe. „Und Satan auch", fügt er hinzu. Alborosie lebt seit vielen Jahren hier. Sein Satz ist mir hängen geblieben.

Und irgendwo in all dem ist die Liebe.

Nach der Kirche bin ich bei John und Joy eingeladen, auf der *Little Farm in Eltham*, wie John sein Haus nennt, seit er mich kennt und weiß, dass ich dauernd auf Farmen unterwegs bin.

Joy kocht seit dreißig Jahren vegan, wundervoll, vielleicht haben sie und John deshalb so viel Energie. John und Joy sind seit über fünfzig Jahren verheiratet, aber sie benehmen sich wie ein jung verliebtes Paar. Sie zwitschern und flattern umeinander herum, von Müdigkeit keine Spur. Ich habe noch nie ein so süßes Ehepaar gesehen wie die beiden.

„Love and peace", sagt John zum Abschied.

Sagt er immer.

Jamaica
ONE LOVE – ONE HEART

Kapitel 29 - Soon Come

Heute ist ein ganz schwarzer Tag für mich. Seit zwei Tagen habe ich nichts von Daniel gehört. Er antwortet nicht auf meine WhatsApp-Nachrichten und wenn ich anrufe, ist da nicht einmal ein AB. Meine Freundin Felicia, mit der ich jeden Tag schreibe, hat sich gestern auch nicht gemeldet. Heute schreibt sie mir, dass wir nicht immer schreiben müssten und auch mal eine Pause einlegen könnten. Felicia – weißt du nicht, dass ich ohne deine täglichen Botschaften nicht überleben kann? Ich habe eine fette Schreibblockade. Worüber soll ich schreiben? Dass ich die Liebe gefunden habe, aber dass sie sich gleich darauf so was von verabschiedet hat? Megakurze Zerfallszeit. Ich bin hier mitten in meinen aller schlimmsten Ängsten gelandet. Habe heute Nacht kein Auge zugetan. Doch kurz habe ich geschlafen, um einen der schlimmsten Albträume zu haben. Alle Menschen, die mir je etwas bedeutet haben, haben mich verlassen – und ich – ich hab gesagt: „Leckt mich doch ... ihr seid mir alle scheißegal! Dann haben sie mir gesagt, dass ich ab jetzt ganz allein wäre, meine allerschlimmste Angst. Ich bin trotzdem gegangen. Mich hält niemand auf. Phhhhh ...

Ich stehe am Fenster meines Airbnb. Marc hat eben Calalou (einheimischer Spinat), Plantains (Kochbananen) und zwei Mango mitgebracht. Daraus habe ich ein Frühstück gemacht. Es liegt auf dem Teller, ich habe den Teller in der Hand und eine Gabel in der anderen und warte darauf, dass ich irgendetwas schmecke. Eigentlich warte ich darauf, dass die Engel mir wieder ein Zeichen geben, so wie den Wagen mit der Aufschrift DANIEL'S PLUMBING SERVICE?

Ich bin so sauer!

Engel sind das Unzuverlässigste, das man in puncto Beziehung mitmachen muss. Sie sind wie fiese Liebhaber, die plötzlich auftauchen, einen anfixen und dann auf unbestimmte Zeit verschwinden. Der garantierte Weg in die Sucht. Ab und an zeigen sie sich in ihrer göttlichen Gnade, aber wenn man sie braucht, sind sie weg. Selbst wenn man den ganzen Erdball absuchen würde, würde man sie nicht finden. Sie verstecken sich hinter ihrer Unsichtbarkeit.

Was Daniel betrifft, er ist immerhin sichtbar, aus Fleisch und Blut. Ich könnte mir ein Taxi nehmen und in sein Dorf fahren. Mach ich aber nicht. Vielleicht finde ich ihn da in den Armen einer jamaicanischen Schönheit, die dann auch zu mir sagt, dass ich nicht wüsste, wie man sich um einen Mann kümmert. Ja, das Leben denkt sich solche Sachen aus. Besonders gern Wiederholungen von fiesen, absolut niederschmetternden Momenten.

Ich bin einfach zu nichts zu gebrauchen auf dieser Welt. Die Welt braucht Köchinnen und Krankenschwestern und Putzfrauen oder Frauen mit großen runden Körpern auf Bleistiftabsätzen, die zu jeder Zeit gern Sex haben wollen. Meine Art von Liebe wird hier nicht gebraucht. Ich hab ja gleich gesagt, ich bin im Himmel besser aufgehoben als auf der Erde. Der Hochhausturm war genau der richtige Ort für mich. Ich bin nicht brauchbar für diese Welt – oder die Welt nicht für mich. Ja, ich wiederhole mich ...

John schickt mir gerade eine WhatsApp mit dem Foto der zwei jungen Männer aus der Kirchengemeinde, die im Meer ertrunken sind. Er schreibt, der eine schwamm hinaus, um seinen Schwager zu retten und kam dabei ums Leben. Ich weine. Am Samstag in der Kirche fand ich es tragisch, da habe ich nicht gesehen, dass das ja aus Liebe geschah, ... aus Liebe schwamm er hinaus, um seinen Schwager zu retten.

Ich weine, weil es auch andere Menschen gibt, die so sehr lieben, dass sie ihr Leben hingeben. Ja, das waren die Engel, die dafür gesorgt haben. Sie tun das, um die Menschen zu erinnern, dass es Liebe gibt. Sie suchen die Unschuldigen aus, die mit den zu-großen-Herzen, mit der zu-vielen-Liebe. Die dann untergehen, weil sie einen anderen retten wollen.

Kurz darauf hält ein Taxi vor meiner Tür. Es ist der Freund von Daniel, der mich schon mal gefahren hat. Ich schiebe mir eine Gabel Plantain in den Mund und ich schmecke sie. Ich würde jetzt sofort den Teller abstellen, Jeans und Turnschuhe anziehen, hinunterstürmen und in das Taxi steigen, um zu Daniel zu fahren. Aber das tue ich nicht. Ich laufe nicht herum wie ein Huhn ohne Kopf. Das war ein Spruch, den Marc heute Morgen erwähnt hat.

Ich hatte mal wieder eine von meinen superdämlichen Neugierfragen gestellt: „Sag mal, Marc, was ist in deinen Augen der Unterschied zwischen einem Europäer und einem Jamaicaner? Du siehst ja viele, europäische Gäste meine ich."

Er antwortete ohne zu zögern und er meinte das nicht einmal besonders witzig: „Die Europäer laufen alle herum wie Hühner ohne Kopf."

Also Hühner, die geschlachtet wurden und nur noch glauben, dass sie am Leben sind, obwohl sie schon tot sind. (Das hat er nicht gesagt, aber das ist ja die Situation eines solchen Huhnes.)

Ich stehe am Fenster und esse mein Frühstück, denn jetzt schmeckt es. Der Fahrer hat mich entdeckt, ich winke ihm zu. Er hat, wie ich, alle Zeit der Welt. ‚Soon come‘, heißt das hier. Huhn mit Kopf. Auch wenn Usain Bolt der Weltrekordhalter im Sprinten ist, sehe ich hier nie irgend jemanden kopflos herumrennen, nur weil er es eilig hat.

Ich könnte mich jetzt hinsetzen und schreiben und es wäre vielleicht eines meiner besten Kapitel, aber, nachdem ich meinen Teller leer gegessen habe, ziehe ich in aller Ruhe meine Jeans und meine Turnschuhe an, um Daniel zu sehen. Ich steige in das Taxi, ich bin ein Huhn mit Kopf.

Im Taxi muss ich noch kurz ein paar Dinge mit den Engeln klären. Es ist ja eine längere Fahrt.

„Ihr verdammten Amateure! Michael, du Loser, du hast wieder einen deiner Praktikanten auf mich angesetzt. Hey, der lässt mich voll hängen! Und was ich schon gar nicht leiden kann: Zuerst scharfmachen und dann fallen lassen wie eine heiße Kartoffel. Wenn ihr so weitermacht, werfe ich hin. Ich komm dann nach Hause. Nur um mich per-

sönlich mit euch darüber zu unterhalten. Ihr habt einen
Saftladen da oben und ihr habt keine Ahnung, was für ein
Scheißladen das hier auf der Erde ist. Von oben sieht das
vielleicht lustig aus. Aber nicht, wenn man zwangsweise
in einem Menschenkörper steckt."

„Are you okay?", fragt der Fahrer und dreht sich nach
mir um, während das Auto in ein fettes Schlagloch knallt.

„Yeah, yeah", sage ich und schaue aus dem Fenster, wo
sich gerade der Blick auf ein weit ausgedehntes Tal öffnet.
Mein Blick fällt mitten hinein in dieses Grün. Nicht die
Farbe grün, das Grün als eine Wolke, die aus den tropi-
schen Wäldern aufsteigt. Ich werde ganz ruhig. Der Toyo-
ta, in einem Alter und einem Zustand, wo jeder Sachkun-
dige schwören würde, dass dieses Auto keinen Zentimeter
mehr fährt, schwebt und kracht über die Schlaglöcher.
Manchmal glaube ich, Autos und Menschen werden hier
von Geist allein bewegt. Ich glaube es nicht nur, ich habe
den täglichen Beweis.

Ich frage mich, ob der Praktikant von Erzengel Michael
meine Beschwerde weitergeleitet hat. Das Ding ist, wenn
man sich bei denen beschwert, lassen sie sich manchmal,
noch Schlimmeres einfallen – einfach nur, weil sie meinen, dass das gesund ist! Gesund! Heilsam!

Der Fahrer hält vor Daniels Haus, hupt und nach einer
Weile (in der Daniel wohl auch sein Frühstück zu Ende
verspeist hat) kommt Daniel aus dem Haus, eine Machete
in der Hand und eine der berühmten schwarzen Plastik-
tüten, die die Insel bevölkern.

Der Fahrer bringt uns nach Annandale, auf die Farm.

„Sie hat ein neues Pferd", sagt Daniel. „Es ist schwierig."
Er sagt nichts davon, warum er meine Nachrichten und Anrufe nicht beantwortet hat. Und ich frage auch nicht. Ich habe meine Beschwerde bei den Engeln eingereicht und die, das habe ich auch schon bemerkt, mögen es nicht, wenn man sich wiederholt. Ich habe eine Höllenangst, dass sie sich etwas noch Schlimmeres einfallen lassen. Ich bin heute nicht in der Verfassung für mehr Herzlosigkeit. Meine Nerven sind dünn.

Das neue Pferd steht abgetrennt von den anderen in einem Roundpen. Ein Fuchs (rötliche Fellfarbe und Mähne).

„Sie haben ihn angegriffen", sagt Daniel. „Da haben wir ihn abgetrennt." Er meint die anderen Pferde.

„Wo kommt er her?"

„Eins von den Pferden, die mit den Touristen raus ins Meer gehen. Zu jung. Zu viele Touristen. Er hat sie angegriffen. Ein Mann wurde verletzt. Wir sollen ihn reparieren."

„Was willst du da reparieren?", frage ich. „Der ist zu smart. Der hat schon raus, dass man sich wehren kann". Man musste nur einmal in das Auge dieses Pferdes schauen, um zu sehen, dass er jeder menschlichen Intelligenz überlegen war.

„Dann kommt er zum Schlachter. Er ist nutzlos", sagt Daniel.

„Wie alt ist er?"

„Angeblich sechs."

„Wie heißt er?"

„Oxygen." (Auf Deutsch: Sauerstoff.)

Ich muss lachen, der Name passt so gut.

Daniel nimmt ein Halfter und geht in den Roundpen.

Oxygen beginnt zu laufen, ohne dass Daniel irgendetwas getan hat. Oxygen bewegt sich mit einer Energie, als würde er Sauerstoff anders verarbeiten als jedes andere Lebewesen. Ich mag ihn sofort. *Er hat mehr Energie als in seinen Körper passt,* denke ich.

Daniel lässt ihn laufen. Oxygen, das ist offensichtlich, hat Angst vor Menschen. Er traut Daniel nicht. Obwohl Daniel das hat, was Pferde brauchen, um sich sicher zu fühlen: hundertprozentige Erdung. Oxygens Misstrauen ist so groß, dass er jede Feinwahrnehmung ausgeblendet hat.

Daniel hat es nicht eilig. Ich versuche mir vorzustellen, wie Oxygen Hühner ohne Kopf auf seinem Rücken getragen hat und wie sich das angefühlt hat. Nach einer langen Weile wird er ruhiger und kommt auf Daniel zu, beschnuppert ihn. Daniel hat das Halfter in der Hand, aber er benutzt es nicht. Er legt es ab und beginnt stattdessen, den Rücken des Pferdes zu berühren. Oxygen zuckt zusammen, aber Daniels Hand ist ruhig, weder aufdringlich noch zurückhaltend. Er nimmt seine zweite Hand hinzu, legt sie auf den Rücken von Oxygen. Daniels Hände sind stetig. Einfach da.

Das spürt Oxygen. Er schnaubt ab und wird ruhig. Er dehnt sich in Daniels Hand hinein und Daniels Hände antworten auf die Bewegung des Pferdekörpers. Es sind nicht nur Daniels Hände, es ist sein ganzer Körper, es ist sein ganzes Wesen. Das Pferd spürt es. Das Pferd braucht nicht lange, um zu erkennen, dass dieser Mensch anders ist als die Menschen, die es bisher kennengelernt hat. Daniel bleibt lange bei ihm mit seinen Händen. Ich kann sehen, wie sehr das Pferd die Berührung sucht, wie es danach verlangt. Es sucht mit seinem Körper Daniels Hände und Daniel gibt ihm, was es braucht. Er lässt das Pferd keinen Augenblick allein. Schließlich lässt Oxygen den Kopf fallen und der Ausdruck in seinen Augen wird schläfrig. Daniel zieht sich langsam zurück, Oxygen hebt den Kopf, sieht zu ihm hinüber, dann geht er zurück in seine Ruhe.

Es hat mich bewegt, dem zuzuschauen, ich bin ganz benommen. Da war so viel Liebe. Für den anderen da sein, den anderen nicht erdrücken, die Sehnsucht des anderen wahrnehmen, und sein ganzes Wesen hingeben in der Berührung.

Daniel scheint selbst müde zu sein. Er setzt sich auf einen umgefallenen Baumstamm, holt zwei Kokosnüsse aus der schwarzen Plastiktüte und behaut sie mit der Machete. So lange, bis eine Öffnung da ist. Er reicht mir eine der Kokosnüsse, ich halte sie an den Mund und trinke das Wasser.

Ich bin aufgewühlt, ich würde gern mit Daniel reden, tausend Sätze gehen durch meinen Kopf. Keiner kommt über meine Lippen.

„Ich weiß, du hast dir Sorgen gemacht, weil ich nicht auf deine Anrufe geantwortet habe", sagt Daniel.

„Warum hast du nicht geantwortet?", frage ich.

„Ich will dich da nicht hineinziehen", antwortet er. Er sagt es mit vollkommener Ruhe.

„Wo hinein?"

Er lacht. „Du hast keine Ahnung."

„Was meinst du damit?"

Er sieht mich an, sein Blick drückt etwas aus wie: Du bist sehr naiv.

Das ärgert mich. Ich mag es nicht, wenn man mich für naiv hält. Das macht mich rebellisch. Ich sage aber nichts, denn er hat ja auch nichts gesagt, nur geschaut, und vielleicht bilde ich es mir nur ein.

„Ich liebe dich", sage ich stattdessen. Ganz von Herzen.

Er lacht wie ein Kind, das sich freut. Er schlägt die beiden Kokosnüsse so weit auf, dass man das Fruchtfleisch, das glibberig wie ein Gelee ist, essen kann. Er formt aus einem der abgespaltenen Schalenstücke einen Löffel, mit dem man es heraus schaben kann.

„Ich habe dir gesagt, dass ich auf einem Auge blind bin und das andere Auge ist dabei zu erblinden. Die Ärzte sagen, dass ich eine Operation brauche, die 100.000 Dollar kostet. Die Chancen, dass ich nach der Operation blind bin, sind 50 %. Ohne die Operation werde ich in drei oder fünf Jahren blind sein. Dann kann ich nicht mehr sehen, wie schön du bist. Dann kann ich nicht mehr mit Pferden arbeiten. Ich kann gar nicht mehr arbeiten und ich werde sehr arm sein. Willst du dann meine Rente bezahlen? Die Arztkosten?"

Es fühlt sich an wie ein Schlag in die Magengrube. *Scheißengel!*, brülle ich innerlich. *Scheißengel!* Ich sage nichts. Ich bin stumm. Dann sage ich: „Ich liebe dich. Ich fühle mich zu Hause bei dir. Es wird alles gut werden."

Er wendet sich ab. Wie Oxygen als Daniel den Roundpen betrat. Als würde er anfangen zu laufen, wegzulaufen, auch wenn er ganz ruhig sitzen bleibt. Er ist ganz weit weg, unerreichbar, das fühle ich. Nichts und niemand auf der Welt kann ihn jetzt zurückholen. Ich bin auch weit weg. Etwas Merkwürdiges passiert mit mir. Ich kann nicht glauben, was ich da gerade gesagt habe. Ich habe „Ich liebe dich" gesagt. Und „Ich fühle mich bei dir zu Hause." Und „Es wird alles gut werden." In meinem Kopf bricht die Hölle los. Wie kann ich so falsche Versprechen machen? Falsche Hoffnungen? Lügen! Ich habe das nur gesagt, um dem Schmerz auszuweichen, der Realität.

Ich kann einfach nicht akzeptieren, dass ich nicht alles reparieren kann. Nicht jedes Problem lösen. Ich werde verletzt werden, sehr verletzt. Und Daniel habe ich jetzt auch verletzt. Wahrscheinlich spürt er genau, wie anmaßend meine Versprechen sind. Das europäische Huhn ohne Kopf. Was weiß ich schon von seiner Welt, von seinem Leben?

Dann wird es noch schlimmer: Ich habe mich getraut, einfach zu sagen, was ich fühle. Tun das nicht alle hier? Egal, ob es passt oder nicht? Und was ist das Ergebnis? Ich werde jetzt gleich eine riesige Predigt erleben. Dass ich naiv bin. Dass ich gefälligst auf dem Teppich bleiben soll. So wie in meinem Traum von heute Nacht, wo alle meine Freunde mich gewarnt haben.

Mein Magen ist jetzt ein einziger Knoten. Meine Hand mit dem Kokosnusslöffel ist erstarrt. Ich rieche nichts mehr, ich sehe keine Farben mehr, ich schmecke nichts mehr und ich höre nur noch sehr dünn das Plaudern der Vögel in den Bäumen.

Oxygen schaut zu mir herüber.

Sein Blick ruht auf mir als würde er seit Millionen Jahren dort ruhen. Es erstaunt mich. Es berührt mich. Dieser wache Blick. Der nichts von mir will und doch ganz für mich da ist. Mein Magen schmerzt immer noch fürchterlich, aber in meinem Herzen wird es leicht. Mein Herz weint. Jetzt laufen auch die Tränen aus meinen Augen. Ich kann sie nicht zurückhalten. Sie kommen aus einem Erdbeben in mir. Ich zittere am ganzen Körper. Ich kann es nicht aufhalten. Ich möchte sie verbergen, ich schäme mich. Ich ...

Ich fühle Daniels Arme, die mich halten und ich lasse mich hineinsinken wie in ein Bett aus Federn. In mir tobt es, als hätte eine Schlammschleuder den Schlamm meines ganzen Lebens aufgewühlt. Den ganzen Mist. Die Angst, dass ich nicht richtig bin. Dass ich zum Schlachter komme wie Oxygen, wenn ich nicht endlich repariert werde.

„Ich liebe dich mehr als du weißt", sagt Daniel mit dieser klaren sanften Stimme. Er meint es so. Alles, was er sagt. Ich fühle wieder das Zuhause, das ich mit ihm teile. Der Junge und das Mädchen – wir wissen nichts von der Welt. Und doch alles. Wir wissen nicht mehr als ein Pferd weiß. Und doch alles, was ein Pferd weiß.

Jetzt fühle ich die Engel, jetzt sind sie da.

„Es war komisch", schreibt mir am Abend Felicia per WhatsApp. „Du warst irgendwie weg die letzten beiden Tage. Ich dachte, du bist beschäftigt, da lasse ich dich lieber in Ruhe. Aber das war eine blöde Idee. Will dir nur sagen: Ich bin da. Ich bin immer da für dich."

Verdammt, verdammt, verdammt. Das Leben hier unten auf der Erde ist wahnsinnig. Nein, die Liebe ist es. Sie raubt mir alles, sie zerschlägt mich mit ihrer Machete bis ich nicht einmal mehr einen Löffel halten kann und dann segnet sie mich. Bis ich ihre Wahrheit fühle. Bis ich sage: Ich habe sie gefunden – und sie ist ganz und gar wahr.

ONE LOVE – ONE HEART

Kapitel 30 - Der Pferdemann

Ich weiß nicht mehr, wer ich bin. Ich habe mich auf die Liebe eingelassen, aber es fühlt sich nicht an wie ein Schaumbad. Es fühlt sich roh an. Hilflos. Ich habe mich schon lange nicht mehr so hilflos gefühlt. Ich fühle mich allein, aber anders allein als zuvor. Ich fühle die Liebe und sie ist echt. Sie ist tief in mir.

Und ich fühle mich. Das macht die Liebe mit mir: Ich nehme mich selbst ganz anders wahr als zuvor. Schutzlos. Ich weiß nicht einmal, ob ich Daniel wiedersehen möchte. Sein Leben ist ganz anders als meines. Seine Welt ist eine vollkommen andere.

Ich höre ein Hupen, von unten, von der Straße. Ein elektrischer Strom schießt durch meinen Körper. Ich gehe zum Fenster. Es ist ein Route Taxi, eine Frau aus der Nachbarschaft steigt ein. Ich bin plötzlich traurig. Etwas in mir ist aufgebrochen, seit gestern, aber da kommen nicht nur fliederfarbene Gefühle, sondern etwas Dunkles, das tief in mir vergraben ist.

Ich habe mein Frühstück gerade beendet, da hupt der Freund von Daniel auf der Straße. Ich steige ein.

Daniel nimmt mich mit zu dem Pferd, Oxygen.

„Ich möchte, dass du mit ihm arbeitest", sagt er. Ich weiß nicht, ob ich mich geehrt fühlen soll oder was ich davon halten soll. Ich habe keine Ahnung, warum er das möchte.

„Okay."

Oxygen steht weiterhin im Roundpen. Er schaut zu mir herüber. Wieder dieser wache, Millionen Jahre alte Blick. Ich fühle mich hilflos und schwach und ich kann nichts dagegen tun. Etwas in mir sagt mir, dass ich da nicht hineingehen sollte. Mein Herz klopft wie verrückt, mein ganzer Körper steht unter Anspannung. Ich spüre aber auch wie alles in mir nach Erleichterung sucht, nach Stille, nach Frieden. Vielleicht kann Oxygen mir dabei helfen. Ich atme tief ein, rieche die feuchte Erde, höre den riesigen Bambus im Wind rauschen. Vielleicht finde ich Ruhe und Frieden mit dem Pferd.

Oxygen kommt neugierig auf mich zu. Er scheint keine Angst vor mir zu haben. Er schnuppert an mir. Ich bleibe ganz still stehen. Höre mein Herz schlagen. Rieche sein Fell, süß und warm und erdig. Ein Zittern geht durch seinen Körper. Ich fühle es in meinem Körper. Ich habe das Gefühl, dass sich ein zeitloser Raum öffnet. Und dass ich Oxygen dort treffe. Seinen Spirit.

„Achtung", höre ich Daniel rufen. Einen Sekundenbruchteil später finde ich mich selbst wieder: Ich liege auf dem Boden, ein stechender Schmerz in meiner Wange. Oxygen steht neben mir. Daniel kommt in den Roundpen, zieht mich an einem Arm hoch und stellt mich auf die Füße. Dann holt er mich aus dem Roundpen heraus.

Ich fühle mich benommen. „Was ist passiert?", frage ich.

„Er hat dich angegriffen."

„Warum?"

Weil du eine Frau bist." Das haut voll rein. Das nehme ich persönlich.

„Was hat das damit zu tun, dass ich eine Frau bin?"

Daniel antwortet nicht.

Ich setze mich auf einen Baumstamm, um zu mir zu kommen. Ich zittere am ganzen Körper. Ich untersuche vorsichtig meine Wange und habe Blut an den Fingern, nicht viel Blut.

„Er hat mich gebissen", sage ich. „Es ging so schnell, dass ich nichts mitbekommen habe. Du hast gerufen ... Daran erinnere ich mich." Daniel muss es kommen gesehen haben. Ich nicht.

Mein Hinterkopf schmerzt. Nicht von diesem Sturz, sondern von einem anderen. Bei dem Sturz damals bin ich nicht auf den Hinterkopf gefallen, sondern auf die Seite. Der Schmerz kommt von einem Sturz vor einem halben Jahr, als ich vom Pferd gefallen bin. Mein Körper erinnert sich. Ich fühle mich vollkommen elend.

„Du hättest nicht dort hineingehen sollen", sagt Daniel. Toll, denke ich. Es war seine Idee. Er könnte ja den Arm um mich legen und fragen, wie es mir geht, anstatt mir einen Vorwurf zu machen.

„Es war deine Idee", sage ich. Ich sehe in seinem Gesicht, dass dieser Satz bei ihm voll reinhaut. Er sagt nichts. Er ist sauer, weil ich ihm die Schuld zugeschoben habe. Das war meine Retourkutsche, weil er mir einen Vorwurf gemacht hat, anstatt mich zu trösten. Wenn ich jetzt nicht aufpasse, explodiert gleich was zwischen uns.

Ich stütze den Kopf in meinen Händen ab und versuche, irgendwie zur Ruhe zu kommen. Das Pferd steht ganz ruhig im Roundpen und grast. Ich merke, wie etwas tief in mir knackt, kein Körperteil, die Seele knackt. Etwas bahnt sich den Weg an die Oberfläche. Ich tue alles, um es zurückzuhalten. Jetzt ist nicht Augenblick, um etwas, das tief in der Erinnerung meines Körpers vergraben ist, ans Licht kommen zu lassen. Ich habe keine Kraft jetzt, das auszuhalten.

Daniel sitzt etwa zwei Meter entfernt auf dem selben Baumstamm. Bewegungslos.

Weder geht er in den Roundpen, um das Pferd zu reparieren, noch tut er irgendwas, um mich zu reparieren. Abgesehen von dem kurzen Scharmützel passiert gar nichts zwischen uns. Er ist auch nicht in seinen eigenen Gedanken versunken. Er ist einfach da. Das ist ein merkwürdiges Gefühl. Ich kenne das nicht. In meiner Kultur würde jetzt jemand kommen, fragen, ob ich verletzt bin, ob ich etwas brauche, mich trösten. In meiner Kultur, denke ich, würde man Daniel als herzlos empfinden, aber ich empfinde sein Verhalten nicht als herzlos, als fremdartig zwar, aber angenehm. Ich kann einfach dasitzen und zur Ruhe kommen.

Ich beobachte die anderen Pferde, die um den See herum grasen. Wie friedlich sie sich bewegen, jedes für sich und doch alle unter einer großen Glocke. Auf einem Baum auf der gegenüberliegenden Seite des Sees, sitzt eine Schar weißer Vögel, weiße Flecken in einem pulsierenden Grün. Plötzlich fliegen sie auf und schweben über den See, jeder für sich und doch alle eins. Nicht wie bei einer Armee, nicht starr, sie nehmen einen natürlichen Platz ein. Ich frage mich, ob das bei einer Armee auch so ist. Dass jeder seinen natürlichen Platz einnimmt. Der Unterschied ist: Wenn ich den Vögeln zuschaue, dann ist der einzelne Vogel nicht austauschbar. Wenn ein anderer Vogel an seiner Stelle flöge, wäre es ein anderes Bild. Jeder Vogel ist ganz einzigartig und zugleich aufgehoben in der Schar.

„Was denkst du?", fragt Daniel.

„Nicht viel", antworte ich. Wie soll ich ihm das jetzt erklären? Es ist zu kompliziert.

„Du denkst, es ist zu viel für mich", sagt Daniel.

Oh, denke ich. *Er hat meine Gedanken gelesen.* Das sage ich jetzt aber nicht, dass ich das denke.

„Ich habe die Pferde angeschaut und über die Harmonie in der Herde nachgedacht", sage ich.

„Ich werde dich nicht mehr zu den Pferden mitnehmen", sagt er plötzlich. „Es ist zu gefährlich."

Ich bin schockiert! Warum sagt er das jetzt? Das trifft mich. Das tut mir weh. Warum? Ich fühle mich gedemütigt, als unfähig abgestempelt, als schwache Frau. Dabei sind Pferde mein Beruf. Ich merke, wie ich mich verteidigen möchte, aber die Worte bleiben in meinem Mund stecken. Ich denke daran, wie Oliver zu mir gesagt hat: „Ich werde nicht mehr mit dir in den Urlaub fahren. Du schreibst ja sowieso nur." Ich weiß nicht, warum ich jetzt daran denke. Es war ähnlich endgültig. Wenn ich nicht mehr mit Daniel zu den Pferden gehen darf, ... da fühle ich mich aus seinem Leben hinausgestoßen. Die Wut kocht in mir hoch. Außerdem hat es nicht gestimmt: Ich habe im Urlaub nicht geschrieben. Es war ein haltloser Vorwurf, so wie der von Daniel. Es ist doch gar nichts passiert. Das Pferd hat mich geschubst, ja, solche Dinge passieren mit Pferden. Ich bin so was gewohnt, ich arbeite mit Pferden. Wie kann er so anmaßend sein? Außerdem wollte Oliver nur allein in den Urlaub fahren, um seine zweite Familie zu treffen – wie ich jetzt weiß. Eine ganze Lawine von Gedanken und Gefühlen fällt über mich herein.

Ich will aufstehen und gehen, einfach nur weg. Ich will keine Liebe mehr finden. Ich will nur noch allein sein. Ich habe mir das alles eingebildet mit Daniel. Blödsinn. Reine Fantasie.

Aber zum Aufstehen habe ich keine Kraft. Meine Gedanken rotieren, in meinem Körper schmerzt alles. Ich kann weder etwas sagen noch etwas tun. Ich fühle mich ohnmächtig.

„Komm mit", sagt Daniel und reicht mir seine Hand. Sie fühlt sich gut an, seine Hand. Das Einzige, was sich im Moment gut anfühlt.

Wir laufen einen Hang hinauf, quer über eine breite Wiese. Zuerst bemühe ich mich, mich dem Rhythmus seiner Schritte anzupassen, dann gebe ich auf, ich bin zu kraftlos. Ich merke, dass er mich mit seiner Hand führt. Er tut das auf eine so feine Weise, dass ich es jetzt erst mitbekomme. Mit seiner Hand führt er meinen ganzen Körper, jeden meiner Schritte. Ich gebe mich hin.

Wir stapfen durchs hohen Farn in Richtung eines Waldes. Ich muss dauernd schauen, dass ich nicht in irgendwelche Brennnesseln trete, die hier überall wuchern. Zum Glück habe ich die Jeans mit dem robusten Stoff angezogen und solide Turnschuhe.

Daniel bückt sich und ich bücke mich mit ihm. Drinnen, im Unterholz, ist es dunkler und kühler. Ich finde mich wieder mitten in einem Dschungel, unter Schlingpflanzen mit riesigen Blättern, Luftwurzeln, die sich wie Schlangen in alle Richtungen dehnen und strecken. Es scheint hier keinen einzigen einzeln dastehenden Baum zu geben, alles ist Teil von etwas anderem, Pflanzen und Bäume umarmen sich, schlingen sich ineinander. Alles lebt, wächst, wuchert.

Ich fühle mich sofort zu Hause, wie mitten in einem intensiven Traum. Umschlungen von einem undurchdringlichen Grün, das lockt, und mich tiefer und tiefer hineinzieht.

Mein Schmerz ist vergessen, ich bin ganz wach. Meine Hand liegt immer noch in der von Daniel. Er führt mich sanft, Schritt für Schritt, über tote Äste, auf der weichen Erde, immer tiefer hinein in den Dschungel. Er scheint ein Ziel zu haben.

Daniel bleibt stehen. Er lässt meine Hand los, schiebt mit den Händen tote Blätter beiseite. Darunter kommt ein Schädel zum Vorschein. Als ich näher hinsehe, erkenne ich den Schädel eines Pferdes. Ich gehe in die Hocke neben Daniel.

„Vor zwanzig Jahren habe ich angefangen, mit Pferden zu arbeiten. Davor habe ich auf Rinder aufgepasst. Es gab ein Pferd, Solo war sein Name. Er war nicht sehr groß, ähnlich wie Oxygen, er war schlauer als alle anderen, ließ sich nicht trainieren. Kein Sattel, er hat alle runtergebuckelt. Mich – unzählige Male. Eines Tages bin ich aufgewacht. Ich habe immer geglaubt, ich müsste ihm etwas beibringen." Daniel sieht mich an, ich habe noch nie so einen lebhaften Ausdruck in seinem Gesicht gesehen, auch wenn es immer noch unbewegt ist. Alle seine Bewegungen wirken verhalten, aber wenn ich genauer hinsehe, kann ich an den Veränderungen in seiner Mimik ablesen, was er vielleicht fühlt.

„Solo kam, um mir etwas beizubringen."

Ich höre Daniel zu und fühle wieder diese stille Verbundenheit. Ich bin ganz ruhig jetzt. „Er war nie zu etwas zu gebrauchen", fährt Daniel fort. „Er war da für mich. Wenn ich kam, hat er mich schon von Weitem gesehen. Er hat mich beobachtet, in allem, was ich getan habe. Wie Oxygen, du hast es gesehen." Daniels Blick wandert nach innen wie zu einer Erinnerung.

„Ich habe mich von ihm immer beobachtet gefühlt", fährt er fort. „Wie ein großes Auge, das über mich wacht. Sogar jetzt noch." Er lacht.

Ich lache auch und schaue auf den kahlen Schädel.

Etwas verschiebt sich in mir. Mein Herz klopft, aber jetzt klopft es vor Freude. In meiner Vorstellung wandere ich zurück zu meiner Begegnung mit Oxygen. Ich war zu ihm voller Anspannung hingegangen, er hat es gespürt und mich geschubst, wie, um mich aufzuwecken. Jetzt, wo Daniel von Solo erzählt, fühle ich den Spirit von Oxygen.

Ich erinnere mich an den Moment, wo sich dieser zeitlose Raum geöffnet hat – kurz bevor er mich schubste. Als würde er mich in diesen größeren Raum hineinschubsen. Ich bin jetzt dort. In diesem unendlichen Raum – und verrückt – hier finde ich Liebe.

Ich hole tief Luft. Ich staune. Oxygen, Daniel und zuletzt die Geschichte von Solo. Es ist als würden sie mich sehen, in meiner rohen Natur. Die Sonne fällt durch die Blätter, durchleuchtet den Dschungel mit nebelhaftem Licht, sie malt die Umrisse einzelner Blätter nach. Was mir heute den ganzen Tag schon Angst gemacht hat, etwas Unheimliches, das in mir schlummert: Jetzt ist es da. Sie haben es gesehen. Es ist ein unheimliches Gefühl: Es ist Liebe.

ONE LOVE - ONE HEART

Kapitel 31 – Am Gefrierpunkt

Zwei Tage sind vergangen. Ich habe darauf gewartet, dass das Taxi mich abholt. Den ganzen Tag warten auf etwas, von dem ich nicht weiß, ob es passieren wird. Ich denke an das Leben, das ich einmal hatte: Da war alles vorhersehbar. Ich schrieb tagsüber ein Kapitel meines aktuellen Romans, Oliver kam von der Arbeit nach Hause, family life. Jeden Tag. Jetzt gibt es nichts mehr in meinem Leben, das Kontinuität hat.

Gestern konnte ich nicht schreiben. Ich habe mich völlig verhakt in Daniel. Ich fühle mich abhängig, bedürftig, all das, was ich nie sein wollte. Wo ist jetzt die Liebe? Ich dachte, ich hätte sie gefunden, aber sie ist einseitig. Daniel erwidert sie nicht. Sonst würde er sich ja melden. Ich kann es aber auch nicht einfach abhaken. Stattdessen habe ich wieder eine fette Schreibblockade.

Wie geht es jetzt weiter mit meinem Roman? Er hat jetzt gute zweihundert Seiten und steuert langsam auf das Ende zu. Aber welches Ende? Unhappy Ending: die Liebe nicht gefunden.

Es war keine gute Idee, den Roman so nahe an meinem Leben anzusiedeln. Das Leben ist einfach zu deprimierend. Romane sind dazu da, den Lesern zumindest für eine Weile eine Welt vorzugaukeln, in der es echte Liebe gibt – und in der vor allem das Leben einen Sinn macht. In der die Ereignisse nicht sinnlos eines nach dem anderen passieren. Autounfall, die ganze Familie verlieren, entdecken, dass mein Mann ein Doppelleben geführt hat. Das wunderschöne Jamaica, einen goldenen Käfig angeboten bekommen, einen Mann kennenlernen, der ganz und gar passt und dann wieder verschwindet. Ich kann daraus keine spannende Geschichte bauen.

Das nächste Mal, liebe Leserin, lieber Leser, verspreche ich dir wieder eine gut gebaute Fiction.

Marc, dem das Airbnb-Apartment, Lot 73 in Mansfield Heights Ocho Rios, gehört, kommt vorbei und bringt mir einen Trank vorbei. Marc ist so süß, jeden Tag bringt er mir etwas: Kaffee, eine Papaya, Plantains und heute eine Flasche mit einem jamaicanischen Rumlabel drauf: John Wray & Nephews. Der Inhalt schäumt beim Öffnen wie Sekt.

„Selbstgemacht. Probier es", sagt er und sieht mich an wie ein Kind, das ein neues Spielzeug hat.

Es schmeckt wie eine Mischung aus Essig und Schlamm.

„Wie schmeckt es?", fragt er.

Ich sage ihm, wie es schmeckt.

Er lacht. Es macht ihm Spaß, mein verzogenes Gesicht zu sehen.

„Was ist es?", frage ich.

Er erklärt mir, dass es der Saft aus den Wurzeln von Bäumen ist. Das beeindruckt mich. Ich merke, wie der Saft meine Kehle hinunterrinnt und dort ein Feuer entfacht, als hätte ich hochprozentigen Rum getrunken.

„Ist da Alkohol drin?"

„Kein Alkohol."

Mehr als drei Schluck soll ich nicht nehmen, sagt er. „Es ist eine Medizin."

Diese Baumwurzelessenz hat es in sich. Ich fühle mich, als ob ich von innen heraus gespült werde. Als ob in mir Wurzeln wachsen, ganz plastisch. Ich habe noch nie so was mit solch einer Wirkung getrunken.

„Wie wird es hergestellt?", frage ich. „Werden die Wurzeln gepresst?"

„Ausgekocht", sagt er.

„Sie schneiden die Wurzeln ab. Wie kann da der Baum weiterleben?"

Marc fühlt sich durch die Frage kritisiert. Ich kenne diesen Ausdruck inzwischen. Er würde es natürlich nie sagen. Er antwortet nicht. Es ist unter seiner Würde. Ich habe gerade ihm und seinen Landsleuten unterstellt, dass sie Bäume umbringen, nur um Saft aus ihren Wurzeln herzustellen. Deshalb beantworte ich mir die Frage selbst.

„Sie schneiden nur so viel ab, dass der Baum weiterleben kann", sage ich.

Er brummt. Das ist die jamaicanische Variante von „Ja". Das Wort „Ja" habe ich hier noch selten direkt ausgesprochen gehört. Es wird gebrummt in unzähligen Varianten. Es kann auch ein Singen sein, wie von einem süßen kleinen Vogel oder ein ganz weiches „Mhm".

Ich merke, wie die Medizin weiter in mir arbeitet. Marc sagt mir auch, dass es einige Fälle von Dengue-Fieber in Jamaica gegeben hat und dass ich besser nicht in den Busch gehen soll. Und mich immer gut mit Insektenspray einsprühen soll, denn es wird von Moskitos übertragen.

Ich denke wieder an das Unhappy End meines Romans und meines Lebens. Haben die Engel beschlossen, dass Daniel deshalb den Kontakt mit mir abgebrochen hat, damit ich nicht mehr in den Busch gehe und mir das Dengue-Fieber hole? Nein, so plump sind die Engel nicht.

Marc umarmt mich zum Abschied. Es fühlt sich einfach schön an. Er ist groß, athletisch und seine Umarmung ist weich.

Marc ist gegangen und die Einsamkeit bringt mich um. Ich denke, es ging mir doch einmal ganz gut. Hätte ich mich nur nicht auf die Liebe eingelassen, dann würde sie mich jetzt nicht so quälen. Der Baumwurzeltrunk gibt mir ein Gefühl, als wäre ich Obelix und hätte fünf Löffel vom Zaubertrank genascht?. Ich fühle mich, als könnte ich etwas Ungeheuerliches anstellen und dabei auch noch Erfolg haben.

Ich rufe Daniel an. Den Mut habe ich jetzt.

„Was geht?", sagt er.

„Ich vermisse dich", sage ich.

Schweigen in der Leitung.

„Willst du mich nicht mehr sehen?" Bei dieser Frage schlägt mir das Herz bis zum Hals, denn wenn er jetzt „Nein", sagt, sterbe ich.

Schweigen in der Leitung. Ich beginne zu sterben ... Das „Nein" bei den Jamaicanern ist kein sanftes Gemurmel wie das „Ja". Es kommt meist als Keulenschlag. Nur gut, dass ich die Baumwurzeln in mir habe, dann kann ich abfedern.

„Warum sollte ich dich sehen?", fragt er.

Ich denke: Ist es nicht eine berechtigte Frage, nachdem wir miteinander geschlafen haben? Nicht für Daniel.

„Warum willst du mich nicht sehen?", frage ich. Ich muss es wissen. Vor einem halben Jahr hat er mich noch gefragt, ob ich ihn heirate und mit nach Deutschland nehme.

„Ich habe dir doch gesagt, dass meine Situation schwierig ist", sagt er.

„Ich könnte dir helfen", antworte ich und könnte mir im selben Moment die Bratpfanne über den Schädel ziehen. Das ist die allerdümmste Antwort überhaupt.

„Wie?", fragt Daniel.

Besser ich sage jetzt nichts mehr. Ich bin in einer Sackgasse gelandet. Es gibt nichts mehr zu sagen.

„Wie willst du mir helfen, wenn du selbst schlimmer dran bist als ich?", sagt Daniel jetzt.

„Wie meinst du das?"

Schweigen.

Schlimmer dran als er? Jetzt bin ich sprachlos. Mit der Antwort habe ich nicht gerechnet.

Ich frage mich, ob er mich foppen will, aber an seinem Ton höre ich, dass es ihm grundernst ist. So als würde er ein übergriffiges Pferd in seine Schranken weisen.

„Warum bin ich schlimmer dran als du?", frage ich ganz naiv.

„Das Pferd hätte dich umbringen können – und das nächste Mal tut es das vielleicht", sagt Daniel.

Mein ganzer Mut rutscht in den Keller. Normalerweise würde ich mich jetzt verteidigen, würde sagen, dass ich öfters von Pferden geschubst werde, dass mich nichts so schnell umbringt. Aber das hier, dieses „Du bist schlimmer dran als ich", das haut mich um. Jetzt. Ich habe eine maßlose Wut. Darüber, wie ich hier behandelt werde. Wie er mich darstellt als komplette Versagerin. Wie anmaßend! Wie arrogant! Was bildet er sich ein? Wer glaubt er, wer er ist? So mit mir zu reden! Hat er den Verstand verloren? Oder habe ich mich vollkommen in ihm getäuscht und er ist einfach nur ein Riesenarschloch!

„Later (später)", sagt er. Das ist der übliche Abschiedsgruß.

Jetzt beendet er auch noch das Telefonat! Ich bekomme nicht einmal eine Chance, mich zu verteidigen. Ich fass es nicht.

Scheiß-Liebe!, denke ich. *Scheiß-Engel! Scheiß-Roman! Scheiß-Leben.*

Ich bin in meinem ganzen Leben noch nie so beleidigt worden!

Das stimmt nicht ganz. Oliver hat mich oft beleidigt, vor allem in den letzten Jahren. Er hätte so etwas auch sagen können. Dass ich nicht so ganz realitätsorientiert bin, das hat er oft gesagt. Ich denke an die marokkanische Schlampe und frage mich, ob sie realitätsorientierter ist. Es ist immer derselbe Vorwurf. Mir mangelt es an … ja, an was eigentlich? Realitätssinn. Achso, beziehungsunfähig bin ich auch. Kann mich nicht um andere kümmern, weil ich von mir selbst so absorbiert bin. Und Daniel hat in kürzester Zeit dasselbe festgestellt. Ich bin schlimm dran. Pferde schubsen mich um, weil ich kein Standing habe, keinen Realitätssinn und beziehungsunfähig bin ich auch noch.

Ich glaube, heute ist der schlimmste Tag meines Lebens. Es gibt für mich keinen Ausweg, ich finde keinen Zugang zu einem normalen Leben. Ich finde niemanden auf dem Planeten Erde, der mich liebt, so wie ich bin. Sie suchen alle jemanden, der ... normal ist. Und ich bin nicht normal. Ich bin einfach nur schlimm dran. Kein Mensch auf der Welt will etwas mit mir zu tun haben. Nicht einmal in Jamaica.

Es wird dunkel. Das Jamaica-Insekten-Konzert setzt ein.

Mir fällt nichts Besseres ein, als in meine E-Mails zu schauen. In Deutschland ist es jetzt zwei Uhr morgens. Diesen Absender kenne ich nicht. Im Betreff steht: ‚Wer bist du heute?‘

Ich zögere. Vielleicht Spam. Merkwürdige Formulierung. Erinnert mich an die Frage, die damals in der FB Gruppe *Wenn alles zu Ende geht* den neuen Mitgliedern gestellt wurde. „Wer bist du, wenn alles zu Ende geht?“

„Hi Viola, hier ist Michi“, lese ich. „Du erinnerst dich vielleicht. Das Hochhausdach. Alex hat vor kurzem deinen Roman im Internet entdeckt. Wir kommen ja drin vor.“

Ich stutze. Was ist das? Eine Halluzination? Der Baumwurzeltrunk?

„WhatsApp?“, frage ich per Mail und schicke ihm meine Telefonnummer. Was habe ich schon zu verlieren? Er könnte irgendein Freak sein, der meinen Roman gelesen hat. Könnte irgendwo auf der Welt leben, zwei Uhr nachts noch wach. Am meisten Angst habe ich davor, dass ich mich jetzt gleich mit meiner eigenen Halluzination unterhalte. Aber was habe ich zu verlieren? Alle sind sich einig, dass ich keine Realitätsorientierung habe und schlimm dran bin. Welchen Unterschied macht es da schon?

Ich erkenne seine Stimme! Es ist tatsächlich Michi vom Hochhausdach.

„Du lebst!" Was Originelleres fällt mir nicht ein.

„Wir alle leben", antwortet er.

„Wow", sage ich. „Alex, Severin, Hannah?"

„Ja. Wegen dir."

„Wegen mir?" Jetzt staune ich. In der Nachbarschaft höre ich ganz laut *I will survive* von Gloria Gaynor. Ich höre jedes einzelne Wort. „At first I was afraid, I was petrified. Kept thinking I could never live without you by my side." (Ich hatte wahnsinnige Angst, dass ich ohne dich nicht überleben kann.")

Das passt genau zu meiner Geschichte. Hat sich das jemand ausgedacht oder bin das ich, die perfekte Halluzinationen hervorbringt? Ich habe wieder das Gefühl, dass dies alles vielleicht nicht ganz real ist.

„Viola?" Michis eindringliche Stimme dringt an mein Ohr. Ich mochte ihn immer, er ist so fürsorglich. Ja, er ist so ein Mensch, der dazu geboren ist, sich um andere zu kümmern.

„Ja, ich bin da", sage ich. Wenn in Jamaica die Sonne untergeht, werden die Wolken lila. Das beeindruckt mich immer wieder tief.

„Ich dachte, die Leitung wäre unterbrochen."

„Ich höre dich", sage ich. „Was meinst du mit: Wegen mir lebt ihr alle jetzt noch? Das tut mir leid. Schließlich hattet ihr vor, es zu beenden."

„Muss dir nicht leidtun."

„Was ist passiert?"

Ich mache es mir auf dem Sofa gemütlich. Ich bin so froh, eine vertraute Stimme zu hören. Auch wenn ‚vertraut' übertrieben ist. Seine Stimme habe ich ja nur an diesem Abend auf dem Hochhausdach gehört. Aber seine Geschichte kenne ich – aus der Facebook-Gruppe. Und dann ist es so mit Stimmen bei mir: Ich höre eine Stimme einmal und ich erkenne sie wieder. Auch nach längerer Zeit. Genau genommen ist es nicht die Stimme, die ich wiedererkenne, es ist der Mensch, der in der Stimme steckt. Den erkenne ich wieder.

„Du warst auf einmal völlig weggetreten, da auf dem Dach. Du hast angefangen zu reden – über Engel. Du warst in deiner eigenen Welt – und, sorry, aber es war so spannend, dass wir alle zugehört haben. Die Engel, Erzengel Michael und am Ende ist Satan aufgetaucht. Es war ziemlich beeindruckend."

„Ich habe laut geredet?"

„Ja, es wirkte sehr real. Es war eine wunderschöne Welt und wir waren alle wie absorbiert davon. Es war, als wären wir Teil von etwas Heiligem, ja, so kann man es sagen. Es war so stark, dass alles andere plötzlich nicht mehr wichtig war."

Jetzt war ich wirklich baff. Ich konnte mich gut erinnern an meine Begegnung mit den Engeln. Aber, dass ich dabei laut gesprochen hatte, das wusste ich nicht.

„Du hast einen Vertrag unterschrieben mit ihnen", fuhr Michi fort.

„Und dann?"

„Wir haben dich nach Hause gebracht. Du warst nicht mehr wirklich da. Du hättest dir was antun können."

„Jetzt muss ich aber ganz dreckig lachen, Michi", sagte ich. „Wir waren da oben, um unser Leben zu beenden – und ihr macht euch Sorgen, dass ich mir was antue?"

Wir lachen beide jetzt. Dreckig. Einfach in Erinnerung an die gemeinsame Zeit.

„Du hättest unter die Räder kommen können, das ist stillos und du hättest womöglich weitergelebt. Wir mussten uns um dich kümmern. Außerdem waren wir neugierig, wie es weitergeht."

„Wie ging es weiter?"

„Wir haben dich nach Hause gebracht. Deine Adresse stand auf einer Visitenkarte und dein Schlüssel war in deiner Handtasche."

„Und dann?"

„Am Schluss wurde es ziemlich hässlich. Da ist Satan aufgetaucht, ein bisschen wie in „Der Exorzist."

„Ich hab mich aber nicht übergeben?"

„Nein. ... Wir haben überlegt, ob wir dich in die Psychiatrie bringen sollen. Haben uns aber dagegen entschieden. Wir hatten Angst, dass sie uns gleich alle da behalten."

Wir lachen wieder richtig schön dreckig, wie man nur unter Selbstmördern lachen kann, die sowieso nichts zu verlieren haben. Ich lache meinen Frust über Daniel und meine gescheiterte Suche nach der Liebe gleich mit weg. Nicht ganz, natürlich.

„Und dann?"

„Am Ende bist du wie aufgewacht, hast uns alle angeschaut und gesagt: „Es ist alles eine einzige Lüge! ... Was du damit gemeint hast, war nicht klar. Aber es war dir sehr ernst damit."

„Es ist alles eine einzige Lüge?"

„Das hast du gesagt."

Merkwürdig, denke ich, *ich erinnere mich nicht daran.*

„Es ist schön, deine Stimme zu hören", sagt Michi.

„Geht mir auch so", erwidere ich.

„Warum haben wir uns aus den Augen verloren?", frage ich.

„Du wolltest nichts mehr mit uns zu tun haben. Du wolltest ein neues Leben anfangen. Konnte ich verstehen. Das, was uns zusammengebracht hat, hatte sich erledigt für dich."

Ich lehne mich im Sofa meines Zimmers im Airbnb zurück. Es ist ganz dunkel inzwischen, ich studiere die Lichter in den Hügeln ringsum, höre das Bellen der Hunde und das Krähen eines Hahns. Er kräht den ganzen Tag und auch die ganze Nacht.

Ich denke über diesen Satz nach, den Michi gesagt hat: ‚Es ist alles eine Lüge.'

„Kann ich dich was fragen, Michi?"

„Klar."

„Findest du, dass mir irgendwie die Realitätsorientierung fehlt? Weißt du, so als Mensch, so wie du mich kennengelernt hast?"

„Du hast viel Fantasie. Ich weiß nicht, ob man das als fehlende Realitätsorientierung bezeichnen kann. Warum fragst du?"

„Weil mir das immer wieder unterstellt wird."

„Vielleicht fehlt es den anderen einfach nur an Fantasie."

Das war Michi. Er sah immer das Beste in einem.

„Ich mag dich, Michi. Ich bin froh, dass du mich kontaktiert hast. Es kam im richtigen Augenblick."

„Das freut mich wirklich", erwiderte er. „Ich mag dich auch, Viola. Du bist einfach ein bisschen anders als andere Menschen. Du brauchst mehr Liebe als andere. So ging es uns allen, dort auf dem Hochhausdach. Das hat uns verbunden."

Seine Stimme klang so warm und ehrlich – und auf einmal war sie wieder da – die Liebe. Ich konnte sie fühlen.

ONE LOVE – ONE HEART

Kapitel 32 – Ohne Wahrheit keine Liebe

Mit Michi kam die Vergangenheit zurück. Und ich will sie nicht sehen. Ich will auch nicht mehr schreiben. Ich will mich nur noch verschließen, aber das geht nicht. Das andere geht aber auch nicht: mich öffnen. Denn ...

Es ist ein wunderschöner Morgen in Jamaica. Von der Straße vor meinem Apartment drängen die Stimmen der Schüler durch mein Fenster herein. Ich stehe am Fenster und schaue hinunter.

Die Mädchen in den blauen wadenlangen Kleidern mit weißen T-Shirts darunter, die Haare in fantasievollen Mustern zu Zöpfen geflochten. Die Jungs in hellbraunen Army-ähnlichen kurzärmeligen Hemden und Hosen. Ich weine. Ich denke an meine Kinder. Ich darf nicht an sie denken. Diese Tür darf ich nie öffnen. Mir wird bewusst, dass meine Seele unendlich viel Kraft braucht, um diese Tür verschlossen zu halten. Aber mehr schaffe ich nicht. Wenigstens schreibe ich jetzt wieder. Ich darf einfach nicht aufgeben.

Gestern und vorgestern habe ich den Tag am Sugar Pot Beach verbracht. Ich war im Wasser. Wie vor einem Jahr als ich begonnen habe zu schreiben, in Te Moana, meinem Cottage am Meer.

Im Wasser geht es mir gut. Am Sugar Pot Beach kommt das Wasser in rollenden Wellen an den Strand und bricht dann an einer leichten Böschung. Ich stelle mich da mitten hinein. Immer wieder stemmt sich mein Körper gegen die nächste Welle und gibt dann nach.

Ich vergesse die Zeit, meine Haut wird salzig, meine Lippen werden salzig, das Meerwasser dringt in meine Nase ein, in meine Ohren, in meine Augen. Das Wasser, dieses unendliche Wasser, der Ozean, der mich umarmt, er gibt mir ein solches Gefühl von Heimat, von Geborgenheit. Ich atme den Geruch von Algen und Meersalz ein. Ich fühle die Sonne, die auf meinen Kopf brennt und meine Haare heiß werden lässt. Mein Blick verliert sich in der Weite, im strahlend blauen Himmel. Die Augen werden weich und saugen den unendlichen Raum auf.

Der Sugar Pot Beach ist abgeschieden, nicht die typische Anlaufstelle der Mainstream- und Kreuzfahrt-Touristen. Eher Anlaufstelle der Träumer, der Aussteiger, der Menschen, die sich lieber am Rand aufhalten. Josh, der Belgier, der sich vor Jahren einen Traum erfüllt hat und sich dieses Stück Strand gekauft hat, sitzt mit Freunden auf der Terrasse bei Bier und Soda. Er hat mich im Auge, aber das lässt er sich nicht anmerken. Keine Kontrolle. Nur sanfte Aufmerksamkeit. Hier im Wasser, bei diesem Standhalten gegenüber jeder neuen Welle, in diesem unendlichen Ozean, der jeden Schmerz, jede Träne, jeden Widerstand verschluckt, werde ich weich.

Die Betonwelt, Deutschland, ich fühle sie in mir. Ich fühle die Härte in mir. Es erschreckt mich und zugleich fühle ich mich näher bei mir. Ich schiebe meine Gefühle nicht mehr nach außen ab. Ich finde sie in mir. Ich kann mich selbst besser fühlen.

Meine Suche nach der Liebe: Ich habe Liebe gefunden in Menschen, in Tieren, in der Natur – und heute fühle ich zum ersten Mal so etwas wie Liebe in mir – ohne einen Menschen oder ein Tier neben mir. Das Meer macht es mir möglich. Ich höre in mich hinein. Und dort ist etwas – wie ein Meeresgrund, auf dem geheimnisvolle Pflanzen wachsen. Sie fließen im Wasser hin und her mit ihrer dünnen Haut, wie Kleider einer Ballerina, mit ihren durchsichtigen Blütenkelchen, rosa, violett, zartgelb, ... verspielte Formen, kleine Kugeln, geometrische Ornamente, gekräuselte Ränder, Kolonien von sanft fließenden orange farbenden Korallenstängeln. Sie haben eine stumme Sprache. Ich höre ihnen zu. Es macht mich ganz ruhig.

Ich wate aus dem Wasser, trockne mich ab und lege mich unter einen schattigen Baum. Meine Gedanken fließen, sie bahnen sich einen Weg wie das Wasser, kommen in Wellen.

Ich bleibe hängen bei dem Gespräch mit Michi am Tag zuvor. Dieser Satz „Es ist alles eine einzige Lüge", der kehrt immer wieder.

Ich kann mich nicht erinnern, dass ich ihn gesagt habe, aber ich glaube Michi, dass er ihn aus meinem Mund gehört hat. Mir fällt ein, dass die Engel damals bei unserer ersten Begegnung gesagt haben, dass ich ein schwieriger Fall sei. Ich erinnere mich, dass es da etwas Teuflisches gab und dass sie sagten, er hätte mich drangekriegt. Was war damit gemeint? Warum bin ich ein schwieriger Fall? Warum hat Daniel gesagt, ich wäre schlimmer dran als er?

Ja, es ist richtig, dass ich den Schmerz verdränge. Ich will einfach vergessen. Ich bin schon stolz auf mich, dass ich es geschafft habe, ein neues Leben anzufangen. Ja, das habe ich geschafft. In meinen Augen ist das richtig groß.

Ich glaube, Daniel hat es gespürt, diesen Schmerz, der in mir ist. Und wie ich ihn überspiele. Ich kann's ihm nicht übelnehmen.

Und wo ist die Liebe? Kann die Liebe echt sein, wenn es so viel Schmerz gibt? Und kann das Herz sich öffnen, wenn ein Teil der Seele verschlossen ist?

Und warum glaubt etwas in mir, dass alles eine einzige Lüge ist?

Daran bleibt mein Verstand hängen.

Ich bestelle mir einen Fisch an der Bar. Eine junge Frau mit dem typisch einheimischen Akzent, der die Vokale in die Länge zieht, fragt mich, welche Beilagen ich gerne möchte, was ich trinken möchte. Es dauert eine Weile, bis das Essen fertig ist. Es wird frisch zubereitet. An der Rückwand der Bar das Porträt von Bob Marley, dem Symbol von Jamaica, dem Symbol von Frieden und One Love – One Heart. Und gleich hinter dem Strand der Dschungel, das unheimliche Wachstum, die Bäume und Pflanzen, die sich unendlich umarmen, die sich gegenseitig erdrücken und Wege in die Freiheit suchen, Grün in allen Schattierungen, das flimmert und vibriert und in die Tiefe lockt.

Alles hier macht mich weich, das Wasser, das Blau des Himmels, der Dschungel, die Menschen. Der Beton in mir hat keine Chance, er wird vom Dschungel durchdrungen und überwuchert. Ich werde weich und biegsam wie die Schlingpflanzen, die überall Nischen finden, Öffnungen und Räume, um hineinzuwachsen und hinauszuwachsen. Die nie aufhören zu wachsen, die immer neue Sprosse hervorbringen. Die über Nacht riesige Blätter entfalten, in frischem Grün, in Formen, die mein Auge weich machen. Ich fühle mich selbst wie dieses Wachstum, das nie aufhört.

Jetzt fühle ich auch wieder Daniel.

Ich fühle die Härte, mit der er mich zurückgewiesen hat. Seine Härte, die auf meine Härte geprallt ist. Ich fühle jetzt, dass er mich nicht verletzen wollte. Dass er nur auf etwas in mir geantwortet hat, das mir selbst nicht bewusst war. Wie das Pferd, Oxygen.

Ich glaube, ich werde Daniel wiedersehen.

Wenn ich etwas mehr von dieser Wahrheit gefunden habe, die sich hinter der Lüge verbirgt.

Am nächsten Tag, bin ich wieder am Strand, Sugar Pot. Wieder im Wasser. Die Wellen sind noch stärker als gestern. Ich bleibe sehr lange. In den Armen des Ozeans. Mein Körper, der weich werden möchte, so weich wie in den Armen von Daniel. Ich fühle sie jetzt wieder, die Umarmung von Daniel. Sie war so weich und unendlich wie das Meer. Nichts, was mich festhalten will, nichts was mich loslassen will. Sie ist einfach nur da – wie das Meer. In seiner Umarmung konnte ich mich fühlen, ich mich. Das wird mir jetzt bewusst, wo ich die Umarmung des Meeres fühle. Ist das Liebe? Finde ich sie hier, die eine Liebe? One Love. Die Liebe, die alle Wesen teilen. Die Liebe, die ich im Meer finde, im Himmel. Die Liebe, die alles schön macht, alles zum Leuchten bringt. Sie verleiht dem Himmel dieses besonders helle Blau, sie durchdringt das Grün in jedem Blatt mit ihrem Licht. Sie erfüllt die Menschen mit Glauben, so wie in der Kirche in Eltham. Sie macht aus dem Leben ein Wunder.

Wieder lege ich mich an den Strand und lasse meine Gedanken fließen. Sie wandern zu der Szene in den Souks von Marrakesh, zum Laden des Onkels, des Schusters. Etwas in seiner Stimme, da war eine gewisse Müdigkeit in seiner Stimme, eine Verhaltenheit in seinem ganzen Wesen, so als würde er das Sprechen selbst verachten, als würde jedes Wort, das über seine Lippen kommt, eine Mühsal sein.

So hörte sich auch die Stimme des marokkanischen Arztes an, der mir die Nachricht vom Tod meiner Familie überbrachte. Müde und als ob es ihm unendlich schwerfallen würde, die Worte zu sprechen. Dieselbe Stimme. Vielleicht eine typische marokkanische Männerstimme. Ich kenne die Marokkaner zu wenig, um es beurteilen zu können.

Und doch ... es gibt Stimmen, die man sofort wiedererkennt und es ist nicht nur die Stimme. Die Stimme ist Ausdruck des Wesens. In der Stimme fühle ich das Wesen. Mein Magen verknotet sich. Den ganzen restlichen Tag fühle ich diesen drückenden Schmerz. Heute kein Fisch.

Und erneut beschäftigt mich etwas: der Brief von Charifa. Sie schickte ihn vor etwas mehr als einem Jahr. Da lag der Unfall schon drei Jahre zurück. Warum wartet sie drei Jahre, um mir zu schreiben, dass ich eine Familie in Marokko habe? Warum ruft sie mich ein Viertel Jahr später an, um mir zu sagen, dass ihr Sohn krank ist und sie Geld braucht? Warum nicht gleich? Weil ihr Sohn drei Jahre nach dem Tod seines Vaters krank wurde?

Dann schreibt sie mir erst einen freundschaftlichen Brief, und wartet dann drei Monate, um mich um Geld zu bitten? Irgendwo ist da eine Lüge. Ich weiß nur nicht wo. Der Knoten in meinem Magen bleibt.

Am Abend schlendere ich über den Markt in Ocho Rios. Mein Blick bleibt an den Rastas hängen, ihren Dreadlocks, die bis zur Hüfte reichen, oder die sie in Mützen, rund und hoch wie Bienenstöcke unterbringen. Andere Männer mit Sonnenbrillen und schweren goldenen Ketten.

Von irgendwo her tönt immer ein Reggae Song. Chronixx, Busy Signal oder einer der Söhne von Bob Marley, eine fantastische neue Generation von Reggae Musikern, Nachfolger von Bob Marley. Songs mit starken Botschaften wie dieser hier von Ziggy Marley:

Heaven can't take it no more
They're killing for money, they're killing for
power
They're killing for religion, they're killing for
color
Some say they're killing for peace, but the
wars won't cease

When everyone is wrong, no matter what kind
of bomb, yeah
Heaven can't take it no more

(Songwriter: David Nesta Marley
Songtext von Heaven Can't Take It © Ishti
Music Publishing)

Ich falle auf mit meiner weißen Haut. Männer rufen mir hinterher: „Hallo, Schöne." – „Du bist eine rare Schönheit." – „Ich liebe deinen Körper, brauchst du einen Boyfriend?" Manche versuchen mich in ein Gespräch zu verwickeln. Wenn ich nicht mit ihnen sprechen will, sage ich. „Mein Boyfriend wartet da vorne und es ist besser, wenn er uns nicht sieht." Das wirkt immer.

Frauen sind in den Augen der Männer Territorien, die verteidigt und beschützt werden. Niemand will sich mit einem Mann anlegen, der eine Frau in seinen Schutz genommen hat oder als seinen Besitz betrachtet. Ich kaufe Papayas und aufgeschnittene Ananas, zwei Avocados für mein Frühstück. Dieser Markt in Ocho Rios fühlt sich anders an als die Souks von Marokko. Leichter, heiterer, sich selbst überlassen. Auch wenn es hier unter der Oberfläche sicher eine ebenso gnadenlose Ordnung der Macht gibt.

Auch wenn Jamaica nach außen hin das Land der sonnigen Gemüter ist: Innerhalb ist es von Kriminalität und Korruption bestimmt.

„Du kannst hier niemandem vertrauen", sagt Marc, in

dessen Apartment ich wohne. „Jeder führt hier irgendwas im Schilde. Bevor du dich umsiehst, bist du ausgeraubt."

Was Jamaica für mich besonders macht, ist, dass die Menschen trotzdem strahlen. Trotz der Armut, trotz des Überlebenskampfes. Sie sind hart und weich zugleich. Ihr Lächeln ist strahlend wie die Sonne. Ihre Freundlichkeit ist nie aufgesetzt. Ihre Härte ist ebenso ungebremst. Genauso warm wie Daniel mich umarmt, sagt er mir ins Gesicht, dass ich schlimmer dran bin als er.

Auf dem Markt, die Marktfrauen, die Verkäufer, sie antworten unumwunden, genau so wie ich sie anspreche. Wenn ich freundlich bin, kommt etwas Freundliches zurück. Wenn ich kurz angebunden bin, kommt etwas kurz Angebundenes zurück. Nichts Gestelltes. Nur Pures.

Die Menschen sind ganz da, beschäftigt mit ihrer Arbeit oder in ein Gespräch vertieft. Sie sind mit einer Sache zu einer Zeit beschäftigt. Es verleiht ihnen Schönheit und Würde.

Ich fühle mich zu Hause unter ihnen. In meinen Augen sind sie frei, auch wenn sie selbst das vielleicht nicht so sehen würden.

Ich bin froh, dass ich hier sein kann, so wie ich bin, mit allem. Ich kann es hinnehmen, wenn Daniel mich so zurückweist. Es ist nichts Böses, keine Strategie, keine Lüge. Ist das dann Liebe? Ohne Wahrheit keine Liebe?

Jamaica
ONE LOVE - ONE HEART

KAPITEL 33 – ICH BIN EINE MUTTER

Wieder ein neuer Tag. Wieder stehe ich am Fenster und schaue auf die Schule, auf die Jugendlichen. Wer wäre ich, wenn ich den Schmerz nicht mehr verdrängen würde? Wenn ich ihm ins Gesicht sähe? Meine Kinder wären jetzt so alt wie die Kinder, die hier unten auf der Straße in Gruppen zusammenstehen, sich necken, sich Geheimnisse verraten, Freundschaften schließen, Mädchen hinterherschauen, die Schule lieben und hassen.

Ich wäre eine Mutter. Auch wenn Oliver mich vielleicht verlassen hätte, um mit seiner marokkanischen Familie zu leben, meine Kinder wären da. Ich hätte ein Zuhause, eine Heimat. Ich würde ihr Leben teilen. Ich wäre wieder zu Hause auf dem Planeten Erde. Ich würde die Liebe finden, die mir am wichtigsten ist, die Liebe zu meinen Kindern. Jetzt fange ich wirklich an zu träumen.

Ich klettere hinauf auf das Dach des Hauses. Von dort habe ich einen Blick über Ocho Rios. Ich kann das Meer sehen! Es macht mich sofort glücklich. Das Meer, ein riesiger Tank der Träume. Im Meer ist alles erlaubt. Ich kann dort einfach eintauchen, in dieses klare, helle Blau und meine Träume steigen auf wie Wassertropfen, die sich über dem Ozean ausbreiten und in der Sonne leuchten.

Wow, was für ein Gefühl. Ich gehe mit meinen Kindern am Strand spazieren, Saskia und Leo. Sie sind jetzt 11 und 13 Jahre alt. Wie groß sie geworden sind. Wie anmutig sie geworden sind. Was für feine Menschen sie sind. Ich sehe ihre Hände, ihre Füße, ihre zarten Körper, die immer mehr männliche und weibliche Formen annehmen. Ich kann jetzt sogar das Meer rauschen hören. Es fühlt sich jetzt an, als wäre alles ganz real, als wären meine Kinder ganz real da. Ich höre Saskias Stimme, wie sie „Mama" sagt. Ich sehe ihr Lächeln. Ich fühle, wie sie mir die Arme um den Hals schlingt. Ich höre das ganz reale Zwitschern der Vögel, das sich mit dem Meeresrauschen mischt.

Unten auf der Straße steigen einige der Schüler in ein Route Taxi, das sie nach Hause bringt. Ich stelle mir vor, wie es wäre, wenn Saskia und Leo hier bei mir in Jamaica wären und in die Schule gingen. Oder würden sie in Deutschland in die Schule gehen? Hier in Jamaica hätten sie ja gar keine Aufenthaltsgenehmigung. Oder würde ich einen Weg finden, wie wir hier leben könnten? Würde es ihnen hier gefallen? Und hätte die Schule die Qualität, die eine Schule in Deutschland hat? Es ist wundervoll, über all diese Details nachzudenken, genau so wie eine Mutter es tut. Ich erlaube mir das jetzt einfach. Kein Schmerz, sondern einfach ein schöner Traum.

Ich höre, wie Marc meinen Namen ruft. Ich höre ihn erst ganz leise. Er ist weit weg, ich sitze ja auf dem Dach und er ist wahrscheinlich im Erdgeschoss. Er ruft meinen Namen immer wieder, ich klettere hinunter.

„Hier ist jemand für dich", sagt er.

„Für mich?" Wer sollte mich hier in Jamaica in meinem Airbnb besuchen?

Ich sehe mich um, da ist niemand.

Da kommt er um die Ecke gebogen.

„Daniel!"

Es fährt mir durch alle Glieder. Ich beginne zu zittern. Daniel? Dann höre ich einfach auf zu denken. Ich stehe da und ... stehe einfach da.

Daniel und Marc tauschen ein paar Sätze aus in Patois, ihrem einheimischen Dialekt, sie reden so schnell, dass ich nur eine Wortwolke höre. Sie klatschen sich ab, dann verschwindet Marc.

Daniel schaut mich an, wie er ein Pferd anschaut. Mit dieser Aufmerksamkeit, die ganz da ist und zugleich nichts will. Jetzt, hier, mit ihm, kann ich mich selbst ganz und gar fühlen. Ich bin ganz still. Und er ist ganz still. Ich lächle, er lächelt. All die Gedanken, die ich mir gemacht habe über ihn, über sein Verhalten, über ihn und mich. Sie sind weg. Weggeflogen wie Seifenblasen.

Ich gehe ihm voraus, die Treppe hinauf, will ihn zuerst mit in mein Apartment nehmen, nehme ihn dann aber mit aufs Dach.

Wir setzen uns auf eine kniehohe Mauer, die den Wassertank, der auf dem Dach steht, umschließt. Ich bin so aufgeregt, dass ich weder denken noch sprechen kann. Mein Blick fällt auf das Dach des Hauses nebenan, aus dem Metallstäbe herausstehen und in die Luft ragen. Es sind Armierungen für das nächste Stockwerk, das die Besitzer planen. Meine Gedanken schlingen sich um diese jamaicanische Kuriosität. Dass die Menschen hier anfangen ein Haus zu bauen, das erste Stockwerk, und dabei die Armierung, die Stahlstäbe mit einbauen, die sie als

Anschluss für das nächste Stockwerk brauchen. Wenn sie dann das Geld zusammen haben für das nächste Stockwerk, wird es gebaut und aus der Dachplatte schaut die Armierung für das übernächste Stockwerk heraus. Eine Schicht für Schicht weiterbauen, eins nach dem anderen. *Man muss nicht alles auf einmal schaffen*, denke ich, *man muss nicht einmal den fertigen Plan kennen.*

Mein Blick fällt auf Daniels Hände, sie sind überraschend fein, ich habe sie noch nie so genau angesehen. Ich denke an seine Berührungen und wieder fängt mein Körper an zu zittern.

Ich bin so weich, dass ich nicht die geringste Kraft habe, etwas zu tun. In mir versucht nur alles, die Fassung wiederzugewinnen. So ist das mit Daniel. Das ist die Wirkung, die er auf mich hat. Ich verliere mich ganz, ich versuche festzuhalten, ich kann es nicht, ich lasse los und wenn ich alles losgelassen habe ... dann finde ich mich.

Daniel ist ganz ruhig, er sitzt einfach da, atmet. Die Zeit scheint keine Rolle für ihn zu spielen. Die Vögel, ich lausche jetzt den Vögeln, ihr Pfeifen scheint mir so nah, als wären sie neben meinem Ohr. Ihre Stimmen klingen wie feine Flöten, die eine Kapriole nach der anderen schlagen, sie haben sich so unendlich viel mitzuteilen. Ein riesiges Netz von Botschaften, das das ganze Viertel umspannt, und wahrscheinlich noch viel weiter geht. Wie sie manche Töne herauspressen als wäre ihr Schnabel eine Trompete. Wie sie Salven in die Luft schießen. Wie sie ihr Pfeifen beschleunigen und verlangsamen. Und wie ein Einzelner einen gleichmäßigen pfeifenden Grundrhythmus hält.

Mein Blick fällt wieder auf das Meer, die hellblaue Endlosigkeit.

Daniel wird sicher nicht das erste Wort sagen, denke ich. *Er wird aber auch nicht absichtlich vermeiden, das Gespräch anzufangen. Er macht sich gar keine Gedanken über so etwas,* glaube ich.

Es strömen immer mehr Schüler nach Schulschluss auf die Straße. Ihre Stimmen werden immer lauter, sie übertönen die Vögel.

„Du bist wiedergekommen", sage ich zu Daniel.

„Ich habe dich vermisst", erwidert er.

„Wirklich?", sage ich.

„Würde ich es sonst sagen?", gibt er zurück.

Was für eine idiotische Frage von mir, denke ich. Ich denke dann, dass das in einer Konversation in Deutschland normal wäre. Ich würde sagen *wirklich?* als Ausdruck meiner Freude darüber, dass er mich vermisst hat und der andere würde sagen. *Ja, wirklich,* um es noch mal extra zu betonen.

Das wäre so eine übliche schnörkelige Konversation. Mit Daniel gibt es das nicht. Da geht es um Fakten, direkt und klar – wie mit einem Pferd. Das ist auch nicht rechthaberisch von ihm gemeint, das ist einfach seine Art. Ich muss jetzt mal mit diesem Gedankenkarussell aufhören, ich bin einfach zu aufgeregt.

„Du siehst besser aus", sagt Daniel mit seiner ruhigen, warmen Stimme.

„Danke." Ich frage mich, ob er damit meint, dass ich nicht mehr so schlimm dran bin. Und ich frage mich, falls es so ist, woher das kommt. Warum sich sein Eindruck von mir jetzt verändert hat.

Ich hebe den Blick, um ihn anzusehen. Diese Ruhe in seinen Gesichtszügen, als hätte sein Leben lang nur die Sonne darauf geschienen und als hätte er nichts anderes gesehen als Grün. Als hätten seine Augen nie eine Welt gesehen, in der das, was Menschen erschaffen haben grö-ßer ist als die Natur. Was hätte er davon, frage ich mich, wenn er nach Deutschland kommen würde? Was würde er dort finden, was er hier nicht schon hat? Wäre es nicht eine Verletzung seiner Schönheit und seiner Würde?

Warum sehe ich besser aus in seinen Augen? Was nimmt Daniel wahr, von dem ich nichts weiß?

Seine Hand fasst nach meiner. Er streichelt meine Hand mit den Fingern. Diese Wärme, diese Sanftmut. Ich werde ganz ruhig. Alles ist gut.

Ich muss nichts sagen.

Ich fühle, dass Daniel ganz da ist. Seine Berührung ist nicht aufdringlich, aber auch nicht gleichgültig. Er hält mich nicht fest und doch hält er mich. Seine Hand berührt meine Hand – das ist alles. Es ist alles.

Ich atme tief aus.

„Meine Kinder", sage ich. „Ich habe sie gesehen."

Ich weiß, dass das keinen Sinn macht für ihn, aber ich sage es trotzdem, weil es mich so bewegt hat, weil es so neu ist für mich, dass meine Kinder wieder da sind, dass ich überhaupt an sie denken kann. Weil das eben so groß für mich war – und dann ist noch Daniel aufgetaucht eben, das ist ganz schön viel Glück auf einmal.

Daniel kennt ja die ganze Geschichte von den Kindern gar nicht. Ich habe ihm nie von meinen Kindern erzählt und dass sie bei einem Unfall ums Leben kamen. Ist auch nicht wichtig, ob er es weiß oder nicht.

„Hast du Kinder?", frage ich.

„Vier von denen ich weiß", erwidert er und schmunzelt wie Männer schmunzeln, die ihre Macht und ihre Ohnmacht kennen.

„Leben sie bei dir?"

„Nein."

„Siehst du sie?"

„Ja."

„Wie alt sind sie?"

Er überlegt. „Drei, fünf, Serena ist elf, glaube ich, und John ist siebzehn."

„Sind sie von verschiedenen Müttern?"

„Mhm. Drei verschiedene Mütter."

Das ist hier in Jamaica eher der Normalfall als die Ausnahme, denke ich.

„Warum fragst du?", sagt Daniel.

Wieder schaue ich auf die Straße und sehe wie drei Schüler in ein Route Taxi einsteigen.

Dann sehe ich ein Taxi, das um die Ecke biegt. Der Fahrer hält vor Marcs Haus. Die Tür geht auf und zwei weißhäutige Teenager steigen aus. Sie haben Rucksäcke auf dem Rücken wie die jamaicanischen Schüler, sie tragen Jeans und Turnschuhe und T-Shirts. Sie sehen sich suchend um. Der Fahrer zeigt auf das Haus, auf dessen Dach ich sitze, sie schauen das Haus an, aber sie können mich natürlich nicht sehen, weil ich ja auf dem Dach sitze. Ich kann ihre Gesichter nicht wirklich sehen, weil ich von oben hinunterschaue. Aber die Haare des Mädchens sehen verdammt aus wie die Haare von Saskia, diese dunkelblonden, kräftigen Locken. Und der Junge, seine Haare sind hellblond wie die von Michel aus Lönneberga in dem Pippi-Langstrumpf-Film. Es gibt nicht viele Jungs, die so helle Haare haben – mein Leo ist einer davon.

Etwas in mir zerbricht in zwei Teile. Wie kann es sein, dass ich meine Kinder hier unten auf der Straße aus einem Taxi aussteigen sehe? Dass ich sie so real sehe? Ich habe mir das nicht vorgestellt. Diese Vorstellung entsteigt nicht meiner Fantasie. Bin ich jetzt verrückt? Haben sich die Grenzen von Realität und Fantasie vermischt? Ich wusste, dass etwas Krasses passieren würde, wenn ich mir erlauben würde, an meine verstorbenen Kinder zu denken. Alles habe ich mir erlaubt in den letzten vier Jahren – nur das nicht. Und jetzt?

Ich sehe, dass die Blicke der anderen Jugendlichen sich auf die beiden Weißhäutigen richten. Sie scheinen sie also auch zu sehen. Sie scheinen nicht nur meiner Fantasie entsprungen zu sein. Ich sehe, dass auch Daniels Blick auf sie gerichtet ist.

„Es scheint, dass deine Kinder eben angekommen sind", sagt er ganz nüchtern.

Ich habe das Gefühl, dass mein Gehirn zerbricht.

Ich stehe auf, klettere die Steigleiter nach unten, laufe die Treppe nach unten ins Erdgeschoss, zum Eingang des Hauses hin, öffne die Tür.

Mein Herz schlägt mir bis zum Hals.

„Mama", höre ich die Stimme von Saskia. Dann fällt sie mir um den Hals. Ich strecke meinen Arm aus nach Leo und ziehe ihn zu mir.

Oh, mein Gott, oh, mein Gott, oh, mein Gott ... Was ist das? Was ist das?

Die Liebe ...

Kapitel 34 – Wenn Fische lieben

Wir sind hier, Saskia, Leo und ich. Und Daniel. Wir sitzen auf dem Dach. Wir hören alles ganz fein, die Stimmen der Schüler, das Kreischen der Vögel, das Motorrad, das brüllend vorbeifährt. Wir hören unsere Herzen schlagen. Wir sind uns so nah in diesem Augenblick, wie sich Menschen nur sein können. Es gibt keine Fragen, keinen Wunsch, nur Da-Sein. Liebe.

Ich habe keine Worte für das, was passiert. Ich fühle nur: meine Kinder. Sie sind da. Hier bei mir. Kein Traum.

Ich bin hier in Jamaica. Jamaica ist mein Paradies. Hier ist das Unmögliche möglich. Hier sind die Engel ganz nah. Unten auf der Wiese auf der gegenüber liegenden Straßenseite weiden Ziegen, bewacht von einem Hirten. Ein großer schwarzer Vogel kreist über dem Viertel. Ich folge ihm mit meinen Blicken. Einen Augenblick lang ist es, als ginge ein Vorhang auf und ich sehe seine zweite Natur: Seine Federn sind weiß – und er ist einer der Praktikanten von Erzengel Michael. Der, der mich damals auf dem Hochhausdach abgeholt hat.

„Good job", sage ich zu ihm und sehe, wie er eine Extrarunde dreht.

Im Moment bin ich kein schwerer Fall. Im Moment bin ich nur glücklich.

Marc hat die Story mitbekommen und ich weiß ja, er ist ein wahres Herzblatt. So sind Menschen, deren Terminkalender nicht so voll ist, dass kein ungeplantes Husten mehr hineinpasst.

Marc kommt mit einer Box, in der frische Fische liegen, eben aus dem Meer geholt, ein Doktorfisch und drei andere, deren Namen ich mir nicht merken kann. Und eine schwarze Plastiktüte mit scharfen roten Paprika, frischem Koriander, Kokosöl, Mangos und Papaya. Und eine Tüte mit Yams. Bei mir im Kühlschrank gibt es Kürbis, Karotten, Tomaten, Zwiebeln, Knoblauch. Marc will anfangen zu kochen, aber Daniel schiebt ihn sanft zur Seite.

„Lass mich das machen", sagt er. „Ich sag dir, wenn es fertig ist (Mi a tej ya, when mi a readde)." Zumindest ist es das, was ich verstehe, ja, ich werde immer besser mit dem Patois, dem einheimischen Dialekt.

Die Kids und ich hängen mit Daniel in der Küche rum. Daniel kocht wie er mit Pferden arbeitet. Ganz und gar versunken in der Aufgabe.

„Wo kommt ihr her?", frage ich die Kinder.

„Marrakesh."

„Wow! Wie seid ihr ins Flugzeug gekommen, ohne Erwachsene?"

„Wir sind nicht allein gekommen", sagt Leo.

Einen Moment lang fühle ich eine Stichflamme durch meinem Körper schießen. Der Gedanke, dass Oliver womöglich mitgekommen ist und ich ihm begegnen werde.

„Wer ...?"

„Ein Kollege von Papa", sagt Leo.

Saskia ist ganz aufgeregt. „Leo hat dich gefunden ... im Internet. Deinen Roman, in dem wir vorkommen."

Ich fühle schon wieder mein Gehirn zerbrechen. Wie passt das alles zusammen?

„Ich dachte, ihr seid tot. Dieser Arzt hat mich angerufen und gesagt, dass Papa und ihr bei einem Autounfall ums Leben gekommen seid."

„Das war kein Arzt, Mama", sagt Saskia. „Das war der Onkel."

„Der Onkel von Charifa?"

Saskia nickt. Ich denke daran, dass mir seine Stimme bekannt vorkam, die Müdigkeit in seiner Stimme. Wieder kracht es in meinem Gehirn. Ich schüttle den Kopf. Wie passt das alles zusammen? „Der Onkel wollte, dass ich glaube, ihr seid tot?", hakte ich nach.

Saskia nickt. Dann sehe ich Tränen in ihren Augen. Ihr Blick verschleiert sich. Sie schmiegt sich an mich. Ich halte sie ganz fest.

„Jetzt kann uns nichts mehr trennen", sage ich. „Ich werde immer für euch da sein. Immer. Ab jetzt immer."

Leo kramt in seinem Rucksack. Er zieht ein Blatt Papier hervor.

Ich staune.

Meine Handschrift. Worte, die ich nie geschrieben habe.

Jemand hat meine Handschrift gefälscht. Dort steht:

„Liebe Saskia, lieber Leo.
Ihr müsst jetzt bei eurem Papa bleiben. Ich
kann nicht mehr eure Mama sein. Ich habe
jetzt eine andere Familie und ich bin jetzt die

Mama von anderen Kindern. Papa wird für euch sorgen und eure neue Mama, Charifa. Sie hat euch sehr lieb. Bitte sucht mich nicht. Ich wünsche euch alles Gute."

Ich lese es und habe das Gefühl, außerhalb von mir zu sein. Ein Gefühl, das ich gut kenne – aus meiner Kindheit. Dieses Gefühl war immer da, als ich ein Kind war.

Jetzt fühle ich es wieder. Ich erkenne es daran, dass sich mein Nacken zusammenzieht. Als wolle mein Nacken mich festhalten, während ich meinen Körper verlasse und nach einem Ort suche, an dem ich Frieden finde.

Ich bin wie gelähmt.

„Hey", höre ich Daniels Stimme. Sie schneidet durch den Nebel. „Komm her", sagt er zu mir mit einer strengen Stimme, so wie er mit Pferden spricht, die zerstreut sind. „Schäl den Yams und schneide ihn in Scheiben."

Daniel hat einen siebten Sinn dafür, wann ich abdrifte. Er holt mich zurück. Ich stehe auf und schäle den Yams, große Knollen, wie Kartoffeln, die Haut ist dicker als Kartoffeln und das Innere ist härter. Es braucht ein großes Messer und Kraft. Bringt mich zurück ins Hier und Jetzt.

Während ich mit dem Messer an der Knolle arbeite, denkt es in mir: Das gibt's doch nicht. Oliver hat die ganze Scheiße inszeniert. Er wollte mit dieser Frau und ihrem Kind, das sein Kind ist, in Marokko leben und er wollte Saskia und Leo mitnehmen. Er hat mich einfach mal kurz entsorgt.

Pfhhhhhh. Ich dachte, ich hätte alles verloren, dabei

wurde ich nur megariesig verarscht, betrogen. Mir wird übel. Ich merke, wie ich wieder abdrifte.

„Hey", sagt Daniel. „Was machst du da?"

Ich habe den Yams in kleine Stücke zerteilt.

„Ich habe gesagt Scheiben."

„Tut mir leid", murmle ich. Ich habe das Gefühl gleich auseinanderzubrechen.

„Geh zu deinen Kindern", sagt Daniel. „Freust du dich nicht, dass sie da sind?"

Ich sehe diesen Ausdruck in seinem Gesicht, der sagt: „Du bist schlimmer dran als ich." Aber vielleicht meint er es nicht so, wie ich es verstehe.

Ich fühle es jetzt. Was die Engel gesagt haben. Ich fühle, warum ich ein schwieriger Fall bin. Und warum Daniel sagt, ich bin schlimm dran. Wenn etwas passiert, so wie jetzt, dann finde ich keinen Halt in mir.

Wenn ich dann auf mein Leben schaue, sehe ich, wie viel Mühe es mich kostet, immer in diese Welt zurückzukommen und die Yams Wurzeln in Scheiben zu schneiden. Während etwas in mir dauernd aus der Welt heraus will.

Der Duft von gebratenem Knoblauch zieht in meine Nase. Ich sitze auf dem Sofa, meine beiden Kinder im Arm. In einem unendlich ausgedehnten Augenblick.

Warum war es so leicht, mich zu betrügen? Warum habe ich es nicht gemerkt? Ich wollte mein Leben beenden, weil die Trauer so groß war. Aber die Trauer war nur eine Einbildung. Ich hätte nur nach Marokko reisen müssen, und nach Oliver suchen, ich kannte ja den Namen der Firma, für die er gearbeitet hat. Dann hätte ich meine Kinder gefunden.

„Wie schmeckt dir der Fisch?", fragt Daniel später.

Marc ist da und wir essen alle gemeinsam.

„Ehrlich, ich habe noch nie so einen Fisch gegessen." Das Fleisch ist schneeweiß und saftig, ein wenig gallertartig. Es zergeht auf der Zunge. Und da ist noch etwas Anderes. Dieser Fisch ist nicht nur Nahrung und Geschmack. Er ist Energie. Ich fühle seine Energie in meinem Körper.

„Er ist wie eine Medizin", sage ich.

Daniel nickt zufrieden. Mir fällt auf, dass er für die Zubereitung des Essens keine Gewürze verwendet hat, außer Salz und frischen Korianderblättern. Ich schmecke alles in seinem reinen Geschmack. Die Karotte. Habe ich jemals eine Karotte so pur geschmeckt? Aber vielleicht schmecken auch die Karotten anders in Jamaica. Wo sie unter der Sonne von Jamaica heranwachsen. Auch die Karotte ist Energie und ich fühle, wie sie in meinem Körper wirkt.

Ein Tor der Wahrnehmung ist in mir aufgegangen. Ich fühle die Dinge als einen lebendigen Organismus.

„Jetzt verstehst du es", sagt Daniel.

Ich nicke.

Ich bin wieder da. Ganz da. Mit Menschen, die ich liebe und von denen ich geliebt werde. Mit Saskia und Leo. Mit meinen Kindern. Mit der Wahrheit. So ein schönes Gefühl. Selbst der Fisch liebt mich, so wie er meinen Körper nährt und mir seine Medizin schenkt. Ich fühle es, das Geschenk des Fisches. Das Geschenk der Karotte, der Tomate.

Ich fühle die Engel. Sie sind da. Mit hier bei uns am Tisch. Sie sind sehr glücklich. So genau habe ich noch nie gefühlt, wie sie wirklich sind, ich meine ihr Wesen. Sie sind Licht, aber nicht wie eine Glühbirne, sie sind ein glückliches Licht, ein Licht, das lacht und gern Scherze macht und sich mitfreut. Wow, was für ein Augenblick!

Ich bringe Saskia und Leo ins Bett. Ich werde mich nachher dazulegen, das Bett ist groß genug. Ich lasse sie jetzt nie wieder allein. Sie sind jetzt da und ich bin da, ich bin ihre Mama.

Ich sitze mit Daniel auf dem Sofa. Ich bin so froh, dass er jetzt hier ist. Ich wollte diesen Augenblick mit niemandem anderen teilen.

Wir sind jetzt ganz eng zusammen, unsere Beine sind ineinander verschränkt, mein Kopf an seiner Brust und er hat einen Arm um mich geschlungen. Mit Daniel finde ich immer die Position, in der wir uns so nah sind, wie es nur geht. So sind Daniel und ich. Da passt kein Lufthauch dazwischen.

„Ich habe eine Frage", sagt Daniel. Ich habe ihm von dem Brief erzählt, davon dass Oliver, mein Mann, die Situation inszeniert hat.

„Was für eine Frage?"

„Du hast doch sicher eine Familie, Eltern, Geschwister. Und er hat eine Familie. Haben sie alle geglaubt, dass er und die Kinder tot sind?"

„Ich habe seine Familie angerufen, nach einer Weile, als ich mich von dem Schock erholt hatte. Sie wollten nicht mit mir sprechen. Sie mochten mich nie. Sie dachten, dass ich Oliver runterziehen würde, weil ich nicht so gebildet war wie er und keinen richtigen Beruf hatte. Keine Ahnung, was sie wussten. Sie waren unerreichbar für mich."

„Und deine Familie, war da niemand, der Fragen gestellt hat, der dir geholfen hat, deine Kinder zu finden?"

„Ich habe keine Familie." Ich hole Luft. Jetzt ist es raus. Was ich niemandem erzähle. Auch euch den Lesern nicht ...

„Du hast keine Familie?"

Ich muss lange darüber nachdenken, ob ich das jetzt sage und schreibe.

„Ich bin eine Waise."

„Du hast mir einmal von deiner Familie erzählt, dass sie nett sind."

„Das erzähle ich allen, damit sie mich in Ruhe lassen."

„Dann lügst du also – so wie dein Mann?" Daniel sieht mich entsetzt an und setzt sich auf. „Ich kann nicht mit dir zusammen sein, wenn du lügst", sagt er.

Jetzt habe ich Angst. Er versteht mich nicht. Wie soll ich es ihm erklären? Ich merke, wie sich alles in mir wieder zurückzieht.

„Hey!", sagt er. „Du hast meine Frage nicht beantwortet."

„Lügst du nie?", erwidere ich.

Er denkt nach.

„Es muss nicht jeder alles wissen", sage ich.

Er nickt. Ich sehe ihn nicken und bin wieder da.

Wir liegen eine ganze Weile so da. Es fühlt sich an wie Honig. Ich fühle immer noch den Fisch in meinem Körper, wie er gute Energie aussendet und ich denke an Marc, der mir schon so viel Frisches und Leckeres aus Jamaica mitgebracht hat. Und an Saskia und Leo, die im Zimmer nebenan auf dem Bett liegen und schlafen. Und dass das Leben wirklich gut ist.

„Ich weiß jetzt, wie sich Liebe anfühlt", sage ich zu Daniel. „Ich habe sie immer gesucht, als Kind. Ich habe sie manchmal gesehen bei anderen Kindern und ihren Müttern. Ich habe mir immer gewünscht, ich könnte das einmal finden. Mit Oliver dachte ich, ich hätte sie gefunden. Ich war so stolz, dass ich eine Familie hatte, das war immer mein größter Wunsch. Mit Oliver, mit den Kindern, da war alles gut. Das war alles, was ich mir immer gewünscht habe."

Ich mache eine kurze Pause, dann erzähle ich weiter: „Als es dann passiert ist, als sie weg waren, war ich wieder die Waise. Da war ich wieder allein. Dieser Hunger nach Liebe, den ich mein ganzes Leben lang hatte, das wollte ich nicht noch mal. Ich dachte dann, es ist für mich einfach nicht vorgesehen, dass ich eine glückliche Familie haben kann. Deshalb wollte ich nicht länger hierbleiben."

Daniel hört sich alles an. Er sagt nichts, er hört nur zu. Es ist eigenartig mit Daniel. Ich fühle mich nie verurteilt von ihm, auch wenn ich etwas sage, wo ich sicher bin, dass ich jetzt verurteilt werde. Egal, was ich sage, Daniel hört einfach zu. Er hört auf eine Weise zu, wie ich es nicht kenne. Er hört nicht nur meine Worte. Wahrscheinlich hört er auch meinen Herzschlag.

Dann sage ich etwas, das mich selbst überrascht. Dass ich es sage, hat damit zu tun, dass Daniel da ist und damit, wie er mir zuhört. Was da plötzlich aus mir herauskommt, fühlt sich so wahr an, so wahr.

„Es ist mir jetzt nicht mehr wichtig, ob ich eine Familie habe. Mein Glück hängt nicht mehr an einer Familie. Ich fühle jetzt die Liebe – sie ist in mir. Sie ist nicht da draußen. Sie ist mehr als eine Familie oder ein einzelner Mensch. Sie ist nicht nur ein Moment. Sie ist etwas Dauerhaftes. Ich fühle, dass ich sie überall mit hinnehmen kann, egal, wo ich bin. Sie ist da, auch wenn alles andere weggeht. Sie bleibt."

Ich glaube, das ist es, was die Engel mir zeigen wollten.

Wenn ich jetzt so zurückschaue, sehe ich viele Situationen, in denen sie mich darauf aufmerksam gemacht haben. Situationen, in denen ich die Liebe fühlen konnte. Jetzt hat sie sich angehäuft und kann nicht mehr einfach verschwinden. Auch wenn ich in einer Illusion gelebt habe, was Oliver betrifft. Das macht mir jetzt eigentlich auch nichts mehr aus.

ONE LOVE – ONE HEART

KAPITEL 35 – ONE LOVE – OHNE ZUCKERGUSS

Am nächsten Tag rufe ich Felicia an und erzähle ihr alles. Von Saskia und Leo. Ich erzähle ihr, dass ich jetzt sicher bin mit der Liebe. Ich fühle sie jetzt in einem toten Fisch. Sie ist jetzt überall. Felicia lacht, als ich das mit dem Fisch erzähle. Sie kennt die Liebe gut. Felicia ist wie die Engel, sie versucht mir schon, seit ich sie kenne, klar zu machen, wie das ist mit der Liebe. Und jetzt ist es richtig angekommen. Mir wird klar, dass es schon lange einen Menschen in meinem Leben gibt, der mich wirklich liebt: Felicia. Und weil ich ihre Liebe jetzt besser fühlen kann, kann ich auch die Liebe der anderen fühlen, die schon die ganze Zeit da war.

Oliver hat mich sicher auch geliebt, nur hatte er dann Lust auf etwas anderes und hat mich entsorgt und dabei nicht bedacht, dass die Lieblosigkeit meine Schwachstelle ist.

Egal, nicht mehr wichtig. Meine Schwachstelle verwandelt sich gerade in eine Starkstelle.

„Und Oliver", fragt Felicia. „Ist er denn jetzt noch dort? Sind die Kinder einfach abgehauen?"

Ich lache. „Nein, weißt du, das Leben hat schon seinen eigenen Humor. Oliver ist tatsächlich bei einem Autounfall ums Leben gekommen. Aber erst sehr viel später, als er schon mit den Kindern in Marokko gelebt hat. Kurz nachdem mir Charifa den Brief geschrieben hat. Ihre

Geldquelle war weg und sie dachte, sie könnte vielleicht mich anzapfen."

„Und die Kinder?"

„Sie haben auf dem Dorf gelebt, haben Arabisch gelernt und sind dort in die Schule gegangen. Sie hatten kein Handy, keinen Zugang zum Internet. Er hat sie von all dem ferngehalten. Das hat sich geändert, als er tot war. Da hat Leo sich auf die Suche gemacht."

„Verrückte Geschichte", sagt Felicia. „Ich habe mir schon so was gedacht."

„Wie, du hast dir so was gedacht?!"

„Das Ganze war zuuu... Es hat sich nicht echt angefühlt."

„Warum hast du mir nichts gesagt?"

„Hab ich."

„Wirklich?"

„Ja, aber das wolltest du nicht hören. Da hast du sofort dichtgemacht. Nur ein Gedanke in die Richtung und ... Oliver war heilig für dich."

Ich höre Stimmen aus dem Schlafzimmer, Saskia und Leo sind aufgewacht.

„Das musste er auch sein für mich."

„Ich habe dir ein paar Mal gesagt, dass du doch runterfahren könntest und recherchieren, was genau passiert ist, aber da ging nichts."

„Ich hatte nicht die Kraft. Eine Lüge war für mich besser als die Wahrheit. Ich hatte Oliver zu meinem Retter deklariert – und das musste so bleiben. Ich wollte einfach nie wieder zurück in das Alleinsein. Aber Oliver war eben einfach nur ein Mensch wie wir alle." Phhhhhhh, ich atme schwer aus.

„Wann kommst du nach Deutschland?", fragt Felicia.

„Ich weiß noch nicht."

„Dann muss ich wohl nach Jamaica kommen."

„Das wäre genial!"

Leo und Saskia tauchen in der Tür auf.

„Frühstück?"

Mein Roman ist zu Ende. Ich habe die Liebe gefunden. Sie ist jetzt da und ich erkenne sie. Aber ich möchte dir zum Abschluss noch etwas erzählen über Jamaica, denn Jamaica hat mir das Leben gerettet, zusammen mit den Engeln. Es ist schwer, zu fassen, was Jamaica so besonders macht. Ich habe es jetzt schon ein paar hundert Seiten versucht, es rüberzubringen. Und habe doch das Gefühl, es ist viel mehr.

Ich bin bei Daniel auf dem Dorf und schreibe, die Kinder mögen es auf dem Land, das kennen sie aus Marokko. Sie spielen mit den Kindern von Daniel, die vorbeikommen. Was ich erzählen will, ist von dem Festival, zu dem Daniel mich gestern mitgenommen hat. Da ist etwas passiert, was ich mir nirgendwo sonst auf der Welt vorstellen kann, außer in Jamaica.

Das *Rebel Salute Festival* gibt es seit fünfundzwanzig Jahren. Es ist das große Reggae-Festival des Jahres, ein Mythos. Es dauert zwei Tage im Januar. Es ist eine Bühne für den Reggae, die Musik, für die Jamaica auf der ganzen Welt bekannt ist. Beim *Rebel Salute Festival* erlebt man den Reggae ohne Zuckerguss. So wie er aus dem Boden wächst, wie er aus Seele der Künstler kommt. Hier habe ich gefühlt, was Reggae wirklich ist: etwas Raues, Ungehobeltes, absolut Leidenschaftliches. Alle Sänger werfen sich in ihre Performance hinein, als gäbe es keine Zuschauer, kein Morgen, kein Gestern. Sie lösen sich auf in ihren Bewegungen, in ihrer Stimme.

Angetrieben vom unerbittlichen Rhythmus des Reggae. Es gibt keine Eitelkeit hier, aber es gibt Power. Es gibt keine Form, außer dem Riddm (Rhythmus), dem Beat, der allem zugrunde liegt, und der Riddm selbst hat unendliche viele Varianten. Reggae, das ist gnadenlose Individualität. Vielleicht ist er deshalb eine Bewegung, die sich mehr und mehr auf der ganzen Welt ausbreitet. Jeder Künstler hat eine ganz eigene Stimme, eigene Texte, eigene Songs. Es geht nicht darum, wie gut er singt, wie gut seine Band spielt, es geht nur um die Passion. Rausbrüllen, was wahr ist. Der Reggae beim „Rebel Salute" Festival ist keine heitere Begleitmusik zum Cocktail am Strand. Er ist ein Ausbruch von Gefühlen, von roher Wahrheit, die tief aus der Seele kommt.

Jamaica, das wird mir endlich klar, ist nicht das Land der bekifften Hippies. Der ewig heiteren Inselbewohner, der weißen Strände und des türkisblauen Meers, in dem man vor sich hinträumt. Niemand hier schwebt in irgendwelchen Traumwelten. Ich meine von den Einheimischen. Es gibt hier keine Komfortzone, kein beschütztes Rückzugsgebiet für lebenslustige Musik. Reggae ist Überleben auf einem sehr gesegneten Flecken Erde. Voller Sonne, voller Früchte, voller Schönheit, voller Ausbeutung, voller

Armut und Reichtum. Auch wenn ich mir hier oft wie in einem Traum vorkomme, dann ist es nicht der weltferne Traum. Es ist ein Traum in das Leben hinein, dorthin wo das Leben vibriert, hart und weich, dunkel und hell, göttlich und zerstörerisch.

Was ich erzählen will, ist der Auftritt von Queen Ifrica auf dem *Rebel Salute Festival*. Sie wird angekündigt als „Königin" als wahre *Empress* (Kaiserin). Diesen Titel bekommen hier Frauen, die Power haben, weibliche Ausstrahlung, innere Schönheit, Frauen, die ganz und gar Frau sind – die zu sich stehen und keine Angst haben sich in ihrer Schönheit und Größe zu zeigen.

Und das ist sie, eine Empress: Queen Ifrica. Wer sie einmal gesehen hat, vergisst sie nicht. Eine imposante Frau mit einer tiefen, rauen Stimme.

Im Publikum vor der Bühne sitzt der Premierminister von Jamaica: Andrew Holness. Sie spricht ihn an.

Sie sagt, dass sie einen Song für ihn hat. Dass sie nicht nur eine Entertainerin ist, sondern eine Stimme der Menschen. Auch wenn sie das nicht gewählt hat, die Menschen haben sie dazu gemacht, weil sie ihr Land liebt und die Menschen, die hier leben. Was sie singen wird, kommt nicht aus Respektlosigkeit, sagt sie.

„Aber ich möchte, dass Sie meinen Worten zuhören: 98 % der Menschen hier sind schwarz. Aber sie haben wenig Anteil an dem, was nach Jamaica kommt." (Sie meint damit wirtschaftlichen Gewinn.) Dann fährt sie fort: "Wir könnten eine Insel sein, die ein Vorbild ist für die Welt. Wenn wir eine Regierung hätten, die die Bedürfnisse von kleinen Mädchen und kleinen Jungen sehen würde, die Bedürfnisse von wirklich armen Menschen, ihnen ein Haus geben würde und etwas, das sie tief im Innern fühlen können, etwas, das sie stark macht ..."

Queen Ifrica setzt sich an den Bühnenrand, direkt vor den Premierminister, das Mikrofon in der Hand. Auf zwei großen Bildschirmen wird sie von der Kamera ganz nahe eingefangen, sodass auch die weit entfernten Zuschauer das Geschehen miterleben können.

„Jamaica steht vor großen Veränderungen", sagt sie, „bitte lassen Sie die Menschen teilhaben," und: „Danke, dass Sie mich fühlen und sehen", sagt Queen Ifrica zu Andrew Holness, dem Premierminister. Er steht auf und er umarmt sie.

Ein Raunen geht durch das Publikum.

Das beeindruckt mich tief. Dass ein Premierminister eine kritische Künstlerin spontan umarmt. Das kann ich mir nirgendwo sonst vorstellen. Schon allein, dass drei hohe Regierungsmitglieder, neben dem Premierminister, die Ministerin für Kultur und der Verteidigungsminister zu diesem Festival gekommen sind – und dass der mächtigste Politiker des Landes die Sängerin umarmt. Nein, das kann ich mir nirgendwo sonst vorstellen.[1]

Der Moderator des Festivals, Mutabaruka, ist eine Legende, ein Rastfarian Poet, ein Mann, der noch nie Schuhe trug, er holt die Kulturministerin auf die Bühne und er-

---

[1] Es gibt eine Aufzeichnung des Auftritts von Queen Ifrica beim Rebel Salute Festival 2019 auf YouTube

klärt ihr, dass die Reggaemusiker auf aller Welt in großen Hallen spielen – nur hier in Jamaica gibt es keinen Ort, der ein Dach hat, keine fest installierte Bühne für diese weltberühmte Musik. Sie verspricht, dass sich das ändern wird.

Wenn ich an Jamaica denke, zerreißt es mir das Herz. Es gibt so viel Schönheit hier und so viel Schmerz. So viel Wahrheit. Deshalb muss ich bleiben. Jamaica ist wie ich. Schönheit und Schmerz. Angst und Liebe. Tod und Überleben. Krasser Mangel und überbordende Fülle.

Einssein und Widerspruch. Die Sklaven, die von den Spaniern und Engländern nach Jamaica gebracht wurden, waren Menschen, die von ihren Familien getrennt wurden, von ihren Ethnien. Man hat dafür gesorgt, dass keine Angehörigen eines Stammes zusammenbleiben konnten. Damit sie keine gemeinsame Kultur entwickeln konnten und keinen Widerstand. Neben den Sklaven kamen Menschen aus Indien, aus China, aus England, aus Europa, es gibt auch eine Stadt, in der hauptsächlich deutsche Einwanderer leben. Und doch haben all diese vielen verschiedenen Völker etwas Gemeinsames, etwas Einzigartiges hervorgebracht: den Reggae.

Der Reggae ist eine politische Musik, eine zutiefst spirituelle Musik mit afrikanischen Wurzeln. Sie kommt aus der Rasta-Bewegung. Das, was die Rastafarians leben, kommt langsam bei uns in der westlichen Welt an: Sie leben vegan, vegetarisch, eng verbunden mit der Natur, in einer tiefen Natur-Spiritualität. Ihr Kennzeichen sind die Dreadlocks, ihr Symbol der Löwe, ihre Fahne hat die Farben gelb, rot, grün. Sie heilen mit Kräutern und rauchen Ganja (Marihuana). Ihre Musik ist der Reggae. Sie sind die Seele des Landes.

Sie machen Jamaica zu einem unvergleichlichen Ort. Ihre Botschaft ist Frieden: „Out of many – we are one. One Love – One Heart."

Wie geht es weiter in meinem Leben? Jetzt, wo ich die Liebe gefunden habe? Ich habe einen Traum, eine Vision.

Ich möchte einen Ort schaffen, hier in Jamaica, wo Menschen und Tiere zusammenleben. Ich möchte die Menschen einladen dorthin zu kommen und etwas zu erleben, das man Paradies nennt. Zusammen arbeiten, zusammen sein, Menschen, Tiere, Natur.

Zusammen kochen: Früchte der Natur, die man eben vom Baum und Busch gepflückt hat, Wurzeln, die der Boden schenkt. Fische, die eben noch im Meer schwammen und ihre frische Seele den Menschen schenken als Nahrung.

Zusammen essen an einem großen Tisch. Mit Tieren zusammen sein, ohne sie zu drängen, fühlen, wie liebevoll die Tiere sind. Damit wir uns daran erinnern, wer wir alle sind: One Love – One Heart.

Damit wir sie alle wiederfinden können: die Liebe.

Damit die Liebe nicht nur eine Vorstellung bleibt, sondern dass man sie anfassen kann und schmecken und erleben.

Denn sie ist das, was wir wirklich sind, wenn alle Nebel sich gelichtet haben.

Ich danke dir, liebe Leserin, lieber Leser, dass du mir bis hierher gefolgt bist. Diese Geschichte ist jetzt zu Ende. Was sie für mich bedeutet? Ich bin aufgewacht aus einem Albtraum, dadurch, dass ich sie geschrieben habe. Ich kann jetzt wieder schreiben. Ich kann jetzt wieder lieben mit ganzem Herzen. Ich habe jetzt wieder ein Zuhause.

Es war ein langer Weg – und ich bin angekommen.

Das wünsche ich auch dir, egal, auf welchem Weg du sein magst. Auch du kannst ankommen – bei dir, in der Liebe. Das weiß ich jetzt.

Die Engel sind auch für dich da.

Und sie sind einfallsreich – wie du an meiner Geschichte sehen kannst. Sie lassen nicht locker. Wenn es Jamaica sein muss, dann eben Jamaica.

Ich habe den Roman als Blog veröffentlicht und ich danke allen LeserInnen für ihre Ideen, ihr Herzblut, ihre Inspirationen auf der Webseite des Blogs und in den vielen persönlichen E-Mails, die ich bekommen habe. Sie haben mich enorm motiviert und inspiriert.

Heute Morgen habe ich mit Felicia telefoniert, wir haben über das Projekt *Paradise Garden* gesprochen, den Ort, wo die Menschen das Paradies erleben können und wir haben wild geträumt. Sie kommt bald nach Jamaica. – Und wir schauen, was wir tun können.

Während des Schreibens heute hat mich die E-Mail eines lieben, sehr wohlhabenden Freundes erreicht. Wir hatten uns vor einem Jahr schon einmal über ein visionäres Natur- und Mensch–Projekt auf Jamaica unterhalten. Er fragt in der E-Mail, wie weit ich mit dem Projekt bin.

(Scheint mich zu kennen). Er schreibt, er sitzt auf einem Haufen Geld, das sich in etwas Handfestes verwandeln will.

Er heißt übrigens Michael.

MEIN WUNSCH FÜR DIESES BUCH

Dieses Buch hat große biografische Anteile, vor allem habe ich durch das Buch das Schreiben wiedergefunden. Das bedeutet mir sehr viel. Und ich habe die Liebe gefunden.

Die Namen, Orte und Ereignisse im Buch sind zum Teil verändert, um die Privatsphäre der Personen zu schützen. Aber die Gefühle sind authentisch. Wenn man tief fühlt, und schreibt, wirkt es auf das Leben in einer guten Weise.

Ich wünsche mir, dass die Geschichte von Viola, genauso segensvoll für dich, die Leserin, den Leser sein möge. Das ist mein größter Wunsch.

Ich danke allen, die mich auf dem Weg begleitet, inspiriert und vor allem geliebt haben ohne Wenn und Aber.

Die Liebe lässt uns überleben, wenn wir kurz davor sind zu zerbrechen – egal woher sie kommt.

Ich war auf der Suche nach dem Paradies, nachdem mir das Leben auf der Erde unerträglich erschien. Ich dachte, es wäre im Himmel, aber ich fand es auf der Erde. Es war Jamaica.

Ich war immer angezogen von der Schönheit der Schöpfung und in Jamaica finde ich diese Schönheit im Übermaß. Hier finde ich auch den ganzen Schrecken, den Menschen hervorbringen können.

Das ist meine Nahrung als Autorin: Licht und Schatten, Schönheit und Abgrund und die Kraft, jeden Schrecken zu überwinden und weiterzugehen.

Wenn man verzweifelt ist, wie ich es war, braucht es Menschen mit großem Herzen, die einem zurück zur Erde helfen. Solche Menschen sind mir begegnet. Es gibt sie. Sie sind da, wenn du sie brauchst.

Das ist das Größte: die Liebe. Dass wir für einander da sind. Du für andere und die anderen für dich.

Möge dieses Buch dir Schönheit, Glauben und Liebe schenken.

Ocho Rios, Jamaica, Februar 2019
Ulrike Dietmann

Über die Autorin

Ulrike Dietmann, geb. 1961, in Bad Mergentheim, ist Autorin zahlreicher Romane und Sachbücher. Sie leitet den spiritbooks Verlag, die Pegasus Schreibschule und das Unternehmen Spirit Horse, Persönlichkeitsentwicklung mit Pferden. Sie reist und unterrichtet in vielen Ländern. Im Sommer veranstaltet sie das Horse & Spirit Festival.

www.ulrikedietmann.de

www.spiritbooks.de

Bücher, die authentisch sind
und Spirit haben.

*Die Bücher des Verlags erhalten Sie in allen Buchhandlungen
und bei zahlreichen Online-Anbietern wie amazon.de. Sie können
die Bücher auch beim Verlag direkt bestellen: www.spiritbooks.de*

*Wenn Sie direkt beim Verlag bestellen,
unterstützen Sie den Verlag und die Autoren.*

Die Vision des Verlags

Vertrauen in das Gespür von Leserinnen und Lesern

Bedingungslos authentische Bücher

Autorinnen und Autoren als Persönlichkeiten,
die etwas Unverwechselbares zu erzählen haben.